是一个高度抽象的理论的过程，我有些眼花缭乱。刘希博士用"后"这个字指称这些理论，虽然这些理论在"后"之后是怎样跟这些理论的原本有什么不同，我非常存疑。比如，后结构女权主义跟"结构女权主义"到底是否有本质的不同？种种"后"主义是以时间先后决定的还是理论本身发展的新阶段？坦白地说，这些冠以"后"字的理论，让我甚为困惑，好像"后"字一贴在这些主义的前面，这些理论突然都变得费解起来，但我还是赞赏刘希博士的眼界和理论综述的能力：理论是非常必要的，刘希博士娴熟地运用各种理论，仿佛换用不同的眼镜，让读者从各种角度重新发现一个世纪以来的中国文学。

刘希博士运用理论的目的是揭示作品中不为作者所知或不为读者立刻明知的隐含的意义：她用女性主义这副有洞见的眼镜看文学作品，帮助读者清晰地看到文学作品中的性别关系或性别关系的再现所呈现出来的权力、压迫、剥夺和统治；正如她也用马克思主义看文学作品，帮助读者看到文学作品里阶级的权力、压迫、剥夺和统治一样。刘希博士的理论运用与作品解读，的确对我们这些文学学者早就耳闻目详的作品发掘出了新的意义来，但对普通读者，这本书恐怕难以让他们进入，所以这本书主要是给同行读的，外行看热闹，内行看门道，同行才能看出同行的功力，同行的深度。

但这本书也不单单是给同行读的，我觉得一般读者可以从理论跳到作品解读。我很赞赏刘希博士的具体解读，这也是本书的后两部分的主要内容，特别是最后一部分对改革开放以来底层女性在文学中的再现以及科幻小说中的性别叙女性的时代精神，中国"社会主义"时期的新妇女的时代精神，改革开放后底层妇女的时代精神，以及科幻小说中的人与电脑结合的"女性赛博格"的时代精神。

实际上，刘希博士所用的理论框架是多重的，为了洞察她阅读的作品的阶级性，她运用了马克思主义以及后马克思主义；为了洞察性别关系，她运用了女性主义以及后女性主义；为了洞察中西文学的地域与政治关系，她运用了后殖民主义；为了洞察作品中人物的权力关系，她运用了结构和解构主义以及后现代主义和后结构/解构主义；为了洞察全球资本主义在作品中的再现以及女性的主体在文学中的建构，她运用了社会主义女性主义；为了洞察近十年来异军突起的中国科幻小说中的女性形象，她运用了后人类主义女性主义。

这种对理论的灵活运用，说明了刘希博士多年来研究的理论功力，也说明了理论的功能。我在此再次重复：各种理论都是一副副眼镜，帮助我们从不同的角度看同一个事物，避免盲人说象式单一理论的自以为握住了真理的盲目自信。而"真理"永远是多方面的，穷尽我们的思考，我们最终做的，可能也就是接近"真理"而已，对任何自称是绝对放之四海而皆准的真理的理论，我们都必须谨慎地审视，因为世界上不存在单一的绝对正确的真理。西方的中世纪曾经有一千多年坚信上帝是最终的阐释者这种"真理"，如今在人本主义理论的眼镜里看来，这简直是缺乏常识。未来，当人类演变成"赛博格"物种的时候，今天的人本主义理论也会显得荒诞不经。

刘希博士运用的理论都写在她的第一部分，阅读这三章，的文学解读也是根本不存在的,即使那些宣称自己没有理论的人,他们也是在自己无觉知的情况下运用着某种理论理解文学。

理论的功能是看清与穿透,犹如一副副眼镜,帮助我们看清世界或事物;犹如具有特殊矫正功能的眼镜,帮助我们的肉眼穿透世界的结构和本质;当然,理论的根本作用在于影响我们的判断和最终的行动。比如,源自西方的人本主义帮助人类改变对权威的信仰,使得人类把权威的权力从神权那里夺过来,回到人本身,人代替了上帝成为一切事物的权威,人权大于神权。这种夺得了权威的人本主义带来了以人为中心的文艺复兴,至今还是我们奉为圭臬的理论。可以设想,未来当人类进化成赛博格,人本主义将失去作用。再比如马克思主义帮助自十九世纪中叶的人们认清阶级的存在以及上层建筑与物质基础的相互作用关系,这种理论直接指导了二十世纪初俄国和中国的革命,给二十世纪带来了深刻的变化。

所以任何怀疑理论的功能的人,并不是没有理论,而是自己意识不到理论的意识形态的作用往往是看不见的,是隐性的。

刘希博士的这本文学研究著作是一个学者有意识地以理论,特别是后现代女性主义为指导,阅读和穿透中国百年来的文学历史和具体作品的成果。刘希博士的这部著作试图重新审视和阐释中国文学百年来几个主要时代的作品,其目的是发掘出新的时代精神,以及新的对时代精神的表达和文学再现的方式和方法。这些时代精神和文学再现包括:"五四"新

理论的眼镜：穿透文学作品，洞察时代精神

——读刘希《"话语"内外：百年中国文学中的性别再现和主体塑造》

沈睿（美国莫尔豪斯学院教授）

我曾经听说过这样一句名言："理论是灰色的，生命之树常青。"这句话对很多人，包括我自己，对理论的理解或多或少都有着潜移默化的影响，甚至被有些人用作抵抗理论的口号，然而，在接触了各种理论之后，无论这句话是谁说的——有人把这句名言归于德国伟大的作家歌德——我都认为这句话是对理论的本质与作用的误解。

理论根本不是要跟生命争夺色彩，从而显出理论的苍白，理论的本质与作用是帮助每个人理解这个世界并改变这个世界。任何一个有思考能力的人，对世界的理解都是有理论的基础的，没有理论而思考的人是不存在的；以此推理，去理论

刘 希◎著

『话语』

Discourse and Beyond:
Gender Representation and Subject Construction
in 100 Years of Chinese Literature

内外：

百年中国文学中的
性别再现和主体塑造

南京大学出版社

事，有刘希博士独到的观察和穿透，我建议大学里的文学分析课应该参考刘希博士对这些作品的分析，因为这些分析帮助读者认识改革开放后的女性的时代处境，也穿透了这个时代的精神。

比如，时代变化，社会主义时代具有社会地位的劳工女性包括"铁姑娘"等变成了"打工妹""家政工"，文学中的底层女性怎样回应时代对她们位置的重新安排？结果是不出所料，大部分的文学作品都把底层妇女描绘成"基本上都是城市化和市场化过程中的受害者形象"。刘希博士详细地分析了几部作品，把保姆即家政工女性放在"现代性"，特别是"后社会主义"现代性话语的框架里来考察。她对这几部作品的阅读——张抗抗的《芝麻》（2003）、孙惠芬的《一树槐香》（2005）、盛可以的《北妹》（2003）、林白的《妇女闲聊录》（2005），展示了二十年来底层女性在文学中的呈现的复杂性。刘希博士的分析也让我得出结论，"底层女性"这个文学类别（literary trope）在女作家的笔下大多是走回了"五四文学"再现底层妇女的老路。

刘希博士对男性八零后作家陈楸帆的作品《荒潮》（2013）的讨论则具有研究意义上的开创性。科幻小说在中国是一个相当新的文学类别，女性主义文学研究进入这个领域有颠覆性意义。年轻的男性作家陈楸帆创造的赛博格女性"小米"虽然具有"新人物"即一个正面的科幻女性人物的意义，但最终如刘希博士一针见血地所指出的，也是老路一条，也没有走出"对女性苦难的陈列，而且仅限于陈列"。她对这部小说的女性主义分析洞察了以男性写作为主的科幻小说中的性别本质主义的内核,即"女主人公没能摆脱被本质主义化的文本修辞命运,对其主体性的想象因基于传统自由人文主义的立场而是有限的,无法创造关于'性别'身份的新的可能性"。我怀疑,在一个女性主义理论基本不被男性学习的社会,男性作家无论年老还是年轻,能写出什么新东西来。

刘希博士比我更相信未来,她在本书的最后这样写道:"笔者期待在未来中国的科幻创作中,有从赛博女性主义视角对'赛博格'的想象和形塑,在'后人类'问题的探讨中克服二元对立和本质主义的书写模式,贡献出一种试验'跨越边界'的革命性的身份认同、社会关系以及思维方式的科幻文学。"

刘希博士表达了对理论的行动意义的坚信,她希望未来的文学可能在女性主义思想的影响下产生新的作品来。我也希望这样,不过我比刘希博士要悲观一些。我更希望也强烈建议刘希博士的这本研究著作有读者细读,特别是那些渴望写作的未来的作家们,这是一本极其有参考意义的研究著作。这就是理论的最终作用:改变世界。

这本书的分析和探讨,毫无疑问,能给写作者提供新的角度去阅读作品,从而写作新的作品。我跟着刘希博士一起相信:未来的文学写作者,不懂女性主义理论,你的作品很可能是老调重弹,无论你写什么;女性主义理论将帮助你找到新的写作视角,激发你写作新人物的可能,女性主义的文学研究将帮助你找到一条独创的写作之路。

文学研究自二十世纪八十年代的理论热后一直在各种理

论的指导下呈现出纷繁复杂的景色，各种理论都在对文学的产生、创作、接受和意义进行梳理，女性主义文学理论是生命力最强健的一只，刷新了我们对文学的理解，发掘了新的可能，刘希博士的这部著作就是这个理论建设的一部分。这让我想到菲律宾历史学家芮纳托·康斯坦提诺（Renato Constantino）在其影响深远的《菲律宾：对过去的继续》中所说的："人民的历史必须是对过去的重新发现，为了再利用过去，这样的历史必须以一种可以解释现在的眼光来处理过去。"[1]从这个角度看，刘希博士这部研究著作的历史与政治意义正是如此。

2021 年 12 月
于美国亚特兰大厂房

1　Renato Constantino, "A people's history must rediscover the past in order to make it reusable." in *The Philippines*：*A Continuing Past*, The Foundation for Nationalist Studies；1st edition, January 1, 1978.

目　录

第三部分　改革开放时期文学研究

导　论

在当代人文社会科学界的"语言学转向"和"物质转向"之后,包括女性主义理论在内的批判理论持续发展和更新,后结构主义女性主义、新唯物主义女性主义以及后人类主义女性主义等新的理论话语不断涌现,为当代文学和文化研究提供了不同的批评范式和分析方法。而不论何种批评理论影响下的女性主义批评,其基本目标之一都是反思父权制和性别不平等与种种文化实践的关系,张扬妇女作为文化生产的客体以及主体的能动性。南希·弗雷泽(Nancy Fraser)和琳达·尼科尔森(Linda Nicholson)曾认为,为了有效探讨和应对"千变万化又千篇一律"的社会问题特别是性别问题,我们需要采用一种"复数的女性主义",不断调整和扩充女性主义的研究方法和分析范畴,将对宏观结构和制度的分析与对具体文化生产的批判性阐释结合起来。而女性主义理论的"理论性"被认为必须是彻底"历史性"的，以适应不同社会和时期的文化特性以及不同群体。

　　本书将首先梳理"后学"影响下的多种女性主义理论的谱系和主要观点，厘清重要的理论概念和框架包括"再现""话语"和"物质性"的关系，"主体性"的概念等等，探讨其在中外女性主义文化批评实践中产生的影响特别是对中国文学研究的启发。笔者赞同唯物主义女性主义学者罗斯玛丽·亨尼西（Rosemary Hennessy）的观点，认为"话语"的"物质性"主要体现在它的"意识形态性"和对"主体"的建构上。"主体"往往被很多等级化的差异所建构，而且这些不平等的等级制度往往是历史的和系统的，如父权制和资本主义。因此，解析"再现""话语"和"物质性"之间的关系就等于去认清在特定历史时期不平等的社会关系下对不同形式的"差异"的建构过程。因此，我们需要在对"文本性"的研究中关注对不同的差异性的再现和它们对社会生活的作用，特别是物质后果，并对多种差异政治，包括阶级、地域、族裔、性别、性征等进行批判性研究。而我们对"主体"的认识也要去本质主义化，关注"非主体性"的社会结构和关系，注重主体研究中的政治经济面向。这是唯物主义女性主义批评对于后结构女性主义吸收、反思和超越的结果。本书认为文学研究可以穿梭于"话语"内外，对文本本身的剖析和解构需要在对历史语境、社会结构的深入认识中进行。"再现"的"符号性""话语性"和"建构性"与其"历史性""社会性"和"意识形态性"密不可分，女性主义文化研究可以兼顾对文化生产具体过程的分析和对压迫性的权力结构、物质关系的认识，借用后结构理论的一些解构和批判性视角,同时结合唯物主义对物质性和社会结构的考察,从性别、阶级、地域等多重视角对文学和文化文本进行历史性和交叉性的研究。在"话语"内外,本研究既关注文本"建构"的过程,又追溯其"唯物"的结构。

在对相关的女性主义研究视角和方法论做了整理和反思之后,本书尝试"语境化"的复数女性主义批评实践,带着方法论的自觉对"五四"时期、"十七年"时期和改革开放时期一些代表性的文学作品展开研究。借助后结构主义女性主义、马克思主义女性主义和赛博/后人类女性主义等视角,第二部分和第三部分依次考察"五四新女性""社会主义新妇女""底层妇女""女性赛博格"等百年中国文学中重要性别形象,追溯其中主体塑造的变化及其与历史语境和社会话语的关联,讨论这些性别再现和主体塑造的生产机制以及其原因和影响。

第四章考察"五四"女性文学中"新女性"话语的复杂性和多元性,特别是其中对性别二元论和本质主义的反抗性话语。研究认为"自由主义女性主义"的概念不能完全覆盖"五四"女性主义的复杂话语和内核,大量"五四"女作家作品中运用的"人""个性""自由""人格"等人文主义和个人主义话语都有着鲜明的性别立场,揭露了现实生活中各种性别不平等的问题,并且打破了对"新女性"的种种刻板的、他者化的和本质主义的再现。她们不是回答,而是提出了更多关于现代女性可能的性别和社会身份的问题。这些关于现代"新女性"身份的困惑、矛盾心理和质疑等,是"五四"女性文学里真正"女性主义"的表达,也是对"五四"自由主义话语中性别盲视的回应。

第五到第七章以"十七年"时期一些重要的性别文本为研究对象，通过 1949 至 1964 年间三份妇联刊物中底层妇女作者的自述和回忆录、"十七年"时期女作家撰写的小说和话剧文学，探讨社会主义妇女解放话语对这些非虚构和虚构作品的影响。第五章探讨底层妇女作者如何积极运用妇女解放话语来讲述自身的经历和经验，她们用"剥削""阶级"等官方话语再现自身遭遇的阶级和性别等多重压迫，用"封建"命名和反抗公共和私人领域的男权思想；用"劳动妇女""主人""同志"等概念重塑自我认同，肯定自身的劳动付出和意义，想象新的性别身份和关系，并在这一过程中积极建构平等和政治性的主体身份。这些妇女所述说的"解放的语言"被官方语言所影响，但同时又丰富、对话着国家话语。

第六章研究"十七年"时期女作家小说中对妇女与社会主义关系的再现，探讨了这些文本中表达出的对公共和家庭劳动的看法，社会主义建设过程中集体身份的形成，以及妇女在新社会中对性别不平等逻辑的抗争。在这些对性别化了的"解放"经验的再现中，自我实现被认为是建构社会主义妇女主体性最重要的环节；妇女被视为社会和政治主体以及挑战性歧视和不平等的推动者，而不是任何国家救援或帮助的被动受益者。同时，不同的官方话语如"社会主义""同志"等都被这些作家策略性地用于强调妇女利益和性别平等的意识。这些话语有助于从妇女角度建构"社会主义妇女"身份的有力定义。女作家们对这些官方话语的重新阐释和定位，显示了她们在女性主义文学实践中的能动性。

第七章考察"十七年"间特别是二十世纪五十年代话剧文

学对妇女解放的书写。现有研究主流观点是"十七年"话剧创作中的妇女主题屈从于"新父权"、缺失"女性性别意识"。本文通过对这些自由主义人文主义话语的批评和对大量相关话剧文本语境化的研究，认为这些话剧生动地传达了社会主义妇女解放的思想，它们关注妇女新的主体意识、政治身份和劳动身份的生成，挑战了当时存留的封建男权思想，积极推动性别化的社会变革；有剧作家在话剧创作中为社会主义妇女的家务劳动赋值，甚至挑战了自然的性别化分工。这些话剧通过呈现社会主义妇女和社会主义国家、性别自我与集体/公共身份、阶级和性别在历史中的复杂关系而建构出丰富的社会主义妇女的主体性。

第八章探讨改革开放文学中对于家政女工身份和经验的书写。家政工作作为一种商品化和阶级化了的性别劳动，勾连着改革开放后重现的一系列社会不平等。很多当代小说都通过讲述家政工或保姆的故事讨论当代中国社会再生产劳动的问题，也往往以家政工经历来折射中国城市中产家庭中的各种问题例如家务劳动、子女照料、亲子关系、养老、婚姻和性等问题。很多家政女工的故事被用于再现城乡、阶级、性别等各种社会不平等现象，但是关于家政工内心世界或者自主意识的作品相对较少。本章以小说《芝麻》为例，探讨为何即使有些作品有关于家政女工能动性的描写，也有可能变成认同社会现状的高度中介性的文本，强化以市场经济和城市化为标志的现代化话语。

第九章转向当代文学中以底层妇女的身体经验、性别抗争及主体性为描写对象的女性小说，研究它们如何提供了不同于城市中产阶级女性的"身体写作"的另类性别文本，以揭示当下社会中阶级、城乡、性别等不平等现象，呈现底层妇女对不公的抗争和对自由的追寻。研究发现不同女作家们面对其底层妇女写作对象有着不同立场，对底层妇女身体经验描写也包含着不同的性别及文本政治。这些新的议题和维度丰富和延伸了二十世纪九十年代以中产阶级趣味为主的女性主义小说，同时也赋予"底层文学"以不同的性别视角，促使我们去追问面对父权和资本的合力侵袭，何为真正具有反抗性的妇女"主体性"的问题。

第十章探讨当代中国科幻书写中的性别话语，因为当代中国科幻作品中涉及的性别、阶级、城乡等社会问题是城市化、现代化背景下生活状态的真实写照。正如性别是想象"现代性"的一个关键修辞一样，它也是当代中国科幻小说中刻画人性和"后人类"的一个重要的修辞手法。本章以小说《荒潮》为例讨论探讨中国科幻作品对于性别、科技和后人类等议题的独特贡献。这个作品通过一个极具冲击力的"女性赛博格"表达了对科技、人性、"后人类"等问题的思考，借一个第三世界底层女性形象高扬了人文主义精神，但是这一形象在具体的文本再现中又有着被符号化和本质主义化的危险。本章分析这部"科幻现实主义"力作的得失，并在赛博/后人类女性主义的启发下，探讨当代中国科幻如何创造出具有真正革命性的身份认同、社会关系以及思维方式的作品。

本书对百年中国文学中性别再现和主体塑造的研究将不断出入文本的社会话语内外，将文本分析和语境分析紧密结合在一起，并对使用的理论框架和方法论有自觉的反思。理论、文本都是历史性也是政治性的,而我们的阐释和研究本身也将是历史性和政治性的,会介入文本内外的权力关系,也会产生物质效力和现实影响。本书最终关注的是如何有反思性地运用不同批判理论以更深入地剖析各种压迫性的话语和社会文化关系,使得女性主义文学批评和文化研究拓宽理论的视野,同时保持其批判性和现实性。

第一部分

女性主义理论与中国文学批评

第一章 "再现"研究：
女性主义的视角

女性主义文学和文化批评作为一种批判性的实践一直受到多种理论资源的影响，自由主义、人文主义、后结构和后现代主义、马克思主义和唯物主义等不同批判理论提供给女性主义文化研究以不同的批评范式和分析方法。而不论何种理论话语影响下的女性主义文学和文化批评，其基本目标之一都是反思父权制和性别不平等与种种文化实践的关系，张扬妇女作为文化生产的客体或者主体的能动性。在"语言学转向"或"文化转向"之后的西方学界，种种"后学"如后现代、后结构、后殖民和后马克思主义等对女性主义理论和实践发展产生了深远而复杂的影响。已经有中国学者初步梳理了在西方人文学科中占主导地位的批判理论，特别是种种"后学"对中外女性主义文化批评实践的积极和消极的影响。[1]近年来，人文社会科学界又有了新的反拨"文化转向"的"物质转向"，它对女性主义批评的影响还未被充分梳理。本章将延续这些讨论，以"再现"这个当代文化和文学研究的核心概念为切入点，探讨中国女性主义文学和文化批评的方法论走向和范式发展，考察在"语言学/文化转向"以及后来的"物质转向"的背景下，当代女性主义文学和文化研究如何既承续后结构理论的一些批判性视角，又能结合马克思主义或历史唯物主义的观点规避后结构理论可能造成的文化主义倾向，在文化批评的同时注重对物质性和社会结构的考察和思考，从性别、阶级、族裔等多重视角对文学和文化文本进行历史性和交叉性的研究。

第一节 后结构主义女性主义 视域中的"再现"

　　"再现"或者"表征"(representation)是文化研究的重要概念。"文化研究之父"、英国学者斯图尔特·霍尔(Stuart Hall)在其《表征：文化表象与意指实践》一书中提出："再现是借助语言对我们头脑中概念的意义的生产。它是联结概念与语言

　　1　相关研究如苏红军、柏棣：《西方后学语境中的女权主义》，桂林：广西师范大学出版社，2006 年；王淼：《后现代女性主义理论研究》，北京：经济科学出版社，2013 年；刘岩：《后现代视野中的女性主义与女性主义文学批评》，《广东外语外贸大学学报》4(2011)：9—13；刘希：《后结构理论与中国女性主义批评——以社会主义文化研究中的妇女"主体性"为中心》，《文艺理论研究》1(2021)：177—188。

的纽带,能使我们指涉物、人或事的'真实的'世界,或者虚构的物、人和事的想象的世界。"[2] 他研究人如何经由语言表达意义以及"再现"如何运作,并借助二十世纪八十年代以来西方"语言学转向"之后的符号学、语言学、解构主义、福柯的后结构主义和话语理论等资源,在语言和意义的关系这个问题上反驳了反映论途径(the reflective)和意向性途径(the intentional)。他认为语言并非像镜子一样客观反映已经在世界上存在的意义,也并不是说话者通过语言将他/她自己独特的思想传递出来。霍尔提出我们要采用一种建构主义的途径(the constructionist)去理解意义的生产:无论是事物本身,还是语言的个体使用者,都无法确定语言的意义,而是社会行动者使用"再现(表征)系统"(representational systems)建构意义。因此意义不是客观事物那里固有的,而是被生产出来的,是一套意指系统的结果。客观世界和我们的思想概念、语言之间有着复杂的中介(mediated)关系,而并非我们的思想借助语言对现实进行客观、直接或透明的还原呈现。语言、符号最终受制于历史,事物的意义只是在特定的历史背景下才被生产出来,并且随着历史变迁不断变化,不会被永远地固定下来。再现也是福柯意义上的"话语性"(discursive)的,再现作为知识生产的来源之一与社会实践和权力问题紧密相连。话语会引起人们的认同,可以生产不同的主体位置,进而在这些主体立场上可以生产新的知识。

这些建构主义和后结构主义的关于再现和话语的理论深

---

2 Hall, Stuart. *Representation*: *Cultural Representations and Signifying Practices*. London: SAGE Publications, 1997, p. 3.引文内容由笔者译为中文,下同。

刻影响了很多人文社会学科,如新闻传播研究中的"媒体框架"研究就认为新闻媒体所刊载的内容并非社会现实的客观反映,而是社会建构的产物。研究者可以分析大众媒体如何生产出特定的媒体框架,如对某一社会群体的过度再现、低度再现或者错误再现,对某个社会现象的报道呈现出正面、客观中性还是负面的立场等。同时,语言学、符号学、精神分析理论和后结构等理论也极大影响了当代的文化和文学研究。从"再现"视角出发,文学、文化文本即使持"现实主义"的立场,实际上也并非对社会现实的客观和透明的反映。同时,即使创作者承认文化文本的虚构性,也并不意味着文本就是生产者纯粹主观世界的反映。文化文本也可以被视作一套意指系统和话语实践,与现实有着复杂的中介关系,与权力密切相关,可以生产权力关系并建构主体位置。

后结构女性主义理论家克莉丝·维登(Chris Weedon)曾以英国文学研究为例指出,在后结构理论之前,在对妇女和性别问题的文化文本研究上曾有两种代表性研究视角:自由主义人文主义影响下的文学批评将文学作品解读为表达了在真实世界中的女性经验,认为女性主义文学批评的主要目标是挑战被歧视的女性形象,在文学批评和文学史写作中给女性作家合法的位置,并努力建构一个女性写作的传统。这种解读方式基于的观点是女性主体是充分自主的,并默认了语言的透明性和文本表达的经验的真实性。而在精神分析理论和激进女性主义理论影响下的文学批评将文学作品解读为对本质的女性主体性的表达,认为这种主体性可能是被压抑的,但往往有着巨大的颠覆性的力量。这种解读方式挑战了对语言的透明性和主体性的统一与固定性的认识，但有非历史化的对性别、象征秩序与潜意识结构的理解，也无力考察种种挑战和改变的可能性。[3] 而后结构主义的理论因为视主体性为相互冲突、相互竞争的主体位置场域，将性别主体性视为在意指实践之内被话语性建构而成的，因此可以启发我们重新认识"再现"与现实和经验的关系。对妇女和性别的再现并非对现实的客观还原或可以代表现实，它们也是一套符号和表意系统，其生产出的意义并不是它们声称要去代表的东西即"所指"，而是来自它们在什么位置上与"所指"或者现实相勾连。如文本告诉我们当时流通着什么样的性别话语并生产出什么样的主体位置，这样才能让我们对父权的特殊结构以及抵抗的可能性做出洞察。

同时，在妇女学和性别研究界，越来越多的学者也注意到"再现"和性别间的复杂关系。美国历史学家琼·斯科特（Joan W. Scott）曾提出一个对社会性别（gender）的重要认识："社会性别是基于被认为的两性间的差异的一种社会关系的基本构成元素，社会性别是指征权力关系的主要方式。"[4] 而她认为研究社会性别的方法，首先是引起了对多样的且矛盾的性别再现的文化象征（culturally available symbols）的研究，如：将妇女视为光明或黑暗、纯洁或玷污、无辜或腐化的象征是在何种语境下被怎样创造出来的？其次是对各种影响了我们对

3　克莉丝·维登：《女性主义实践与后结构主义理论》，白晓红译，台北：台湾桂冠图书股份有限公司，2011 年。

4　Scott, Joan W. "Gender: A Useful Category of Historical Analysis." *American Historical Review* 91.5(1986):1067.

这些文化象征的解读的关于两性的规范性概念(normative concepts)的研究，它们以固定的二元对立的形式出现于宗教的、教育的、科学的、法律的和政治的学说中。因此，斯科特首先关注的就是在社会文化中被"再现"出来的社会性别。而女性主义理论家特里莎·德·劳里提斯(Teresa de Lauretis)受到福柯关于"性的社会机制"的理论影响，她提出要"把社会性别看成是一种再现与自我再现，是各种社会机制，譬如电影院，和种种制度化了的话语、认识论、批评实践以及日常生活行为的产物"，并认为"社会性别的再现"其实就是"社会性别的建构"。她进一步认为这种建构不仅仅在阿尔都塞的"意识形态国家机器"如媒体、学校、法律、家庭内进行，还在学术界、知识分子圈，甚至在女权主义内部进行着。[5]

无论是将社会性别理解为一种通过建构性别差异而指征的权力关系，还是一种通过再现和主体建构而达成的意识形态，这些视角都促使我们在考察对妇女和性别问题的再现时，不再主要看"再现"是否歪曲了现实，而是去研究"再现"这个符号和意指系统所生产出来的"现实"及种种规范、差异和认同；不再把"性别差异这个父权制的重要基础看作外在于再现系统的再现的客体，而是再现系统造成的结果"[6]。同时，我们对父权制也有了新的认识：父权制是基于性和性别的一套社会统治体系，更是"通过在性轴线上建立社会性的性别差异而

5　特里莎·德·劳里提斯：《社会性别机制》，《女权主义理论读本》，佩吉·麦克拉肯主编，桂林：广西师范大学出版社，2007年，第202—203页。

6　Cowie, Elizabeth. "Representations." *The Woman in Question*, Eds. Parveen Adams, and Elizabeth Cowie, Cambridge. MA: MIT Press, 1990, p. 118.

形成的一套社会心理关系的网络"，它"深深植根于我们对性别身份认同的意识之中，看起来是自然的、不可改变的"[7]。这种新的认识也让我们重新考量了女性主义文化批判的对象：不再是对于妇女或者性别议题的再现是否扭曲了(真实的)参照物，而是文化再现所声称为真实的身份认同和社会差异，以及支撑了这种话语背后的种种社会规范。因为相对于作为性统治体系的父权制，文学和文化研究者还要将父权制看作是一种建构了性分化(sexual differentiation)的体系。

在后结构主义的影响下，女性主义者开始聚焦主体性、身体、性存在(sexuality)与身份认同的问题，将关注的焦点转移到意义的符号结构。从后结构主义女性主义对"再现"/文本、现实和意义生产的立场出发，我们需要坚持意义的流动性并研究作为一个持续的过程，而不是作为一个完成了的产品的"意义"。琼·斯科特在谈及福柯对我们的启示时说道：

> 后结构主义者坚持认为，文字和文本没有固定或内在的意义。在它之间不存在透明或不言而喻的关系。无论是思想还是事物，语言与世界之间没有基本的或终极的对应关系。那么，在这样的分析中必须回答的问题是：在何种具体背景下、在哪些特定的人的区域中，以及通过什么文本的和社会的过程意义最终被获得？更普遍的问题是：意义是如何变

7　Pollock, Griselda. *Vision and Difference：Femininity，Feminism，and Histories of Art*. London and New York：Routledge. 1988, p. 33.

化的？有些意义怎样作为规范性的东西出现，而其他的意义怎样被遮蔽或消失了？这些过程揭示出权力是如何构成和运作的？[8]

这些都成为我们在具体批评实践中可以提出的问题。因此，无论是对于用文字书写的历史的研究，还是各种文化文本如文学、影视等"再现"的研究，都可以从这种意义生产、话语建构、主体形塑和权力运作的角度去分析。克莉丝·维登建议文学研究者们在研究文学再现和性别的关系时采用后结构主义的批评形式：

> 对后结构主义女性主义而言，文学乃是对性别的意识形态建构之运作的许多特殊场景之一。文学不是反映或表达着社会产生的或本质的女性（womanhood），而是如其他的话语形式，欲图建构女性或男性显著地"自然的"的存在方式。虚构作品提供给它们的读者主题位置与主体性模式，这些模式意涵着特定的意义、价值和享乐形式。作品所提供的那个社会见解的中心，就是对女性性质的特定定义，以及女性特质与男性特质的关系。[9]

8　Scott, Joan W. "Deconstructing Equality-Versus-Difference"; or, "the Uses of Poststructuralist Theory for Feminism," *Theorizing Feminism*：*Parallel Trends in the Humanities and Social Science*s. Eds. Anne C. Herrmann and Abigail J. Stewart Boulder, CO：Westview Press, 2001, p. 256.

9　克莉丝·维登：《女性主义实践与后结构主义理论》，白晓红译，台北：台湾桂冠图书股份有限公司，2011 年，第 199 页。

因此,后结构主义可以说是我们对文化再现进行女性主义研究的一个重要理论资源。它启发我们去关注"再现"的建构性和生产性,以及"再现"的生产和阐释过程中的政治性和批判性。朱迪斯·巴特勒(Judith Butler)就认为对"权力无所不在,甚至存在于批评家自身"的这种认识是作为政治参与的批评的先决条件。[10] 作为在英文表达上的同一个词汇"representation",文化和审美意义上的"再现"(描绘、符号、象征等)与立法和政治意义上的"代表"(或代理、授权、权力分配等)其实关系密切。对"再现"的政治性的深刻认识启发我们将妇女或者其他社会边缘群体的"自我再现"也看作一种"再现",也有其话语性和与权力的密切关系,特别是跟各种等级性的差异的关系。并不是说当某一社会群体开始自我再现的时候,他/她生产相关知识、建构相关话语的过程就是透明的和可靠的。对于底层的研究中有一个经典问题,斯皮瓦克的"底层可以说话吗?"。首先,知识分子对底层的"再现"有个"代理"的问题,他们无论是认为底层可以还是无法说话,有无"能动性","代言"本身的权力关系是需要被审视的。其次,当底层"自我再现"时,他们的发言并非透明的现实反映,也不一定有统一的或自觉的声音,而是也经过了社会话语的调节。贺萧曾认为"底层不能说话"实际的意思是他们"不能在话语中再现"自己,也是被社会话语调节过的。[11] 周蕾(Rey

---

10 Judith Butler. "Contingent foundations: Feminism and the question of postmodernism." *The Postmodern Turn: New Perspectives on Social Theory*. Ed. Steven Seidman. Cambridge: UP, 1994, p. 157.

11 Hershatter, Gail. "The Subaltern Talks Back: Reflections on Subaltern Theory and Chinese History." *Positions: East Asia Cultures Critique*(1) 1993:101–130.

Chow)也提出:"再现,甚至是对自我的再现,总是需要与那些使'自我'变得不透明而不是清晰的异质性因素相妥协让步。尽管被想象为知识的终极来源,自我其实并不一定'懂得'自己,也不能被归结为理性认知的范畴。"[12] 因此,后结构主义女性主义视角下对"再现"和"性别"的研究就是要坚持文化文本时意义的建构而非意义的反映,将种种文本视作一个历史产生的话语性产物,考察它如何为读者建构意义与主体位置,以及其在不同社会文化语境下产生的不同效用和政治意涵。而不同文本对于妇女经验和主体性的"再现"也是在特定的历史与社会中的话语产物,我们可以关注权力是如何经由文化话语来指征的,特别是"性别差异"的话语是如何建构的,在这个过程中存在着什么样的矛盾,以及抵抗在何处并如何可能产生。

尽管没有直接借用"交叉性"[13]这个理论,但后结构主义女性主义的很多理论家在考察"再现"与各种等级性的差异建构时都不仅仅只看到社会性别,还注重阶级、种族、职业、年龄、性倾向等多种社会范畴坐标上的意义生产。这与后结构主义理论本身对"女性"以概念的去本质化的多义理解密切相关。特里莎·德·劳里提斯在其《社会性别机制》一文中就注意到,温迪·霍尔韦(Wendy Hollway)在研究权力关系、社会性

12　Chow, Rey. "Gender and Representation." *Feminist Consequences: Theory for the New Century*. Ed. Elisabeth Bronfen. Columbia University Press, 2001, p. 74.

13　关于"交叉性"概念的介绍及其与女性主义批评实践的关系可见:苏熠慧:《"交叉性"流派的观点、方法及其对中国性别社会学的启发》,《社会学研究》4(2016):218—241;张也:《女性主义交叉性理论及其在中国的适用性》,《国外理论动态》7(2018):83—95。

别差异与主体意识产生时发现,权力与主体形成的关系"不仅能够解释为什么从历史上看妇女们在性别与社会性别的实践与身份体系中进行了不同的投入,采取了不同的立场",而且也能解释"社会差异的其他主要方面,譬如阶级、种族与年龄,与社会性别相互交叉来支持或冷落某些立场观点"[14]。维登在论及"解构"对于女性主义的意义时就认为它提供了方法"去解构那些加强了性、种族和阶级压迫的阶层性对立(hierarchical opposition)"[15],而她认为后结构主义女性主义的分析就等于打一场关于"作品意义的话语战役",在这场战役中考察为什么"特定解读的正当性以及其他解读的被排除,代表了颇为特定的女权的、阶级与种族的利益"[16]。这样才能深入研究具体的文本究竟建构了什么样的主体性模式,因为"主体性是社会过程与实践中——经由这些过程与实践,阶级、种族和性别权力的形式得以行使——具有首要的重要性"[17]。周蕾认为当代文化研究不断向我们表明,"'再现'不能脱离性

14　Holloway, Wendy. "Gender difference and the production of subjectivity." *Changing the Subject*: *Psychology*, *Social Regulation and Subjectivity*. Eds. Julian Henriques, et al. Methuen, 1984, p. 237. 转引自特里莎·德·劳里提斯:《社会性别机制》,《女权主义理论读本》,佩吉·麦克拉肯主编,桂林:广西师范大学出版社,2007年,第219页。

15　克莉丝·维登:《女性主义实践与后结构主义理论》,白晓红译,台北:台湾桂冠图书股份有限公司,2011年,第197页。

16　克莉丝·维登:《女性主义实践与后结构主义理论》,白晓红译,台北:台湾桂冠图书股份有限公司,2011年,第200页。

17　克莉丝·维登:《女性主义实践与后结构主义理论》,白晓红译,台北:台湾桂冠图书股份有限公司,2011年,第206页。

别、种族、阶级和其他差异"[18]。南希·弗雷泽(Nancy Fraser)和琳达·尼科尔森(Linda Nicholson)在讨论我们如何避免后现代主义对女性主义造成的误区时也提到,即使女性主义需要回应"千变万化又千篇一律"的性别不公问题,但我们在进行具体研究时也要采用一种"非普遍主义"的立场,摒弃单一的"妇女"和"女性性别认同"概念,而代之以多元复杂的被建构的社会认同概念,将性别视为一个相关的链,同时兼顾阶级、种族、族裔、年龄和性取向。[19] 如此一来,在"语言学转向"或"文化转向"之后,女权主义议题设定的问题"已经从'为何有压迫,以及如何终结它'转移至'对女性而言,它意味着什么'"和"去成为某种女性意味着什么"[20]。

第二节　马克思主义/唯物主义女性主义视域中的"再现"

近年来,在语言和话语转向之后,意义的符号结构和权力

18　Chow, Rey. "Gender and Representation." *Feminist Consequences*: *Theory for the New Century*. Ed. Elisabeth Bronfen. New York: Columbia University Press, 2001, p. 49.

19　Fraser, Nancy, and Nicholson, Linda. "Social Criticism without Philosophy: An Encounter between Feminism and Postmodernism." *The Postmodern Turn*: *New Perspectives on Social Theory*. Ed. Steven Seidman. Cambridge: Cambridge University Press, 1994, p. 258.

20　Tormey, Simon, and Townshend, Jules. "Post-Marxist Feminism: Within and Against Marxism." *Key Thinkers from Critical Theory to Post-Marxism*. London: SAGE Publications, 2006, p. 116.

问题一直成为女性主义者的研究焦点,这种倾向看起来越来越远离对物质/结构变迁的关注。因此,应该怎样重新认识社会结构和物质这些政治经济学的核心与文化、话语和语言之间的关系成为一个新的问题。马克思主义女性主义理论家米歇尔·巴莱(Michele Barrett)认为,后结构主义的解构理论、精神分析学以及后现代主义的权力和话语理论"使经典的唯物主义(的女权主义)越来越困难"[21]。近年来中外很多学者思考后结构主义有可能带来的"文化主义"倾向,特别是可能影响我们对压迫性的权力结构的特别是妇女所从属的物质的社会文化关系的认识。[22]

首先,我们需要清楚后结构女性主义本身也是复数的,并非所有后结构女性主义派别都倾向以语言取代物质和受压迫的权力关系。如维登的后结构主义女性主义理论就始终强调话语实践与物质权力关系的结合,"话语实践乃是被深置于物质权力关系之中;而物质的权力关系亦需要转化,以使改变得以实现"[23]。这可能与维登对阿尔都塞的后结构马克思主义的继承有关。她认为女性主义者需要注重"马克思主义在意识形态与物质利益之间所做的连接,以及意识形态在社会权力

---

[21] 转引自苏红军:《成熟的困惑:评20世纪末期西方女权主义理论上的三个重要转变》,《西方后学语境中的女权主义》,苏红军等编,桂林:广西师范大学出版社,2006年,第21页。

[22] 苏红军:《成熟的困惑:评20世纪末期西方女权主义理论上的三个重要转变》,《西方后学语境中的女权主义》,苏红军等编,桂林:广西师范大学出版社,2006年,第21页。

[23] 克莉丝·维登:《女性主义实践与后结构主义理论》,白晓红译,台北:台湾桂冠图书股份有限公司,2011年,第124页。

关系之特定形式的再生产之中所扮演的必要角色"[24]，她将意识形态的"物质性""转译"成后结构主义的术语，即"话语、经济的生产关系的重要性、社会的阶级结构以及理论与实践之间的必要关系"[25]，这种通过话语对社会权力的分析并不一定全部化约为资本/劳动关系和阶级分析，因为后结构主义需要有空间留给其他形式的权力关系，如性别和种族。朱迪斯·巴特勒也认为后结构视域下的"主体"是"充分嵌入到各种物质实践和制度安排的组织原则中，并在这种力量和话语的矩阵中构建而成的"[26]。

米歇尔·巴莱很早采纳了阿尔都塞的关于上层建筑之于经济基础有相对自主性的观点，去剖析社会性别意识形态的问题，并且认为这种意识形态深深嵌入于劳动分工和资本主义生产关系中。但是她"无法提出一个令人满意的理论，来说明性别意识形态的物质基础"[27]。特里莎·德·劳里提斯在讨论社会性别机制时，也借用了阿尔都塞的意识形态理论。她认为虽然阿尔都塞的理论本身不涉及对社会性别的讨论，但是他对意识形态的认识如"所有意识形态都有将具体的个人

24　克莉丝·维登：《女性主义实践与后结构主义理论》，白晓红译，台北：台湾桂冠图书股份有限公司，2011 年，第 32 页。

25　克莉丝·维登：《女性主义实践与后结构主义理论》，白晓红译，台北：台湾桂冠图书股份有限公司，2011 年，第 37 页。

26　Butler, Judith. "Contingent Foundations: Feminism and the Question of Postmodernism." *The Postmodern Turn: New Perspectives on Social Theory*. Ed. Steven Seidman. Cambridge: Cambridge University Press, 1994, p. 160.

27　Tormey, Simon, and Townshend, Jules. "Post-Marxist Feminism: Within and Against Marxism." *Key Thinkers from Critical Theory to Post-Marxism*. London: SAGE Publications, 2006. p. 119.

'建构成'主体的功用",却可以启发我们把社会性别这个传统上认为属于私人领域的范畴同样看作一种通过建构主体而起作用的意识形态。[28] 同时她提醒我们,女性主义也可能与不同的意识形态如等级观念、资产阶级自由主义思想、种族主义、殖民主义、帝国主义还有人文主义乃至异性恋主义存在共谋关系。[29]

因此,对"意识形态"相关理论的坚持能否成为后结构主义女性主义与唯物主义女性主义的一个连接点呢?有学者认为,在"语言学转向"之后,女性主义研究的一个核心问题就是"历史唯物主义女性主义长期以来对意识形态——内在与生产和再生产的关系并对维持这两种关系至关重要的思想和信仰体系——的关注能否、并且如何采用或适应后结构主义方法"[30]。更进一步,对于主要研究种种文化符号、编码、"再现/表征"的学者来说,我们可以在后结构主义和唯物主义之间维持一种动态的关系吗?

其实在"语言学转向"前后,很多历史唯物主义女性主义学者们在讨论物质性的时候都包含了对文化以及"再现"的力量的讨论,即使再现活动或者上层建筑本身被认为有其自主性,但物质性或人类的种种"感性活动"被认为是"再现"等语

---

28 特里莎·德·劳里提斯:《社会性别机制》,《女权主义理论读本》,佩吉·麦克拉肯主编,桂林:广西师范大学出版社,2007 年,第 206—208 页。

29 特里莎·德·劳里提斯:《社会性别机制》,《女权主义理论读本》,佩吉·麦克拉肯主编,桂林:广西师范大学出版社,2007 年,第 213 页。

30 Wingrove, Elisabeth. "Materialism." *The Oxford Handbook of Feminist Theory*. Eds. Lisa Disch, and Mary Hawkesworth. Oxford: Oxford University Press, 2015, p. 455.

言和符号实践发生的场所。那么，我们可以首先探讨，应该怎样理解意指实践、话语还有人的心理的"物质性"呢？本章在此先分析一些马克思主义女性主义和唯物主义女性主义学者对此问题的论述。

在对心理结构的理解上，女性主义立场理论（standpoint）的学者南希·哈索克（Nancy Hartsock）所持有的"唯物主义心理学"的客体关系理论，将分析重点转移到心理学上的人格世界，在这个世界里，由性别分工和如抽象的"男性气质"和"女性气质"所塑造的自我关系（即意识）占据了中心。[31] 但对她来说，最根本的立场在于认清压迫是社会的基本现实，在强调社会分析视角的多样性与女权主义立场的同时确认一个物质背景。跟哈索克一样，英国马克思主义女性主义文学批评家科拉·卡普兰（Cora Kaplan）也注重所谓"心理认同"的社会性。她认为文学作品正是以上那些"互相刻写"以叙述形式，并指向了社会和心理认同的碎片化性质以及"社会意义的心理化再现方式"（the ways in which social meaning is psychically represented）：

> 我们必须把心理重新定义为一种结构，而不是一种内容。这样做并不是要脱离将种族和阶级考虑进来的女权主义政治，而是为了更全面地理解这些社会分化和性别印记是如何相互保护和赋予意义

31　Hartsock, Nancy C. M. "The Feminist Standpoint: Developing the Ground for a Specifically Feminist Historical Materialism." *Feminist Social Thought: A Reader*. Ed. Diana Tietjens Meyers. New York: Routledge. 1997, pp. 471 – 472.

的。通过这种分析我们可以努力对此进行改变。[32]

这种对于心理的社会性的考察可以追溯到阿尔都塞。受到拉康影响的阿尔都塞试图通过意识形态的运作去考察心理与社会的关系,因为意识形态即个体与他们所在的真实的生存环境之间想象性的关系的一种再现。

对于社会话语的物质性的理解,马克思主义女性主义者卡普兰认为以"阶级"为例,很多社会主义批评家也没有将他们的研究对象——文学文本——"作为生产阶级意义的重要场所,因为它们看起来离真正的经济和政治的决定因素距离太远",而"阶级的一切物质关系在话语中得到了充分的再现,因为语言本身是物质性的"[33]。在这个问题上,一些"唯物主义女性主义"者的观点也非常值得探讨。唐纳德·兰德里(Donna Landry)和杰罗·麦克林(Gerald Maclean)所倡导的唯物主义女性主义是深受后结构主义影响的"解构的唯物主义女权主义观",他们提出的对各种文化和社会产品的批判性研究其实是对雷蒙德·威廉斯(Raymond Williams)所提出的文化唯物主义的继承。兰德里和麦克林认为相比阿尔都塞,威廉斯充分发展了马克思对人类活动和能动性的巨大作用的认识:

32　Kaplan, Cora. "Pandora's Box: Subjectivity, Class and Sexuality in Socialist Feminist Criticism." *Making a Difference: Feminist Literary Criticism*. Eds. Gayle Green, and Coppélia Kahn. London: Taylor & Francis Group, 2003, pp. 175 – 176.

33　Kaplan, Cora. "Pandora's Box: Subjectivity, Class and Sexuality in Socialist Feminist Criticism." *Making a Difference: Feminist Literary Criticism*. Eds. Gayle Green, and Coppélia Kahn. London: Taylor & Francis Group, 2003, p. 163.

对于威廉斯而言，语言是"实践性的意识"，一种在世界中具有物质后果的思考和活动方式。因此，跟对经济的研究对于马克思主义很重要一样，威廉斯将对文化的研究作为一种掌握物质现实的很重要的方式。他认为需要一种对马克思的历史唯物主义的补充，这就是为什么文化唯物主义"在历史唯物主义中的关于物质性的文化和文学生产的特殊性的理论"会被发展出来。威廉斯努力把人类主体作为文化的能动者放回到唯物主义的辩论中。[34]

我们也需要认清话语在个体和社会物质条件之间所发挥的中介作用。如一些"后社会史"（post-social history）学者所认为的，我们应当打破客观论和主观论的二元分化，同时质疑意向角度的说明和结构角度的说明，认清意识形态和话语在个体基于社会物质存在条件两者之间的中介作用：

> 人们始终是通过某种话语性的社会想象的积极中介过程来体验其社会世界，或与该世界结成蕴含意义的关系的。这种社会想象赋予社会实在以意义，将历史性的存在授予利益与认同，并引发蕴含意义的行动，引导它，赋予它人们心中的感受。……话语确实借助将自身投射到事件中，积极参与了社会

34　Landry, Donna, and Maclean, Gerald. *Material Feminisms*. Cambridge, MA and Oxford: Blackwell, 1993, p. 5.

事件、过程、关系与制度的塑造。[35]

另一位唯物主义女性主义者罗斯玛丽·亨尼西(Rosemary Hennessy)认为话语和知识具有物质性。她认为将话语理论化为一种意识形态就可以看到语言、话语与社会之间的物质关系。"将话语概念化为意识形态,为女权主义提供了一个系统的理解权力/知识关系的物质性的理论,在我看来是推进了女权主义的政治目标的框架。"[36]她在阿尔都塞的意识形态理论、葛兰西的"霸权"和"接合"(articulation)理论和米歇尔·佩舍(Michel Pecheux)的"话语间性"(interdiscourse)理论的启发之下改造了女性主义立场理论。她认为:

> 如果我们不把主体性或"经验"当作有别于经济和政治领域的东西来对待,那么女权主义的目标就会得到最好的实现。在将主体性与其他社会和物质领域割裂开来的时候,我们就会发现,女性主义立场理论的巨大的批判潜力和女权主义作为解放性的社会运动的目标被破坏了。[37]

亨尼西在话语的物质性上反思了福柯的后现代话语理论

---

35 Cabrera, Miguel A. *Postsocial history: An introduction*. Trans. Marie McMahon. Lexington: Lexington Books, 2004, pp. 161–162.

36 Hennessy, Rosemary. *Materialist Feminism and the Politics of Discourse*. London: Routledge, 1993, pp. 100.

37 Hennessy, Rosemary. *Materialist Feminism and the Politics of Discourse*. London: Routledge, 1993, pp. 84–85.

对性别和帝国主义不彻底的反思造成的意识形态性。她认为在话语的物质性上我们要坚持女性主义立场，看到话语理论带来的政治和经济上的影响：

> 女性主义致力于理解跨越多种差异形态——种族、阶级、性别、性——的对"妇女"的话语建构，它需要一个问题意识，以解释对差异的话语建构与形塑这些话语的剥削性的社会安排之间的联系。我们宣称要打破西方知识在复制剥削上的共谋关系，这个立场意味着我们必须正视我们的理论话语的物质效果。[38]

她也批评了特里莎·德·劳里提斯没有将后现代主义的话语和多元主体的理论跟资本主义的运作方式联系起来。笔者非常认同亨尼西在对话语的物质性上做出的思考和论述，我们最终需要认清在特定历史时期被卷入剥削性的社会关系的对不同形式的差异的建构过程。

关于后现代主义理论建立起来的对于"再现"的研究，亨尼西认为我们可以通过将话语作为意识形态研究，发展出一套唯物主义女性主义的"症候式阅读"，也即反霸权的批评话语去研究所有意义生产实践。她借鉴西拉·本哈比（Seyla Benhabib）关于"危机诊断"（crisis diagnosis）的理论，认为我们

---

[38] Hennessy, Rosemary. *Materialist Feminism and the Politics of Discourse*. London：Routledge, 1993, pp. 65 - 66.

可以首先指出文本逻辑中的内在矛盾,从中看到历史性的矛盾性(historical contradictions)。然后将文本危机去偶像化(defetishizing),将其解读为对矛盾的历史力量的意识形态置换。最后用隐含于文本危机中另类的叙述来取代文本的问题。她认为批评的目的是为了促成社会的变革,因为文本内在的矛盾其实是更大的社会结构的产物,同时也会反作用于社会造成危机的发生。[39] 这种"症候式阅读"完全可以为女性主义所用,因为它将任何文本都看作是由历史矛盾产生的,考察特定文化文本中非常具体的层面上的话语链接,进行系统的分析,并将主体性看作意识形态/话语位置性,因此有助于揭示文化文本中霸权性的意识形态,看到文本的历史性及隐藏的剥削性的社会关系。

亨尼西也认为对主体的建构是话语的物质作用之一,因为主体就是被很多等级化的差异所建构的,而且这些不平等的等级制度往往是历史性和系统性的,如父权制和资本主义。[40] 卡普兰也认为我们在从事文化研究时,不仅要对文化文本进行内容分析,同时还要考察文本的语言生成过程和它在这些条件下建构和定义的"主体性"。她认为,马克思主义女性主义批评中对"主体性"的理解不同于自由主义女性主义对固有的、超越性的女性主体性的理解,虽然符号学和精神分析理论帮助女性主义打破了这种迷思,把写作、性征与主体建构的关系复杂化了,但是却缺少对社会性别以外的社会分类的

39　Hennessy, Rosemary. *Materialist Feminism and the Politics of Discourse.*
London: Routledge, 1993, p. 92.

40　黄继锋:《唯物主义女权主义》,《国外理论动态》3(2004):24—27.

分析。应当把"主体性"理解为一种"历史建构的意识形态"，并看到性别、阶级、种族等范畴的多元作用。[41]

有学者认为历史唯物主义对于女性主义的主要解释效力在于，可以帮助我们辨认"作为历史和政治产物的性/性别体系的非自然化"，将"压迫作为分析中心并给予相应的解释和行动"，同时将"差异作为统治、剥削和异化关系的结果而不是其条件"进行解析，这样问题就变成了："对意指系统的分析是怎样促成、确认、阻碍或挑战以上这些解释性要求的？"[42]对于文学和文化研究来说，笔者认为我们在文化文本研究中对各种等级性的差异的解构，对其历史性、政治性的分析可以同时结合后结构主义理论和历史唯物主义分析的理论工具，将对"再现/表征"的结构和意义的研究与对宏观语境的勾连和意识形态分析连接起来。早在 1978 年，英国的"马克思主义女权主义文学研究集体"就提出了一种马克思主义女性主义批评实践的方法，认为对"再现"的研究可以将这些视角结合起来：

> 文学文本被看作是意识形态性的，它们不能给我们关于社会形成的知识，但它们提供了一种在分析文化中同样重要的东西，那就是对现实关系的想象性再现（an imaginary representation of real

---

41　Kaplan, Cora. "Pandora's Box: Subjectivity, Class and Sexuality in Socialist Feminist Criticism." *Making a Difference: Feminist Literary Criticism*. Eds. Gayle Green, and Coppélia Kahn. London: Taylor & Francis Group, 2003, pp. 149 – 150.

42　Wingrove, Elisabeth. "Materialism." *The Oxford Handbook of Feminist Theory*, Eds. Lisa Disch, and Mary Hawkesworth. Oxford: Oxford University Press, 2015, pp. 460 – 461.

relations)。一种马克思主义的女权主义方法,关注性别作为文学生产的一个关键的决定因素,可以提供一个更好的将文学作为性别差异化的意指实践的理解。这并不是要把性别凌驾于阶级之上,而是要挑战将女性写作分离出去的男性写作和批评的主流观点。马克思主义和女权主义都对马克思主义与精神分析学结合的可能性有相当大的兴趣。马克思主义和精神分析都提出他们的方法是详尽无遗的;但我们认为,只有将两者综合在一起(尽管这将被问题化),我们才能弄明白至关重要的父权制与阶级结构之间的相互依赖。[43]

以这个文学研究小组的一个成员,马克思主义女性主义英国文学批评家科拉·卡普兰的理论为例,她将历史唯物主义视角、交叉性视角和文本解构结合起来的方法非常有启发性。卡普兰在其最有影响力的《潘多拉的盒子:社会主义女性主义批评中的主体性、阶级和性征》一文中认为,对于女性主义批评来说,符号学和精神分析理论这些现代批判理论非常有用,因为它们可以帮助我们破解种种被自然化和本质主义化了的身份认同概念以及静态的对女性气质和男性气质的认识。但同时她认为,我们在意义生产研究上对这些理论的应用必须关注到不仅仅是性的差异而且是各种差异系统对文化

43　The Marxist-Feminist Literature Collective. "Women's writing: Jane Eyre, Shirley Villette, Aurora Leigh." *Marxist Literary Theory*. Eds. Terry Eagleton and Drew Milne, Cambridge, MA and Oxford: Blackwell, 1996, pp. 329 – 330.

的影响。女性主义批评最为关注的性别话语,特别是性别二元对立的概念,往往是"通过其他社会和文化术语,其他类型的差异"被制定或者打破:

> 阶级和种族意识形态浸润于并且通过性差异的语言来表达。阶级和种族的含义不是性的隐喻,反之亦然。虽然不确切,但最好把它们看作是通过一种叙事方式,意义链中的一组关联术语,相互地建构。了解性别和阶级——如果只分析两种范畴——如何互相绞合和表达,将改变我们对它们每一项的分析。[44]

因此,卡普兰认为女性主义分析的重点应该放在"异质性"、"规定社会和心理意义的不同类别(性别、阶级、族裔等)之间表达出的亲密关系"上。

与后结构主义对"再现"的建构性和历史性的认识一样,卡普兰认为:"再现都不是自然的或不可避免的。它们是起决定性作用的社会分化和意识形态通过心理结构发挥作用造成的历史影响,并在性和社会身份中起作用。如果他们被这样理解,则它们可以被改变。"[45]文化文本本身并非一个统一的事

---

44 Kaplan, Cora. "Pandora's Box: Subjectivity, Class and Sexuality in Socialist Feminist Criticism." *Making a Difference: Feminist Literary Criticism*. Eds. Gayle Green, and Coppélia Kahn. London: Taylor & Francis Group, 2003, p. 149.

45 Kaplan, Cora. "Pandora's Box: Subjectivity, Class and Sexuality in Socialist Feminist Criticism." *Making a Difference: Feminist Literary Criticism*. Eds. Gayle Green, and Coppélia Kahn. London: Taylor & Francis Group, 2003, p. 168.

物。"文学本身就是一个异质性的话语,挪用、语境化和评论了对其他阶级和性别的'语言'。"[46]因此,以十九世纪的小说为例,无论小说的现实模仿性或者写实性有多强,它们都可以透露给我们"维持当时社会和政治思想的强大的阶级和性别象征的力量"和"社会和性别差异之间的互相刻写"[47]。研究者可以通过对作者和人物所处物质环境和社会限制的考察去发现阶级和性别的历史交会。

唯物主义女性主义学者兰德里和麦克林也认为需要对多种差异政治,包括阶级、性别、种族、族裔、性征、国籍、后殖民性、宗教和文化认同进行社会批判,并且认为研究"文本性"(textuality)的女性主义尤其要关注不同的差异性再现和这些再现对社会生活的作用。[48] 他们认为唯物主义女权主义不仅仅将阶级矛盾和性别意识形态和性别社会实践中的矛盾看作具有物质基础和影响的,还把更多其他的矛盾也看作历史性的,在意识形态中作用的,具有物质基础和物质后果的,包括种族、性征、帝国主义、殖民主义以及人类中心主义等意识形态。[49]

46　Kaplan, Cora. "Pandora's Box: Subjectivity, Class and Sexuality in Socialist Feminist Criticism." *Making a Difference: Feminist Literary Criticism*. Eds. Gayle Green, and Coppélia Kahn. London: Taylor & Francis Group, 2003, p. 165.

47　Kaplan, Cora. "Pandora's Box: Subjectivity, Class and Sexuality in Socialist Feminist Criticism." *Making a Difference: Feminist Literary Criticism*. Eds. Gayle Green, and Coppélia Kahn. London: Taylor & Francis Group, 2003, p. 167.

48　Landry, Donna, and Maclean, Gerald. *Material Feminisms*. Cambridge, MA and Oxford: Blackwell, 1993, p. 90.

49　Landry, Donna, and Maclean, Gerald. *Material Feminisms*. Cambridge, MA and Oxford: Blackwell, 1993, p. 209.

可以说，以上这些女性主义学者们对如何在后结构主义和马克思主义或唯物主义之间维持一种动态的关系都做出了不同的尝试和努力。“要成功地维持女性主义、马克思主义与后结构主义三者之间的动态、紧张关系是一项艰难的任务，但是从解放观点来说，这仍然比放弃这种三者之间的动态、紧张关系还要更为可取。”[50]一些后结构女性主义者已经反思了单纯的后现代视角对于女性主义批评的局限性，特别是对社会宏观结构分析的放弃，削弱了女性主义社会批判的政治性。他们认为，“因此至少需要对社会组织和意识形态变化的大叙述，对宏观结构和制度的经验的和社会理论的分析，对日常生活微观政治的互动分析，对文化生产的批判性阐释学和制度分析，对特定历史和文化中的性别社会分析等等”[51]。

另外，很多学者已经注意到“交叉性”方法论与马克思主义女性主义的可综合之处。[52] 二十世纪末出现的“交叉性”概念曾批评传统的马克思主义不注意各种社会类别间的复杂动态，而交叉性女权主义试图通过一个坚持社会的复杂、动态性

50　Tormey, Simon, and Townshend, Jules. *Key Thinkers from Critical Theory to Post-Marxism*. London：SAGE Publications, 2006, p. 137.

51　Fraser, Nancy, and Nicholson, Linda. "Social Criticism without Philosophy：An Encounter between Feminism and Postmodernism." *The Postmodern Turn：New Perspectives on Social Theory*. Ed. Steven Seidman. Cambridge：Cambridge University Press, 1994, p. 249.

52　如 Ferguson, Susan. "Intersectionality and Social-Reproduction Feminisms." *Historical Materialism* 4(06) 38 - 60；Bohrer, A. J.. "Intersectionality and Marxism：A Critical Historiography." *Historical Materialism* 26.2(2018) 46 - 74；Mojab, S. , and S. Carpenter. "Marxism, feminism, and intersectionality." *Journal of Labor & Society* 22(2019)：275 - 282.

质的框架来捕捉主体性和社会立场的多层次、矛盾性,以超越仅仅对性别/阶级关系的关注。但同时当代马克思主义思想家也反思了"交叉性"对阶级讨论和资本主义批判的不足之处,特别是如何处理资本主义整体和其不同部分之间的辩证关系。因此,我们可以结合"交叉性"方法论与历史唯物主义辩证法,将种族、性别、阶级、性、能力和民族等看作在资本主义生产方式的历史特定语境中形成的关系,以把握复杂、多样的社会现实。

如果回到有学者认为的,历史唯物主义对于女性主义的主要解释效力在于,可以帮助我们辨认"作为历史和政治产物的性/性别体系的非自然化",将"压迫作为分析中心并给予相应的解释和行动",同时将"差异作为统治、剥削和异化关系的结果而不是其条件"进行解析,那么我们发现,保持对宏观社会结构的考察,特别是对压迫性的资本主义和父权制的分析和批判,进行历史化的对各种不平等的差异性的解构是可以为马克思主义和唯物主义女性主义所吸纳运用的。对"再现"的历史性、社会性和物质性的关注可以帮我们更好地认清各种等级性的差异关系的建构过程,以更深入地探讨在性别、阶级和种族等问题上剥削、压迫和异化这些社会问题。

第三节　中国文学批评的相关实践

近期有学者梳理后结构理论在中国的旅行和对中国女性主义批评的影响,发现从二十世纪八十年代以来在中国妇女和性别研究领域，有从自由主义女性主义立场对后结构理论的运用，有后结构主义女性主义视角下"去本质化"和历史化的批评实践，也有从历史唯物主义立场对后结构理论的反思和批评。[53] 有中国学者在后结构主义和马克思主义或唯物主义之间动态的关系上做过尝试和努力。贺桂梅在女性文学研究的女性"主体性"问题上，就对福柯和巴特勒的后结构理论做过重新阐释和应用。她认为福柯对主体性实践展开的对具体权力场域的关注，还有巴特勒注意到的"表演性反抗"本身的限度的"表演"理论，可以促使我们去发掘"表演者"所置身的社会结构和社会性别制度的具体历史形态，因为"每个人只能在既有的权力结构内部来建构或展示自己的性别身份"[54]。在反对本质主义的"主体性"阐释之后，贺桂梅对"非主体性"社会结构的关注又有了超越后结构主义的"话语"中心的倾向。她认为我们要注意女性自我意识、社会身份、组织方式等的"社会建构性"，很大程度上开启了文学、美学或文化研究之外的政治经济学讨论面向。这部分的具体分析将在第二章展开。

学界对不同文化和文学文本的政治经济学面向的讨论有很多成果。人类学家严海蓉对二十世纪八十年代产生重要影响的小说——谌容的《人到中年》——的社会学解读就是一个非常好的例子。[55] 严海蓉认为这部书写妇女所承受的工作和

53　刘希：《后结构理论与中国女性主义批评——以社会主义文化研究中的妇女"主体性"为中心》，《文艺理论研究》1(2021)：177—188。

54　贺桂梅：《三个女性形象与当代中国社会性别制度的变迁》，《中国现代文学研究丛刊》5(2017)：70。

55　严海蓉：《"知识分子负担"与家务劳动——劳心与劳力、性别与阶级之一》，《开放时代》6：(2010)：104—122。

家务的双重负担的小说，本可以成为反思社会再生产的价值，探讨社会主义性别政治问题的重要起点，但最后性别问题在小说的解读和接受中被隐去，小说成为"知识分子负担"和阶级问题的表征可以让研究者审视改革的时代语境所塑造的小说的社会效应。"社会和政治的形势决定了什么样的问题是'社会'问题以及一个问题如何成为'社会'问题。"[56]严海蓉对这个文学文本中后毛泽东时代话语体系的剖析让她深入发现了小说建构脑力和体力劳动的价值差别的意识形态性。

美国学者艾米·杜丽（Amy Dooling）对当代中国打工妹的文化再现的研究中对社会话语和意识形态的分析也有强烈的政治经济视角。[57] 她提出的研究问题是："女性农民从田间地头进入工厂的大规模流动如何催生了当代文学和视觉文化中想象和表现妇女作为工人的新模式？在这些文化想象背后的政治为何？这些再现优先化了谁的利益，最终服务于谁的利益？"[58]在这里"政治"的意思是，对打工妹个体命运的理解勾连着何种对社会变迁和全球资本主义生产体制和父权制的认识，以及对后社会主义时期交叉性的社会不平等的认识和挑战。她最终的结论是：这些"在大众文化中传播的城市现代性和社会流动性的诱人形象，是推动当前农村劳动力向外流动

56　严海蓉：《"知识分子负担"与家务劳动——劳心与劳力、性别与阶级之一》，《开放时代》6:（2010）:110。

57　Dooling, Amy. "Representing Dagongmei（Female Migrant Workers）in Contemporary China." *Frontiers of Literary Studies in China* 11.1(2017):133-156.

58　Dooling, Amy. "Representing Dagongmei（Female Migrant Workers）in Contemporary China." *Frontiers of Literary Studies in China* 11.1(2017):135.

的意识形态力量的重要组成部分"[59]。

在对"再现"中各种等级性的差异关系的建构的研究中,很多中国学者运用历史化和交叉性视角取得了重要成果。戴锦华的《阶级、性别与社会修辞》一文可以说是一篇典范性的研究。[60] 她以二十世纪九十年代影视作品中对下岗女工和打工妹的再现为例,在九十年代巨大的社会变革和多种社会差异的历史语境中去考察阶级与性别话语和叙述的互相借重和遮蔽,并认为这是当时中国社会最重要的"社会修辞"方式之一:

> 阶级与性别命题的重要,不仅在于它涉及被剥夺与牺牲的多数,而且在于它作为某种至关重要的社会、文化的症候,作为社会、话语、文化实践,其在强势/弱势、中心/边缘间所经历的复杂交错的历史演变,以及他们与多层面的社会现实,与多个权力中心的相对关系。[61]

戴锦华的研究方法与亨尼西所推崇的唯物主义女性主义"症候式阅读"方法类似,将文本内在的矛盾看作更大的社会结构的产物,并努力揭露文化文本中霸权性的意识形态。

59　Dooling, Amy. "Representing Dagongmei (Female Migrant Workers) in Contemporary China." *Frontiers of Literary Studies in China* 11.1(2017):141.

60　戴锦华:《阶级、性别与社会修辞》,《跨文化研究:什么是比较文学》,严绍璗、陈思和主编,北京:北京大学出版社,2007年,第355—371页。

61　戴锦华:《阶级、性别与社会修辞》,《跨文化研究:什么是比较文学》,严绍璗、陈思和主编,北京:北京大学出版社,2007年,第371页。

在以上这些学者的代表性研究中,我们发现对特定历史时期文化文本的解构和分析都可以实现对各种等级性的差异和它们之间交叉性关系的深入认识。本书也将会在第二和第三部分的分析中,应用这种交叉性的多重分析视角。对于"再现"的意识形态性和社会性的坚持,对宏观社会历史背景的考察,不仅可以让我们认清对各种差异的具体话语建构过程,还可以帮助我们深入探讨性别、阶级和种族等问题上剥削、压迫和异化这些社会问题。在维持后结构主义与马克思主义、唯物主义的动态关系的过程中,女性主义文化批判的议程其实可以兼顾对文化实践的研究和对压迫性的权力结构、物质关系的认识。当代女性主义文学和文化研究完全可以借用后结构理论的一些解构和批判性视角,同时结合马克思主义或历史唯物主义的观点在文化批评的同时注重对物质性和社会结构的考察和思考,从性别、阶级、族群等多重视角对文学和文化文本进行历史性和交叉性的研究。也就是说,女权主义议题可以包括"对女性而言,它意味着什么","成为某种女性意味着什么"和"为何有压迫,以及如何终结它"。

第二章　后结构理论与当代中国女性主义批评实践

　　自二十世纪八十年代以来,中外学术界对社会主义时期中国的各种文学、电影和宣传画等文化文本的研究取得了很多成果,而研究的主流话语和范式也经历了重大的变化。其中,对社会主义时期大量文化文本中妇女形象、性别话语和女性主义文化实践的考察和评价更是呈现出不同的立场和显著的变化。在不同历史时期,研究者们借助不同的批判理论,如各种流派的女性主义、马克思主义文学理论、后结构和后现代理论等去研究社会主义时期特别是"十七年"(1949—1966年)间的各种性别文化文本,也借此讨论社会主义妇女解放运动的成就和不足。

　　与此同时,新时期以来近现代妇女史研究以探究中国妇女怎样成为重要的历史主体为己任,"主体性"以及"能动性"

逐渐成为二十世纪九十年代以来妇女史研究中的关键词。"人们开始重新探讨中国社会性别制度形成与发展的历史原因,社会性别关系的具体表现形态,逐渐意识到探寻中国女性主体性的重要性"[1]。在二十世纪八十年代以来对社会主义时期妇女和性别文化的相关研究中,"主体性"更是勾连着不同的女性主义话语资源,成为一个文学和文化批评中的核心概念。仔细梳理此领域具有代表性的一些研究著作会发现,其中"主体"和"主体性"的概念受到了不同的后结构理论家,特别是阿尔都塞、福柯和朱迪斯·巴特勒的重要影响。但是,不仅西方女性主义与后结构理论有着复杂的、不稳定的关系,中国研究界不同学者在挪用后结构理论时也有着不同的解释和运用,表现出一种"语境化"的接受,即根据学者所处具体历史文化语境和他们自身不同立场将理论重新定位,并勾连着不同的议程。近年来,深受后结构理论影响的"主体性"范式的有效性受到质疑和反思,很多学者从历史唯物主义视角将后结构理论本身再历史化,讨论其盲点和不足。

　　目前中西学术界都还没有研究系统梳理二十世纪八十年代以来社会主义文学、文化研究中"主体性"特别是"妇女主体性"的认识论和研究范式变迁,也没有足够的研究梳理阿尔都塞、福柯和朱迪斯·巴特勒的批判理论在中国女性主义批评中的接受和应用。因此本章尝试填补这一学术空白,探究近三十年来社会主义妇女和性别研究重要著作中的"主体性"概

---

[1]　侯杰、李净昉:《探寻女性主体性——评叶汉明教授的〈主体的追寻——中国妇女史研究析论〉》,《妇女研究论丛》1(2007):77。

念,分析其背后不同的社会历史语境、话语资源及立场,并追踪后结构理论在中国复杂的旅行史。

第一节　后结构理论对西方
女性主义的影响

二十世纪八十年代以来,包括了解构主义和后现代主义理论的广义上被称为后结构理论的思潮全面冲击了人文和社会学科,对当代西方女性主义思想和流派也产生了重大影响。中西都有很多学者梳理这两者之间的共通之处,探讨前者为后者提供的重要的批判性工具以及后者对前者不断的反思。如果说马克思主义和当代女性主义思潮之间曾经有过"不幸福的婚姻",那么后结构理论和女性主义思潮之间也有"不稳定的结盟"。²

关于后结构理论给当代女性主义思潮带来的重要启示和影响,可以先从一些学者对"后现代主义"或"后结构"核心理论的总结说开来。简·弗拉克斯(Jane Flax)曾将"后现代主义"的核心理论定位为三个"死亡":(大写的)人、历史和形而上学命题的"死亡"。首先,关于"(大写的)人之死",后现代主义认为人是社会的、历史的或语言的产物,主体是在历史的、

2　这两个说法分别来自两篇论文:Hartman, Heidi. "The Unhappy Marriage of Marxism and Feminism: Towards a More Progressive Union." *Capital & Class* 3.2 (1979):1–33;Benbabib, Seyla. "Feminism and Postmodernism: An Uneasy Alliance." *Filosoficky Casopis* 46.5(1998):803–818.

依情况而定的、变化的社会、文化和话语实践中被建构而成的。这一点启发女性主义破解对男性中心的理性主体的迷思,在西方哲学最深层的范畴中发现被抹去的性别差异。其次,关于"历史之死",后现代主义者认为大写的或自在的历史与大写的人一样是虚构的,关于"进步"的历史观支撑了同质性、整体性、封闭性和同一性等观念。这启发女性主义关注"历史叙事"的产生,发现了启蒙运动以来占据主导地位的历史哲学迫使历史叙事走向统一、同质和线性,其结果是碎片化的、异质性的、被边缘化的群体的经验被抹杀。第三,关于"形而上学之死",后现代主义者认为自柏拉图以来西方形而上学相信一种超越历史、特殊性和变化的统一存在,其很多基本概念是从它们所压抑和排斥的对立项中获得权威和价值的。女性主义因此开始怀疑所谓超历史和语境的理性主体,认为哲学不可避免地与具有利益的知识纠缠在一起。[3]

在"主体"的问题上,后结构理论的几个重要理论家如福柯、德里达和拉康都从不同方面对现代认识论中的主体中心主义做出了反思。其中最重要的是福柯发现现代性的主体形成过程包含着"屈从"(subjection)的过程,而主体化(subjectivation)本身是一个通向现代性的手段。"'主体化'这个批判性的概念是将被赋予了给定的各种利益、偏好、选择的主体生成过程去自然化,然后质疑那种关于结构代表、赋予或者剥夺主体权

---

3 Flax, Jane. *Thinking Fragments: Psychoanalysis, Feminism, and Postmodernism in the Contemporary West*. Berkeley, CA: University of California Press, 1990, pp. 32 - 34.

力的看法。"[4]后结构马克思主义者阿尔都塞关于"意识形态""询唤""主体"的理论也阐明了个体的存在并不先于任何社会政治关系。他认为"主体"是构成意识形态的基本范畴，所有的意识形态都通过主体这个范畴发挥功能，把具体的人询唤为具体的"主体"。在阿尔都塞看来，主体的形成是一个与既有的政治、经济、文化等结构紧密互动的历史过程，是一个不断变化的、策略性的且永远未完成的过程。

不同的后结构理论都表达了对"主体""结构""权力"的理解必须是复杂、多元和历史的。"权力"不被认为是单向的，仅仅是统治者管理、监视、惩罚、压迫从属者的工具，从属者也没有仅仅被看作被动的受害者。后结构理论的基本立场可以说是反对社会决定论和自由意志论的，主体的形成过程是一个彻底依情况而异（contingent）的过程。后结构理论拆除了笛卡尔式的构成主体（constituting subject），强调主体是在话语结构中被建构的。但他们并没有以被建构主体（constituted subject）取代构成主体，而是试图提出一个打破构成和被建构之间的二元对立的主体概念。

这些后结构理论启发女性主义者们认识到，"第二浪潮女权主义理论中的女性主体意识是建立在启蒙主义的自由主义人文主义的个人主义认识论的基础上的"[5]。她们因此破除了

4　Smith, Anna Marie. "Subjectivity and Subjectivation." *The Oxford Handbook of Feminist Theory*. Eds. Lisa Disch, and Mary Hawkesworth. Oxford：Oxford University Press, 2015, p. 956.

5　苏红军：《成熟的困惑：评20世纪末期西方女权主义理论上的三个重要转变》，《西方后学语境中的女权主义》，苏红军等编，桂林：广西师范大学出版社，2006年，第24—25页。

那种对统一、理性、普遍的女性主体意识的迷思,认为人的主体意识是在各种不同的社会话语和权力关系中形成,又参与到权力关系的运作之中,可能由不同的甚至矛盾的主体立场整合而成,是不断变化、复杂、动态和多元的。苏珊·海克曼(Susan Hekman)认为大多数后现代主义对主体的批判都是性别盲的,但一些女性主义学者"对后现代主体批判的重新表述,为主体的重建提供了令人兴奋的可能性"[6]。在她看来,女性主义重建"主体"概念的努力之中,有两条路径是特别有见地的。一是一些女性主义理论家努力界定构成主体与被建构主体之间的辩证关系。第二个方向是试图通过将主体去中心化取代构成/被建构的二分法,表达一种新的"既可以创造新话语,又可以抵制定义主体性的话语所内在固有的压迫的"[7]主体概念。第一个方向被称为"通过辩证法重建主体",代表女性主义学者有特里莎·德·劳里提斯(Teresa de Lauretis)、琳达·阿科夫(Linda Alcoff)和保罗·史密斯(Paul Smith)。他们强调主体性构成中的语境性质和话语在主体形成中的作用,但同时认为主体的创造性是指人有能力在他们所受的多种话语影响中进行筛选。然而海克曼认为,这几位学者没能发现后现代概念并不是简单地用被建构主体取代构成主体,而是完全取代了这种二分法。[8] 可以说这个方向的学者的"辩

6　Hekman, Susan. "Reconstituting the Subject: Feminism, Modernism, and Postmodernism." *Hypatia* 6.2(1991):46.

7　Hekman, Susan. "Reconstituting the Subject: Feminism, Modernism, and Postmodernism." *Hypatia* 6.2(1991):48.

8　Hekman, Susan. "Reconstituting the Subject: Feminism, Modernism, and Postmodernism." *Hypatia* 6.2(1991):51.

证法"并没有完全抛却自由主义人文主义的笛卡尔式主体中关于自治的观念。

第二个方向被称为"通过取代辩证法重建主体"，代表学者是露丝·伊里加蕾（Lucy Irigaray）、埃莱娜·西苏（Hélène Cixous）和茱莉亚·克里斯蒂娃（Julia Kristeva）等法国学者。他们受到了结构主义、马克思主义、语言学、符号学、心理分析等理论的影响，一直对现代主义的主体论持怀疑态度。如克里斯蒂娃"过程中的主体"的概念，试图拒绝笛卡尔的构成主体和被建构主体之间的二分法：将这种主体理解为由不同话语形式以不同方式建构而成，但又不是被动的，因为每一个新的被建构的主体都能改造和革命它之前存在的主体，都包含着可以解构它之前挑战的那个主体的潜力。海克曼认为克里斯蒂娃也重新解释了"能动性"的概念，认为这是话语的产物，是语言在话语建构过程中为我们提供的东西，而不是一种位于"内在空间"中的固有性质。[9]

笔者认为另外两位受到后结构理论影响的女性主义理论家克莉丝·维登（Chris Weedon）和朱迪斯·巴特勒（Judith Butler）也属于第二个方向。维登认同克里斯蒂娃"过程中的主体"的概念。她也认为个体并不是话语斗争的被动场域，因为个人"可抵抗特定的命名，或从现存话语之间的冲突与矛盾中产生意义的新叙述"[10]。她认为创造主体性的力量并不是一

9　Hekman, Susan. "Reconstituting the Subject: Feminism, Modernism, and Postmodernism." *Hypatia* 6.2(1991):54.

10　克莉丝·维登：《女性主义实践与后结构主义理论》，白晓红译，台北：台湾桂冠图书股份有限公司，2011年，第123页。

个无缝的整体,语言的间隙中存在的空间和歧义阻碍了对主体性的统一决定,正是这些间隙和歧义创造了改变和抵抗的可能性。这也是对福柯关于权力总是制造抵抗的观点在女性主义方面的延伸。巴特勒认为对权力的解构是真正的政治批判的前提。把主体建设当作一个政治问题,不等于把主体去掉,而是质疑那种主体的建构是一个事先给予的或基础主义的想法。如果主体是由权力建构的,那权力在主体形成的那一刻并没有停止,因为主体从来没有完全建构完成,而是一次又一次地屈从和产生。这一主体既不是基础,也不是产品,而是一个永久性的再表意(resignification)过程。巴特勒也认为主体是被建构的并不意味着它是被决定了的,而相反,主体被建构的性质正是它的"能动性"产生的先决条件。[11]

　　对于以上所讨论的第二个方向中的理论家们而言,后结构理论中的"能动性"(agency)概念虽然对立于决定论,但也不等同于传统人文主义中的关于自治主体的唯意志论。能动性涉及人或其他生命实体行动或干涉世界的能力,但又是一个情境中的概念,不是一个有关具有绝对的能力或潜质的抽象概念。不可能在具体的社会语境之外思考能动性,因为行动的能力从来都被统治性的规范或其背后的权力关系所规约和调节。能动性是"情境性"(situated)的,我们无法脱离具体的文化和社会语境去思考行动的内容和形式,更不能忽略对具体权力结构的分析;能动性是"具身性"(embodied)的,作为一

11　Butler, Judith. "Contingent Foundations: Feminism and the Question of Postmodernism." *The Postmodern Turn: New Perspectives on Social Theory*. Ed. Steven Seidman. Cambridge: Cambridge University Press, 1994, p. 167.

种实践的行动不需要具备充分的、理性的意向性，这强调了能动性的情绪和情感的维度，可以从女性主义的视角强调各种社会控制力量是如何被内化为各种身体性的规范的，但它也可能在日常生活中被改变；能动性也是"相关性"（relational）的，要破除那种对单一的、先于社会存在的主体本体论的想法，认识到主体既被不同主体之间的关系，也被权力的各种等级结构所建构。

以上不同的女性主义理论家以不同方式从后结构理论中汲取力量，增强其政治性，与此同时，也有很多学者认为后结论理论特别是"后现代主义"可能削弱女性主义理论和实践的政治性和批判力。有学者认为对现代性的构成主体的拆解和对差异的强调会分解和碎片化女性主义运动，无法推进处于结构性劣势的妇女的利益。[12] 有学者认为后现代主义使得对女性这一群体的共同属性和建立在同一立场上的政治诉求难以实现。[13] 还有学者担心后现代的去中心化和"话语"转向会影响女性主义的批判性和政治性，认为后现代主义对语言的不确定性、权力的碎化和不稳定性的强调会影响我们对压迫性的权力结构，特别是妇女所从属的物质的社会文化关系的认识[14]。

---

12 Genz, Stéphanie, and Benjamin A. Brabon. "Postmodern（Post）Feminism." *Postfeminism: Cultural Texts and Theories*. Edinburg: Edinburg University Press, 2009, p. 111.

13 刘岩：《后现代视野中的女性主义与女性主义文学批评》，《广东外语外贸大学学报》4（2011）：11。

14 苏红军：《成熟的困惑：评20世纪末期西方女权主义理论上的三个重要转变》，《西方后学语境中的女权主义》，苏红军等编，桂林：广西师范大学出版社，2006年，第21页。

　　笔者认为后结构理论对西方女性主义的影响并非是统一的,虽然大部分理论家都强调权力的不确定性和话语性,但并非所有后结构女性主义派别都倾向以语言取代物质和受压迫的权力关系。如维登就始终强调话语实践与物质权力关系的结合,"话语实践是被深置于物质权力关系之中的;而物质的权力关系亦需要转化,以使改变得以实现"[15]。巴特勒也认为后结构视域下的"主体"是"充分嵌入各种物质实践和制度安排的组织原则中,并在这种力量和话语的矩阵中构建而成的"[16]。这种观点认为可以把对话语的分析与对物质的结构的社会现实的考察结合在一起,但是关于有些学者所担心的会反映压迫语境的不确定性的问题,的确被很多理论家予以反思。

　　南希·弗雷泽(Nancy Fraser)和琳达·尼科尔森(Linda Nicholson)认为,为了有效批评像男性统治这样普遍性和多面性的现象,需要多种方法的结合,如"至少需要对社会组织和意识形态变化的大叙述,对宏观结构和制度的经验的和社会理论的分析,对日常生活微观政治的互动分析,对文化生产的批判性阐释学和制度分析,对特定历史和文化中的性别社会分析等等"[17]。她们探讨如何将后现代主义对元叙事的怀疑与

─────────────

15　克莉丝·维登:《女性主义实践与后结构主义理论》,白晓红译,台北:台湾桂冠图书股份有限公司,2011 年,第 124 页。

16　Butler, Judith. "Contingent Foundations: Feminism and the Question of Postmodernism." *The Postmodern Turn: New Perspectives on Social Theory*. Ed. Steven Seidman. Cambridge: Cambridge University Press, 1994, p. 160.

17　Fraser, Nancy, and Nicholson, Linda. "Social Criticism without Philosophy: An Encounter between Feminism and Postmodernism." *The Postmodern Turn: New Perspectives on Social Theory*. Ed. Steven Seidman. Cambridge: Cambridge University Press, 1994, p. 249.

女性主义的社会批判力量结合起来，使得女性主义理论有效应对"千变万化又千篇一律"的性别不公问题。她们认为，首先，必须认识并且否定后现代主义对分析社会宏观结构的放弃，女性主义者不必放弃解决重大政治问题所需的大的理论工具；其次，女性主义理论的"理论性"必须是彻底的历史性的，适应于不同社会和时期的文化特性，以及不同社会和时期内不同群体；再次，是"非普遍主义"的原则，注重变化和对比，而不是"普遍规律"；最后，摒弃历史主体(a subject of history)的概念，取代单一的"妇女"和"女性性别认同"概念，而代之以多元复杂的被建构的社会认同概念，将性别视为一个相关的链，同时兼顾阶级、种族、族裔、年龄和性取向。[18] 总的来说，她们认为应当用实用主义的观点根据手头的具体任务调整女性主义的方法和分析范畴，抛弃单一的"女性主义方法"或"女性主义认识论"的形而上学的概念，因为妇女需求和经验的多样性意味着没有任何单一的解决办法能够满足所有人的需要。[19]

　　以上梳理了后结构理论和西方女性主义理论的复杂关系，特别是后结构理论影响下的女性主义学者对"主体性"和"能动性"概念的重新界定和运用。不同学者切入主体观念的

18　Fraser, Nancy, and Nicholson, Linda. "Social Criticism without Philosophy: An Encounter between Feminism and Postmodernism." *The Postmodern Turn: New Perspectives on Social Theory*. Ed. Steven Seidman. Cambridge: Cambridge University Press, 1994, p. 258.

19　Fraser, Nancy, and Nicholson, Linda. "Social Criticism without Philosophy: An Encounter between Feminism and Postmodernism." *The Postmodern Turn: New Perspectives on Social Theory*. Ed. Steven Seidman. Cambridge: Cambridge University Press, 1994, pp. 258 – 259.

理论路径不完全相同,可以说以上的梳理的确说明了后结构理论与西方女性主义有着"不稳定的结盟",但是其中大多数理论家都关注性别化主体的形塑过程与具体的社会情境和社会结构之间的复杂互动。主体和结构之间的权力关系被认为是多重的,有其具体的历史性。性别化的主体不是绝对自治的行动者,而是各种控制的和反抗的话语构成的力量场中的产物。各种对于人的规训、规范、限制和要求的力量最终生产出了主体这个各种身份认同的聚合,但是主体却又可能走向其他的方向,获得新的可能性。同时,大多数受到后结构理论影响的女性主义理论家都认同应该将"能动性"重新认识为情境中的、具身性的和相关性的。他们注重主体形成的具体的历史性,注重对权力和统治问题的交叉性的分析,有些已经表达出物质实践和制度结构与话语的密切关联,也尝试从不同的层面去发掘妇女潜在的对抗性力量。有些女性主义理论家已经注意到不能放弃对大范围不平等社会理论的分析,但不愿回归到对"普遍规律"或者"形而上学本质"的迷思,他们呼吁复数的"女性主义"的实践,倡导更复杂的和多层次的实现女性主义团结的方式。

第二节　当代中国女性主义批评中的"主体性"概念变迁

　　在梳理后结构理论对西方女性主义的影响和两种理论间的复杂关系后,笔者转向中国社会主义时期的文学、文化批评，探讨妇女"主体性"概念和研究范式在中国妇女和性别研究领域的发展历程。二十世纪八十年代以来对于中国社会主义妇女解放运动和社会主义性别话语的主流观点是，中国妇女在这场运动被"自上而下"地解放，她们并没有获得主动的"女性意识"或"性别意识"，而这种对"女性意识"的追寻在八九十年代的文学研究领域最为热烈。贺桂梅和钟雪萍等学者都认为这一时期"女性文学"的研究者们积极寻找女性作家在文学表达上的差异性，将其认为是真正"女性意识"的显现，这种"女性意识"的核心是自然化的性别差异，是本质主义化了的"女性气质"（femininity）和"性存在"（sexuality）[20]。1980 年代逐渐兴起的'女性文学'思潮与批判、告别社会主义革命的新启蒙主义式的'人性论''欲望论'密切相关，或者说女性文学本身成为承担去革命、去政治化任务的重要文化阵地。这一点也将在第九章展开。而在二十世纪八九十年代的女性主义文学批评中，研究者主要理论资源是第一和第二波女性主义浪潮以来的自由主义女性主义、激进女性主义理论、精神分析理论等。"性别差异"和"女性意识"的概念成为八九十年代女性主义文学批评中的关键词。

在女性文学研究领域，戴锦华和孟悦著名的《浮出历史地表——现代妇女文学研究》出版于二十世纪八十年代末期，探讨了中国妇女解放的神话背后掩盖的问题。这是当代文学

20　参见贺桂梅：《当代女性文学批评的三种资源》，《文艺研究》6（2003）：12—19；Zhong, Xueping："Who Is a Feminist? Understanding the Ambivalence towards Shanghai Baby,'Body Writing'and Feminism in Post-Women's Liberation China," *Gender & History* 18.3（2006）：635 – 660.

研究界第一部探讨女性文学差异性和独特性的重要学术著作,在女性文学和妇女研究界都产生了巨大影响。作者认为社会主义文学中的女性形象更多是"党的女儿",而非独立的个体:

> 她在一个解放、翻身的神话中,既完全丧失了自己,又完全丧失了寻找自己的理由和权力,她在一个男女平等的社会里,似乎已不应该也不必要再寻找那被剥夺的自己和自己的群体。……对于她,"男女平等"曾是一个神话陷阱,"同工同酬"曾不无强制性,性别差异远不是一个应该抛弃的概念,而倒是寻找自己的必由之径。[21]

这是作者对于社会主义文学作品也是对整个社会主义妇女解放运动的评论,而寻找表现"性别差异"和女性独特性的妇女文学作品则是这本书的主旨。在勾勒现代中国女性传统的、独特的写作过程中,《浮出历史地表》较早地介绍并运用了后结构理论,特别是拉康的后结构心理学女性主义。

1991 年,孟悦的《性别表象与民族神话》一文对文学作品的分析也结合了对背后的社会语境的评论。文章认为《青春之歌》和《工作着是美丽的》这些左翼知识分子和女性作家的代表作都经历了一种个体话语被"国有化"的文本生产过程,

---

21　孟悦,戴锦华:《浮出历史地表——现代妇女文学研究》,郑州:河南人民出版社,1989 年,第 268—269 页。

即"个人自我"走向了"'革命者'标准化的国有的'大我'"[22]。孟悦认为这种"国有化"中的主体生成过程是去性的,抛却性别意识的。在论述"性别意识"和"个人自我"之时,孟悦第一次借鉴后结构马克思主义学者阿尔都塞的"主体"概念去阐述社会主义文学中建构的新的政治"主体"："这种'非性别'的主体结构所造就的当代中国主体只有一种含义,即所谓'主体',在当代中国,亦即进入对权力意义中心的绝对臣属关系。"[23]她的研究开始关注主体的形成与权力中心的关系,但是这种关系又被理解为一种简单和单向的"臣属"的关系。这篇文章的英文版"Female Image and National Myth"[24]后来收入汤尼·白露(Tani Barlow)主编的《现代中国的性别政治》一书中,在中西学界都产生巨大影响。

这两个在中国女性文学研究领域开拓性的研究都借鉴了后结构理论的一些概念和视角,其基本立场都是质疑关于中国妇女解放的国家话语,探讨超越这种宏大叙事的妇女自主意识的可能性。它们与二十世纪八十年代以来的妇女社会学研究,如李小江的研究,一起在中西学界"告别革命"、反思极左社会主义实践的自由主义女性主义思想的影响下,共同参与到对社会主义妇女解放运动得失的反思之中。它们与同时期流行于西方学界的探讨中国妇女解放运动"失败"原因的主

22　孟悦：《性别表象与民族神话》,《二十一世纪》4(1991)：108。

23　孟悦：《性别表象与民族神话》,《二十一世纪》4(1991)：112。

24　Meng, Yue, "Female Image and National Myth." *Gender Politics in Modern China：Writing and Feminism*, Ed. Tani Barlow. Durham：Duke University Press, 1993, pp. 118–136。

导性研究[25]相呼应,显示出一种"与西方同步的文化转向",以及这种文化转向"同资本以及知识市场全球化的世界关联"[26]。

二十世纪九十年代对于社会主义文学的研究有了些新的视角和方法,其中也包含对后结构理论的运用。1995 年出版的陈顺馨的《中国当代文学中的叙事和性别》是第一本系统从叙事学角度讨论"十七年"文学中性别话语的著作。受到孟悦研究的启发,陈顺馨开始研究意识形态话语的"男性"特质,即意识形态话语和男性话语的统一。她认为所谓"十七年的'无性别'只是一个神话陷阱,这个年代所压抑的只是'女性'(femininity),而不是性别本身"[27]。在"十七年"文学的研究中,陈顺馨第一次借用后结构主义学者福柯有关"权力"和"话语"的理论讨论性别化的叙事。她认为"十七年"时期的小说话语体现了"权力",同时也是"男性"的。同时,她认为"十七年"小说中不是没有"女性叙事话语",这种女性话语虽然对主流意识形态也是认同的,但是在"怎么说"方面有别于男性话语,特别是在表现"女性自我、主体性和选择等话语意向"上

25　代表性的几本著作有伊丽莎白·克罗尔(Elisabeth J Croll), *Feminism and Socialism in China*. London:Routledge & Kegan Paul,1978;菲莉斯·安德思(Phyllis Andors), *The Unfinished Liberation of Chinese Women*, 1949—1980. Bloomington:Indiana University Press, 1983;朱迪思·斯泰西(Judith Stacey), *Patriarchy and Socialist Revolution in China*. Berkeley:University of California Press, 1983;玛杰里·沃尔夫(Margery Wolf), *Revolution Postponed*:*Women in Contemporary China*. Stanford:Stanford University Press, 1985;以及学者哈里特·埃文斯(Harriet Evans)和杨美惠(Mayfair Yang)的一些研究论文等。

26　王玲珍:《重审新时期中国女性主义实践和性/别差异话语——以李小江为例》,《南开学报(哲学社会科学版)》248.6(2015):103。

27　陈顺馨:《中国当代文学中的叙事和性别》,北京:北京大学出版社,1995 年,第 114 页。

"坚守了女性本位"，成为这一时期文学作品中有迹可循的"女性话语"[28]。通过研究大量女作家作品中的差异性叙述方式，她找到了"十七年"文学中潜隐的保留了"主体性"的女性话语。

　　虽然没有系统地对"主体""主体性"的概念和相关理论进行梳理，但孟悦和陈顺馨的研究都开始引用这些来自阿尔都塞和福柯的概念。从陈顺馨开始，"主体性"这个概念已经开始跟"性别差异""女性特质"这些概念紧密联系在一起。文学书写中保留了"主体性"的"女性话语"被认为与主流的男性话语针锋相对，尽管被压抑却可以被潜隐地和策略性地保留。如果说孟悦文章的中心观点是社会主义文化生产的国有化过程中的去性别、去差异性，而陈顺馨一书的核心立场是寻找差异性的女性叙事方式的话，那么探讨革命和性别关系的英文著作，刘剑梅的《革命与情爱：二十世纪中国小说史中的女性身体与主题重述》[29]可以说是陈顺馨研究方法的发展和深入。她在书中质疑孟悦式的认定"十七年的文学作品中基本上将浪漫爱情及其性别、性欲等全都归置于国家政治话语之下"[30]的做法，她借鉴

　　28　陈顺馨：《中国当代文学中的叙事和性别》，北京：北京大学出版社，1995年，第115页。

　　29　刘剑梅的英文原著 *Revolution Plus Love：Literary History，Women's Bodies，and Thematic Repetition in Twentieth-Century Chinese Fiction*（Honolulu：University of Hawaii, 2003）由郭冰茹翻译，中文版《革命与情爱：二十世纪中国小说史中的女性身体与主题重述》于2009年由上海三联书店出版。

　　30　刘剑梅：《革命与情爱：二十世纪中国小说史中的女性身体与主题重述》，郭冰茹译，上海：上海三联书店，2009年，第194页。

王斑《历史的崇高形象：二十世纪中国的美学与政治》[31]将性爱看作升华为政治热情的革命写作的观点，试图去寻求存留的"关于爱情、性本质和性别的文学描写"，考察它们是否"仍有力量去挑战革命话语"，或者可以"把革命话语本身也看作一个实验中的过程，并非是单一的毫无变化的大一统现象"[32]。刘剑梅延续了陈顺馨关于"压抑性的主流话语"和"反抗性的边缘话语"的视角，没有将"十七年"文学看作铁板一块的权威性声音，而是选择去追踪变化的、有历史独特性的女性编码，寻找与政党权威相对抗的"性别自我"和"主体性"。但是在具体分析了《青春之歌》和《红豆》这两部作品后，她最终找到的女性"主体性"是她认为政治话语无法收编的对女性的欲望和性本质的描写："个人的欲望、生理的需要，以及真实的男人与真实的女人之间的性爱，都顽固地蔓延在小说叙述中，悄悄地对抗着那种已经升华到崇高的革命理想的感情。"[33]从这本书的论证过程和结论来看，刘剑梅试图用自己的研究去发现"十七年"文学的多样性，质疑整体观和本质论并发掘保存"女性意识"的个案文本，虽然她试图借鉴巴特勒后结构理论中的一些观点去反对关于"十七年文学"的本质主义论断，但是她最终发掘和确认的还是基于女性身体欲望、性存在等的女性"主体性"。

31　参见 Wang, Ban. *The Sublime Figure of History：Aesthetics and Politics in Twentieth-Century China*. Stanford：Stanford University Press, 1997.

32　刘剑梅：《革命与情爱：二十世纪中国小说史中的女性身体与主题重述》，郭冰茹译，上海：上海三联书店，2009 年，第 194 页。

33　刘剑梅：《革命与情爱：二十世纪中国小说史中的女性身体与主题重述》，郭冰茹译，上海：上海三联书店，2009 年，第 230 页。

　　尽管陈顺馨和刘剑梅对"十七年"文学文本中父权逻辑的分析和对很多女作家文本中对抗性话语的研究都提出很多重要的见解，并且都借鉴了一些后结构理论家的观点，但是她们对"主体性"这个概念却都有着一种基于自由主义女性主义的、本质主义的理解。如孟悦将阿尔都塞的"主体"概念理解为人对意识形态、权力中心的"臣属"，注重结构的决定性而非人的能动性；陈顺馨用福柯的"权力/话语"观点去解读"十七年"男性中心的"政治话语"和女性话语的性别特质，但是又有着二元对立的关于男性"为权威"、女性"为边缘"的观点。刘剑梅也认可巴特勒的观念，认为女性身体不是超历史的，也不是先于文化的，但是她的研究最终确认了女性差异性的欲望、自然属性在革命书写上带来的本质不同。在她们看来，合法的"女性主体性"只存在于个体性之中，合法的女性主体立场只存在于对统治性国家意识形态的对抗之中。只有性别身份和性别意识被强调了，身份认同之中的其他范畴如阶级、劳动、集体等才能被排除在合法的"女性主体性"之外。这些研究对于社会主义时期的"国家意识形态""国家话语"同样有着本质主义的理解，将其视为铁板一块的、从不变化的、控制一切的党的意识形态；其次将"主体性"或人的"主体意识"理解为有一个先在的、不受外在社会机制影响的，始终与外在意识形态/话语相对立、对抗的完全自治的主体，这样无论是"国家话语"概念还是对抗这种话语的"主体性"概念，都是超出当时当地具体历史语境的。

　　戴锦华在其研究改编自同名小说的电影《青春之歌》的文章中提出，电影中女性故事是一种"空洞的能指"，但同时也作为一种有力的性别编码推动了小资产阶级知识分子思想改造故事的展开。在这篇文章中,戴锦华同样借鉴了阿尔都塞关于意识形态、"询唤"和"主体"的论述和福柯关于"话语"的观点,来考察女性/知识分子作为"准主体"被意识形态编码和命名的过程。[34] 但是与孟悦对"主体"即"臣属"的解读相同,戴锦华对后结构理论的运用强调了个体与社会权力结构的二元对立,忽略了个体与社会结构之间复杂的互动关系。实际上后结构理论强调的是"主体性"从来不是先于、外在于历史语境和社会结构的,而是与其有着复杂的互动关系。对女性主体性和能动性的探寻从来都是与对具体权力结构的分析联结在一起的。

以上这些研究借用后结构理论概念却没有继承相关理论家的"反本质主义"思想,这或许与"后结构/后现代"与西方自由主义的内在关联有关。如在第一部分中所分析的"通过辩证法重建主体"的女性主义理论家们也无法完全放弃对于自由主义人文主义的关于主体的想象和界定。西方自由主义女性主义的"后结构/后现代"转向本身就有着复杂的路径和方向,而以上中国的自由主义女性主义批评对于种种后结构理论的运用也在某种程度上呈现出这种特点。

后结构女性主义理论也在英文和中文的中国研究学界产生了影响。在社会主义文化和文学研究领域,一些学者开始借用其中一些概念重新审视社会主义文化文本生产的妇女

34　戴锦华:《〈青春之歌〉——历史视域中的重读》,《再解读:大众文艺与意识形态》,唐小兵编,北京:北京大学出版社,2007 年,第 199—201 页。

"主体性"和"能动性"问题。美国学者蒂娜·梅·陈(Tina Mai Chen)的妇女劳动模范肖像画研究就是一个代表。她研究中国二十世纪五十年代广泛传播的妇女劳动模范肖像画和劳模自身的经验，重新考量中国共产党领导的社会主义妇女解放运动的历史意义。她不同意那种将妇女解放仅仅视为服务于政党和社会主义国家的流行看法，而是注意到女劳模多层次的实际经验和妇女与国家对她们的文化再现之间的相互作用，并提出女劳模的一种"情境性的能动性"(situated agency)[35]。通过研究官方媒体对这些女劳模故事的再现和女劳模们对自身经验的讲述，她认为这些看起来过分简单化和说教性的故事和图像通过一种"再现性的经验"(representational experience)深深影响了女劳模自身的经验。[36]因为国家支持并将妇女解放纳入官方的政治话语，确认了妇女在社会主义实践中的地位，同时还因为这种官方话语有一个国际化的背景，使得这些女劳模们积极参与到对自己、对工作场所、对集体身份和国际社群的重新定义和理解中。而作者就是在考察了她们对社会生活的积极参与后，更好地理解了这种并非外在于更大的社会政治和意识形态结构的妇女的能动性。国家话语的形塑有限制性的成分，也创造了新的可能性，让她们参与到个体、国族和国际的解放之中。[37]

---

[35] Chen, Tina Mai. "Female Icons, Feminist Iconography? Socialist Rhetoric and Women's Agency in 1950s China."*Gender & History* 15.2(2003):268.

[36] Chen, Tina Mai. "Female Icons, Feminist Iconography? Socialist Rhetoric and Women's Agency in 1950s China."*Gender & History* 15.2(2003):271.

[37] Chen, Tina Mai. "Female Icons, Feminist Iconography? Socialist Rhetoric and Women's Agency in 1950s China." *Gender & History* 15.2(2003):295.

　　在社会主义文学研究领域,也有学者挑战本质主义化的对妇女"主体性"以及"革命叙事"的理解。贺桂梅曾经质疑了"再解读"式对革命叙事的解构,她认为"性别"或女性叙事在《青春之歌》中并不是"空洞的能指",它作为一种能指与阶级叙事是有交互关系的,对其做本质化的理解会忽略革命与女性之间的复杂关系。[38] 贺桂梅对女性"主体性"的理解是包容性的,不仅在性别、自然属性维度上解读它,"主体最终的归属应当是阶级与性别的双重归属"[39]。这种"主体性"观念则是历史的和去本质化的。

　　也有研究直接借助后结构理论探讨社会主义女性主义的文学实践,分析这一时期妇女主体性的具体历史性和复杂性。笔者研究韦君宜小说的论文也运用后结构主义重新考察"十七年"时期女作家的创作。这篇文章首先厘清了很多研究中本质主义的"主体性"和"主体意识"概念,提出要在反本质主义的立场和具体社会语境中去考察妇女的能动性。[40] 文章通过对韦君宜创作于"十七年"时期的小说《女人》的研究,发现五四的个性解放话语和社会主义时期关于"同志关系"和男女平等的话语一起参与到了女性主体的建构过程中。国家话语与妇女主体建构之间的关系是多元复杂的,不是简单的统治和反抗的关系。因此性别主体认同和妇女能动性的考察需要

38　贺桂梅:《"可见的女性"如何可能:以〈青春之歌〉为中心》,《中国现代文学研究丛刊》3(2010):8。

39　贺桂梅:《"可见的女性"如何可能:以〈青春之歌〉为中心》,《中国现代文学研究丛刊》3(2010):13。

40　刘希:《毛泽东时代女性的主体性问题——以韦君宜小说〈女人〉为例》,《妇女研究论丛》4(2012):75—76。

对不同国家、社会话语做历史化、语境化的探讨。

　　贺桂梅也曾提醒研究者们把女性"主体性"问题"放置在每个历史时期的社会结构和制度场域里"来分析。[41] 她引用福柯有关任何主体都是与知识、权力紧密勾连在一起的观点,但她认为福柯的理论提醒研究者去关注主体性实践以展开的具体权力场域;认为巴特勒的"表演"理论提醒我们注意到"表演性反抗"本身的限度,"因为每个人只能在既有的权力结构内部来建构或展示自己的性别身份",所以她关注"表演者"所置身的社会性别制度的具体形态。[42] 在反对本质主义的"主体性"阐释之后,贺桂梅对"非主体性"社会结构的关注又有了超越后结构主义的"话语"中心的倾向。她认为我们要注意"女性自我意识、社会身份、组织方式等的'社会建构性',很大程度上开启了文学、美学或文化研究之外的政治经济学讨论面向"[43]。她的观点是借助后结构理论中"权力"或"社会建构"的维度去开启对物质性社会文化关系的关注,而并不停留在后结构理论本身,可以说是利用后结构的一些概念和话语展开唯物主义方向的思考。

　　41　贺桂梅:《三个女性形象与当代中国社会性别制度的变迁》,《中国现代文学研究丛刊》5(2017):66。

　　42　贺桂梅:《三个女性形象与当代中国社会性别制度的变迁》,《中国现代文学研究丛刊》5(2017):70。

　　43　贺桂梅:《三个女性形象与当代中国社会性别制度的变迁》,《中国现代文学研究丛刊》5(2017):45。

第三节 对"主体性"范式和
"后理论"的反思

在对社会主义时期的妇女史和性别文化研究中,早在
2010 年召开的"社会主义妇女解放与西方女权主义的区别:
理论与实践"座谈会上,就有很多学者开始重审二十世纪九十
年代性别研究界流行的"主体性"概念以及相关对身份和身份
政治的迷思。他们不仅批判了第一种以自由主义人文主义来
反抗国家主义本质主义的"主体性"概念,认为其"契合了资本
主义精神"[44],同时也警惕后现代女性主义对流动的多元主体
身份的去政治化。钟雪萍认为在社会主义妇女解放运动研究
中,后结构主义话语"使性别与性的问题进一步细化甚至碎片
化"[45],无法充分发现妇女解放运动与妇女在运动中产生的自
我认识之间的复杂关系。宋少鹏进一步讨论了涉及以上两种
范式的"主体性"和性别研究理论的意义和不足。她认为主体
性范式挖掘了妇女作为历史行动者的能动性,作为行动者而
不是无力者的智慧和力量是有重要历史意义的,但她同时呼
吁我们关注制度性压迫的问题,同时分析主体和制度的问题,
她认为补救"主体性"范式不足的方法就是借鉴革命范式对于

---

44 宋少鹏:《"社会主义妇女解放与西方女权主义的区别:理论与实践"座谈会
综述》,《山西师大学报(社会科学版)》38.4(2011):146。

45 钟雪萍:《"妇女能顶半边天":一个有四种说法的故事》,《南开学报(哲学社
会科学版)》4(2009):56。

制度、对于客观性的剖析。[46] 这些研究挑战了自由主义对中国妇女解放运动的论述，是从马克思主义女性主义的视角将对历史和文化的研究从个体的行动转向对物质性的社会文化关系的关注。

王玲珍在近年的系列研究中发现中西方女性主义运动都在七十年代和八十年从社会主义或者左翼女性主义转向激进、文化和后结构主义女性主义。她提醒我们将后结构主义本身进行历史化，看到后结构主义和自由主义在西方历史中的相通性，特别是在冷战中有意识或无意识的共谋立场。[47] 她重新勾勒了中国社会主义女性主义实践的历史，特别强调它的"整合/体性"（integrated practice）、社会主义革命的机制性和国际性。她在对社会主义时期女导演王苹的研究中，提出对妇女在社会主义文化生产方面的考察要注意到在这种具体社会语境中诞生出的能动性的"多维性"（multidimensionality）。[48] 因为社会性别在中国的社会主义女权主义文化实践中并不是孤立的，而是一个跟其他政治和社会的议程紧密联系在一起的范畴，而且中国的社会主义女权主义有显著的民族主义和无产

46　宋少鹏：《革命史观的合理遗产——围绕中国妇女史研究的讨论》，《文化纵横》4（2015）：56。

47　参见王玲珍：《重审新时期中国女性主义实践和性/性别差异话语——以李小江为例》，《南开学报（哲学社会科学版）》6（2015）：109—124；王玲珍：《中国社会主义女性主义实践再思考——兼论美国冷战思潮、自由/本质女性主义对社会主义妇女研究的持续影响》，《妇女研究论丛》3（2015）：7—21；王玲珍：《王苹与中国社会主义女性电影——主流女性主义文化、多维主体实践和互嵌性作者身份》，《妇女研究论丛》4（2015）：76—90。

48　王玲珍：《王苹与中国社会主义女性电影——主流女性主义文化、多维主体实践和互嵌性作者身份》，肖画译，《妇女研究论丛》4（2015）：79。

阶级化的特点,所以要从这一时期的多重历史力量的交叉中去考量社会主义女权主义实践。以社会主义时期的女性导演为研究中心,王玲珍发现"由于社会主义女性主义同其他政治、经济和社会变革紧密相连,它强调多维度的主体性;同时,由于中国女性在社会主义阶段不断扩充的公共以及职业身份,中国女性在社会主义时期开始占据多重的政治和社会位置"[49]。她在这里采取的主要是历史唯物主义女性主义的方法,突显中国特定的半殖民地半封建的经济政治文化状况。她提出"多维主体性"(multidimensional agency)[50]更多的是从社会主义革命和实践历史中总结出来的,理论化以后的概念同后结构主义的"主体性"概念已经有很大不同。

而在文学研究中,钟雪萍、贺桂梅、董丽敏等学者都提出在妇女主体建构上,需要考量其他如劳动、阶级、职业等其他要素和身份认同与主体意识的关系。特别是在二十世纪九十年代之后市场经济和新自由主义意识形态合法化了贫富分化和阶级不平等的问题之后,女性主义者如何同时反对父权制和资本主义的问题凸显了出来,在文学批评中,开始有学者追问什么样的"女性文学"可以揭示当下社会里的性别、阶级、城乡等不平等,并且追问面对父权和资本的合力侵袭,何为真正具有反抗性的妇女"主体性"的问题。而社会主义时期妇女解放与阶级解放密切结合的历史遗产是我们思考当下问题的一

49　王玲珍:《王苹与中国社会主义女性电影——主流女性主义文化、多维主体实践和互嵌性作者身份》,肖画译,《妇女研究论丛》4(2015):87。

50　王玲珍:《王苹与中国社会主义女性电影——主流女性主义文化、多维主体实践和互嵌性作者身份》,肖画译,《妇女研究论丛》4(2015):74。

个重要资源。"需要在对历史遗产作出反省的基础之上，寻找解决女性问题与阶级(民族)问题更适度的方式，以打开女性文学批评的新视野。"[51]

三年多来，对"十七年"文学中妇女写作的新的研究在论及妇女特别是底层妇女的自我认同与主体建构问题时，已经更多关注到底层妇女具体的政治、经济环境，还有公共生产劳动、职业身份对妇女主体性建构的贡献。如刘传霞和石成城认为茹志鹃小说强调人的主体性建构是个体与社会互动的结果，其研究强调国家意识形态对妇女的保护、鼓励，并看到集体化公共领域的生产劳动对妇女主体建构的积极作用。[52] 在讨论"主体性"的时候，这个研究没有给出任何理论框架，而是认同"主体性"不是给定的或由个体单独完成的，是在与社会、他人关系的密切互动之中形成的。

董丽敏的茹志鹃研究论文也以茹二十世纪五六十年代的小说为研究对象，探讨这些作品如何把底层和妇女的双重身份和多元诉求表现出来。茹志鹃被认为以"革命与性别的双重自觉"，以底层妇女为中心呈现了社会变革、阶级革命、新的社会主义伦理与人的情感结构和关系之间的复杂关系。[53] 这篇文章将革命与性别的关系置于日常生活伦理和家庭人际关系的变化中去讨论，不再局限于寻求"主体性"的理论话语，但

---

51 贺桂梅：《当代女性文学批评的三种资源》，《文艺研究》6(2003)：12—19。

52 刘传霞，石成城：《集体主义时期城市底层家庭妇女的自我认同与主体建构——从茹志鹃的〈如愿〉、〈春暖时节〉谈起》，《妇女研究论丛》3(2018)：93。

53 董丽敏：《革命、性别与日常生活伦理的变革——对茹志鹃1950—1960年代小说的一种考察》，《中国现代文学研究丛刊》6(2018)：52—53。

又基于对主体身份建构的客观性认识。这种回归历史唯物主义视角的社会主义文学研究给当下的女性主义文学批评很大的启发。

王宁在研究西方批判理论特别是朱迪斯·巴特勒的理论在中国的接受和应用时发现,"理论在异地传播时,其功能和意义会发生或多或少的变化,有时会出现不同的现象,表现为理论在中国几十年来的不断普及和繁荣。……但是,西方理论只有在语境化的条件下才能在中国有效地发挥作用。也就是说,它应该在中国的语境中重新被定位"[54]。这种"语境化"的对批判理论的接受和应用也正是本研究的基本立场。

本章首先梳理了后结构理论和西方女性主义理论的复杂关系,特别是后结构理论影响下的女性主义学者对"主体性"和"能动性"概念的重新界定和运用。可以说,并没有一个统一的"后结构女性主义"的理论,后结构理论与西方女性主义之间的确存在非常"不稳定的结盟"。有些女性主义理论家无法完全抛却自由主义人文主义的主体观念和想象,有些女性主义理论家"反本质主义"的立场在其批评实践中也难以完全实现,这也证明了后结构/后现代理论与西方自由主义在历史中的深刻关联。不同的女性主义理论家以不同方式从后结构理论中汲取力量,增强其政治性,也有很多学者探讨后结构理论特别是"后现代主义"去宏大叙事、相对主义等视角可能对

54　Wang, Ning. "Gender Studies in the Post-Theoretical Era: A Chinese Perspective." *Comparative Literature Studies* 54.1(2017):14.

女性主义理论和实践的政治性和批判力造成削弱。有些学者强调从语言和话语层面去考察压迫性和能动性的问题,有些则强调在研究中注意话语实践与物质权力关系的结合,关于"主体性""本质主义""政治性""物质性"等问题一直在探讨和争论之中。可以说,后结构理论与女性主义关系的这些复杂性、矛盾性或者"不稳定性",在后结构理论和西方女性主义批评在中国学术界的旅行中也显现了出来。

　　本书随后将以对社会主义时期的文学、文化批评为例,探讨妇女"主体性"概念和研究范式的发展历程。二十世纪八九十年代的女性主义文学、文化批评一开始受到了反思极左社会主义实践的自由主义女性主义思想的影响,在挪用后结构和后现代主义如阿尔都塞和福柯的理论时使用的"主体"和"主体性"概念仍然是基于自由主义人文主义的,其核心观点是妇女"主体性"被外在的政治文化和意识形态压抑,有本质主义化的问题。而在新世纪之后,中西学界开始重估被贬低的社会主义时期的性别文化文本,学者利用后结构女性主义理论的概念和话语,特别是反本质主义的"性别""主体性"和"能动性"等概念去考察社会主义时期不同女性实践者"主体性"的复杂性,去发掘其在社会主义文化实践中的"能动性",以"去本质化"、历史化的批评实践挑战主导性的自由主义人文主义话语;在近几年,又有历史唯物主义和马克思主义立场的研究者对后结构和后现代理论本身进行历史化的考量,反思其造成碎片化和去政治化的可能。他们对于"主体""主体建构"的探讨逐渐脱离了后结构理论的话语框架,尝试从历史唯物主义的视角进行文学和文化研究,更加注重对主体研究中的政治经济面向。可以说,后结构理论在当代中国女性主义批评中有着复杂的谱系和旅行史,这个过程反映了中国后社会主义时期西方批判理论对中国人文和社会学科的冲击,也反映了意识形态和社会话语的变迁对研究范式的影响。笔者希望这个梳理可以更好地呈现出社会主义文化和文学研究的研究范式转变,提醒研究者们关注西方批判理论在中国落地过程中被不断"语境化"的过程,关注如何有反思性地运用不同批判理论,以更深入地剖析不同压迫性的话语的或物质的社会文化关系,使得女性主义文学批评和文化研究拓宽理论的视野,同时保持其批判性和政治性。

第三章　后人类女性主义的理论
谱系及其在中国的应用

　　女性主义从来不以维护妇女利益为唯一目标，而是致力于改善人类整体状况。提供对"共同人性"理解的人道主义和人文主义遗产是女性主义理论重要的思想资源之一。但同时，近现代的女性主义运动和批判理论的发展也不断在更新我们关于"人"和"人性"的基本认识。尤其是在过去三十年里，解构主义和后现代主义影响下的反思人文主义思潮启发了女性主义进一步破除对自由主义人文主义的迷思，同时，对男性中心主义和逻各斯中心主义的质疑也使得女性主义成为反思传统人文主义的重要力量。

　　近年来兴起的"后人类女性主义"思潮主要由两部分思想资源组成：一方面是女性主义的对人文主义（humanism）的反思，另一方面是对人类中心主义（anthropocentrism）的质疑。

这两股重要力量有着不同的谱系和关注点:前者着重批判将大写的人作为人类普遍代表的传统人文主义理想,而后者则主要批判物种等级制度,努力推进生态正义,但同样贡献了对于"人性"的新思考。在吸收了多种不同的理论资源后,"后人类女性主义"(post-human feminism)这种新的理论话语出现了,并使得女性主义争论的核心点从二十世纪八十年代以来后结构理论支持的反思人文主义扩展到新的多元的后人类主义视域,丰富了女性主义理论谱系。

　　本章将梳理当代后人类女性主义理论的多重资源和主要论点,重点讨论后人类女性主义对后结构女性主义的延续和突破,即后人类女性主义如何继续深入反思自由主义人文主义的局限性,并在新的唯物主义本体论基础上打开去人类中心主义的维度。本章也将梳理后人类女性主义新的"主体观"和"性存在/性别观",为探讨这些新的批判理论话语在当代文化批评包括女性主义文化批评中的应用打下基础。

第一节　后人类女性主义对后结构
女性主义的吸收和继承

　　二十世纪六十年代,西方第二波女性主义浪潮已经开始了对"大写的人"为代表的男性中心主义的普遍性观念的深入思考。其中代表人物西蒙娜·德·波伏娃(Simone de Beauvoir)受到马克思主义哲学和社会建构论的影响,她虽然并没有质疑普遍理性的有效性,但她运用人文主义理想去衡量和批判被贬低对待的"第二性"和"他者",把对于"人性"的理解建立对"自我/他者"这一等级性关系的破除上。对于以"平等"为目标的这些女性主义者来说,妇女的解放是人类解放不可或缺的组成部分。

二十世纪八十年代以来,在多种社会运动推动下的反思自由主义人文主义的思潮兴起,其主要观点是对普遍主义观念的拒绝和对等级制的二元思维的批判。八十年代末非常重要的"女性主义立场理论"(feminist standpoint theory)在讨论妇女问题的时候已经不再以普遍的"共同人性"为标准,而是看到妇女状况的多元性和历史性,强调妇女的经验、具身性和女性主义知识生产的重要性,开始注重"差异性",特别是边缘群体实际经验的复杂性。可以说,女性主义认识论的核心就是对"差异"的理解和运用。

同时,八十年代以来,包括了"解构主义"和"后现代主义"理论的广义上被称为"后结构"理论的思潮兴起后全面冲击了人文和社会学科,对当代西方女性主义思想和流派也产生了重大影响,它:

> 启发女性主义破解对男性中心的理性主体的迷思,在西方哲学最深层的范畴中发现被抹去的性别差异。……启发女性主义关注"历史叙事"的产生,发现了启蒙运动以来占据主导地位的历史哲学迫使历史叙事走向统一、同质和线性,其结果是碎片化的、异质性的、被边缘化的群体的经验被抹杀。……女性主义因此开始怀疑所谓超历史和语境的理性主

体,认为哲学不可避免地与具有利益的知识纠缠在
一起。[1]

后结构女性主义可以说是质疑自由主义人文主义的一种激进
形式,并为后人类理论做出了重要的铺垫。后结构女性主义、
后殖民主义学者以及其他进步社会运动如环保和和平主义者
们共同发现,所谓的"万物之尺度"其实是男性中心主义的、排
他性的、等级制的、以欧洲为中心的和异性恋中心的,自由主
义人文主义的关于"理性的人"的普遍论述往往是不充分的和
偏颇的,是建立在性别化、种族化、地域上等等差异基础上的,
他们从而在政治的、伦理的和认识论的角度上批判了人文主
义普遍主义理想。后人类主义的重要理论家罗西・布拉伊多
蒂(Rosi Braidotti)认为,这些后结构主义的批判集中在传统人
文主义两个紧密相连的概念上:"一方面是自我-他者辩证法,
另一方面是将差异作为贬义的观念。它们都基于这样一个假
设:主体性作为一种话语的和物质的实践等同于理性的、普遍
的意识和可以自我调节的道德行为,而差异性则被定义为它负
面性的反面。辩证地被重新定义为"除此之外",差异被刻划在
一个等级尺度上,这意味着低等和'低价值'。"[2]因此学者们思
考妇女、性少数群体、黑人、非欧洲人等社会群体是如何被建

1　Flax, Jane. *Thinking Fragments*: *Psychoanalysis*, *Feminism*, *and Postmodernism in the Contemporary West*. University of California Press. pp. 32 - 34.

2　Braidotti, Rosi. "Four theses on posthuman feminism." *Anthropocene Feminism*. Ed. Richard Grusin. Minneapolis: University of Minnesota Press, 2017, p. 23.

构为"他者"的,这些群体之间和他们内部的多样性和不同是如何被抹杀的。一些后结构主义思想家在拒绝了这种普遍主义迷思后提出了一种去西方中心的激进的"新人文主义"(neo-humanism)[3],呼吁从更具包容性和多样的角度去重审"人",重构"人性"。但这些观点还不是反思人类中心主义意义上的"后人类"。在后结构女性主义中,还有一部分理论家如露丝·伊里加蕾(Luce Irigaray)和埃莱娜·西苏(Hélène Cixous)则从另一个正面的视角运用"差异"的概念。伊里加蕾曾提出过一个重要问题:"与谁平等?"因为她看到了曾经追求"平等"的女性主义主张背后有着对"相同"的男性标准的认同。她们从阶级、种族、性取向和年龄等多种视角下质疑"妇女""少数民族"等边缘群体的统一身份,看到了任何一个"身份"范畴内部的多样性和差异。[4] 布拉伊多蒂也曾探讨差异的伦理学维度,认为我们要将差异和多样性为主要参照点,而不是认为政治参与、道德同理心和社会凝聚力只能基于对"相同性"(sameness)的承认才能完成。这种对于差异和相同的深刻认识,也为后结构主义女性主义理论家琼·斯科特(Joan W.

---

3 代表性的理论家和相关著作有:Shiva, Vandana. *Biopiracy. The Plunder of Nature and Knowledge.* Boston: South End Press, 1997; Collins, Patricia Hill. *Black Feminist Thought: Knowledge, Consciousness, and the Politics of Empowerment.* London and New York: Routledge, 1991.

4 相关的著述有:Cixous, Hélène. "Mon Algeriance." *Les Inrockuptibles* 115.8 (1997); Irigaray, Luce. *An Ethics of Sexual Difference.* Ithaca, NY: Cornell University Press, (1984) 1993; Irigaray, Luce. "Equal to Whom?" *The Essential Difference.* Eds. Naomi Schor and Elizabeth Weed. Trans. Robert L. Mazzola. Bloomington: Indiana University Press, 1994.

Scott)所深入论述过。[5]

后结构女性主义者对作为等级化基础的"差异"概念保持警醒,这种批判性视角被后人类女性主义所吸收。在后人类主义理论家布拉伊多蒂的思想发展过程中,我们可以清晰地看到她对后结构女性主义的继承:她在后人类主义之前的几本重要著作都是从政治哲学、性别研究、文化研究等跨学科视角研究当代的主体性问题,特别是如何积极地应对差异问题,如何超越之前哲学中通过否定一方但又将其与相同性概念联系起来的"辩证法"思维模式。她在《游牧主体:当代女性主义理论中的具身性和差异》(1994)一书中提问到:能否在等级制和二元对立的束缚之外理解性别、种族、文化或欧洲的各种差异? 在之后的《变形记:迈向物质主义的生成理论》(2002)中,她不仅分析了性别差异,还分析了自我与其他、欧洲与非欧洲、人类与非人类(动物/环境/技术等)等影响深远的二元对立思维模式。她受到斯宾诺莎哲学"充分理解"的概念的影响,认为一种系统性的矛盾构成了我们现在所在的这个全球化的、经技术中介的、种族混合的、性别意识觉醒的世界的文化表征。但是后结构女性主义往往囿于对人类的关注,而后人类主义学者看到了那些隐含在传统人文主义之中的对他者和差异的认知暴力还被应用在地球上其他非人类的生命体身上,因此,"他者"往往是被地域化、性别化、种族化了的,还有

　　5　见 Scott, Joan W. "Deconstructing equality-versus-difference: Or, the uses of poststructuralist theory for feminism." *The Postmodern Turn: New Perspectives on Social Theory*. Ed. Steven Seidman. Cambridge: Cambridge University Press, 1994, pp. 282-298.

可能是被"自然化"了的，被降低等级的其他生命和有机体，如动物、植物和地球等。布拉伊多蒂提出了"生命"（若伊，zoe）这个非人类形式的生产性的和内在的生命概念，呼吁跨物种的联盟。这种以"zoe"为中心的关系性的本体论是非人类中心的，向"zoe"或地球中心论的观点转变要求我们对人类的定义发展一种共同的理解，但这要建立在对过去和现在的权力关系和结构性不平等的深入认识的基础之上，彻底打破过去建立在贬低性上的对差异的自然化。

反思传统的人文主义的另一个重要发现是对"主体性"理解的变化。后结构主义理论对人的"主体性"的理解虽然与决定论对立，但也不等同于传统人文主义中关于自治主体的唯意志论。主体的形成过程被认为是一个根据当时当地的具体情况而变化的过程，与既有的政治、经济、文化等结构紧密互动，不断变化且永远未完成。同样，在后结构主义中，"能动性"：

    涉及人或其他生命实体行动或干涉世界的能力，但又是一个情境中的概念，不是一个有关具有绝对的能力或潜质的抽象概念，不可能在具体的社会语境之外思考能动性，因为行动的能力从来都被统治性的规范或其背后的权力关系所规约和调节。能动性是"情境性"（situated）的，我们无法脱离具体的文化和社会语境去思考行动的内容和形式，更不能忽略对具体权力结构的分析；能动性是"具身性"（embodied）的，作为一种实践的行动，不需要具备充分的、理性的意向性，这强调了能动性的情绪和情感

的维度,可以从女性主义的视角强调各种社会控制
力量是如何被内化为各种身体性的规范的,但它也
可能在日常生活中被改变;能动性也是"相关性"
(relational)的,要破除那种对单一的、先于社会存在
的主体本体论的想法,认识到主体既被不同主体之
间的关系,也被权力的各种等级结构所建构。[6]

　　我们可以在后人类女性主义理论中看到这些重要的概念,
如"具身性"和"关系性"的延续。后人类女性主义对后结构女性
主义的继承主要体现在继续推进对自由主义人文主义的反思,
特别是对"差异"和等级的质疑,在"主体性"的问题上也继续破
解对于"大写的人"的迷思。但后人类女性主义将在后结构主义
的基础上扩展对"情境性""具身性"和"关系性"的理解,然而将
会建立在新的本体论和认识论的基础上。同时在性和性别的问
题上,后人类女性主义抛弃了社会建构论的观点,特别是对"性/
性别"的二元划分,而是强调了性存在(sexuality)的本体论特征
而不仅仅是其建构性,相关论述将在下文中展开。

第二节　后人类女性主义的理论突破

1. 新本体论基础上的后人类中心主义

　　从二十世纪九十年代后期开始,随着经济全球化带来的

　　6　刘希:《后结构理论与中国女性主义批评——以社会主义文化研究中的妇女
"主体性"为中心》,《文艺理论研究》1(2021):180。

负面影响及全球政治的变化,女性主义理论中开始有了一种
后人类中心主义(post-anthropocentric)的转向。对气候变化和
人类对地球生态系统影响的深入认识推动了这一转向的发
生。后人类中心主义的视角不是单一的,而是由很多不同的
思想资源汇聚而成的。二十世纪九十年代中期就开始的动物
研究就反对对动物的剥削和利用;生态女性主义者以地球为
中心的视角看到对妇女的压迫和对其他物种的剥削之间的同
构性,呼吁从跨物种的角度去反对资本主义的侵害;女性主义
研究中的"情感转向",特别是将人类关联性的能力扩展到其
他物种中,推动了女性主义理论家关注气候变化等全球性问
题,追求物种平等和社会正义。从九十年代开始,一些女性主
义理论家开始讨论后人类状况[7]并逐渐发展出一种"本体论"
的转向,即开始将非人类的因素纳入知识建构和政治活动中。
后人类女性主义理论首先建立在女性主义对自由主义人文主
义的反思上,但在本体论和认识论上都超越了后结构和后现
代女性主义,有了全新的发展。

传统的自由主义人文主义的理论支柱之一就是理性的与
超越性的意识,这其中隐含着一种人类中心主义的基本立场。
后人类女性主义打破了如自然/文化和人/非人等二元对立概

---

7 代表性著述有:Braidotti, Rosi. *Nomadic Subject: Embodiment and Sexual Difference in Contemporary Feminist Theory*. New York: Columbia University Press, 1994;Balsamo, Anne. *Technologies of the Gendered Body: Reading Cyborg Women*. Durham, NC: Duke University Press, 1996; Hayles, Katherine. *How We Became Posthuman: Virtual Bodies in Cybernetics, Literature and Informatics*. Chicago: University of Chicago Press, 1999; Halberstam, Judith and Livingston, Ira. *Posthuman Bodies*. Bloomington: Indiana University Press, 1995.

念,为建立物种之间一种去等级的、更平等的关系奠定了基础。在生态女性主义的新的自然和动物观的基础上,布拉伊多蒂明确提出去人类中心主义思想,认为这种思想涉及其他物种乃至整个地球的可持续发展,批评全球化经济和文化从对地球上所有生命的控制和商品化中获利。布拉伊多蒂反对建立在共同的脆弱性或物种主权基础上泛人性的抽象观念。她认为我们需要的是嵌入的、具身性的、具有关系性和情感性的新的关系。阶级、种族、性别、性取向、年龄和身体健全程度往往是评估人的"常态"与否与监管"人性"的重要尺度。她认为我们应该在重组"人性"想象的基础上追求一种所有生命共同构成世界的方式,实现新的横向的社区和联盟。布拉伊多蒂认为这种以"生命"(若伊,zoe)为中心的平等主义是后人类中心主义女性主义(post-anthropocentric feminism)转向的核心:"女性主义者也许不得不拥抱这个谦卑的起始点,承认一种并非是我们而是若伊主导的地球中心的生命形式。"[8]

　　后人类主义理论的另一位先驱唐娜·哈拉维(Donna Haraway)曾反对将女性和自然做一种天然化的连接,提出过"自然-文化连续体"(nature-culture continuum)的概念。[9] 她也提出过"同伴物种"(companion species)和"制造奇异亲族"(making oddkin)等概念,探讨关于界线的协商、跨越和重建,以及从中必然发生的异质连结。她后来提出的"克苏鲁纪"

　　8　Braidotti, Rosi. "Four theses on posthuman feminism." *Anthropocene Feminism*. Ed. Richard Grusin. Minneapolis: University of Minnesota Press, 2017, p. 34.

　　9　Haraway, Donna. "When We Have Never Been Human, What Is to Be Done?" *Theory, Culture & Society* 23.7-8(2006):135-158.

(Cthulhucene)"也是强调为了在大地上存活，我们必须进行更彻底的异质连结，或制造奇异亲族。[10] 无论是《同伴物种宣言》里还是《与麻烦共存：在克苏鲁纪制造亲缘》，实际上都是"一种对亲缘关系的主张"[11]。这种对亲缘关系的呼吁首先是反人类中心主义的。比如，她以狗为例强调："它们并不是人类意图的投射和实现，也不是任何事情的目的。狗与人类有着强制性的、构成性的、历史性的、多变的关系。"[12]哈拉维认为自己要学习如何叙述这种共同的历史，以及如何继承自然、文化中共同进化的后果。对人类与非人类物种的亲缘关系的呼吁更全面地体现在她的"克苏鲁纪"理论中。哈拉维强烈反对"人类纪"这一流行的地质纪元命名。因为无论用"人类纪"来显示人类的胜利，还是批判人类对地球和生态的破坏，只要强调人类的决定性影响，本质上都是人类中心主义和人类例外主义（exceptionalism）。她提出了"克苏鲁纪"的纪元概念对人类中心主义进行反思与反抗，她认为这个概念"可以提供在'人类世'（Anthropocene）和'资本世'（Capitalocene）的当代暴力之外一个有力的回应，因为克苏鲁意象所致力的跨界共生是跨

10　Haraway, Donna. *The Companion Species Manifesto：Dogs，People，and Significant otherness*. Chicago：Pickly Paradigm，2003；*When Species Meet*. Minneapolis：University of Minneapolis Press，2008；*Staying with the Trouble：Making Kin in the Cathulucene*. Durham：Duke Univeristy Press，2016.

11　Haraway, Donna. *The Companion Species Manifesto：Dogs，People，and Significant Otherness*. Chicago：Prickly Paradigm Press，2003, p. 9.

12　Haraway, Donna. *The Companion Species Manifesto：Dogs，People，and Significant Otherness*. Chicago：Prickly Paradigm Press, 2003, pp. 11 - 12.

物种的繁盛"[13]。Chthulucene 这个词让人想起科幻小说家洛夫克·拉夫特(H. P. Lovecraft)的经典小说《克苏鲁的呼唤》中如章鱼一般的怪物,但哈拉维更想用它指代一个集体名字,代表着这样一种形象,"交织着无数的时间性和空间性,交织着无数的内在互动的集合体——包括超人类、外人类、非人类,以及作为腐殖质的人类"。[14] 她希望"克苏鲁纪"强调"由各种共生性动力和力量组成的有活力的动态进程"[15],她呼吁用共生的、开放的、相互连接、相互回应的,以及"与麻烦共生"的态度来应对人类纪所带来的种种危机。哈拉维为"克苏鲁纪"确定了一个口号:"制造亲缘而不是婴儿(Make kin not babies)!"[16]亲缘关系的延展和重构是因为所有地球生物在最深层的意义上都是亲属。制造亲缘,就是要同地球上的一切相互结缘、相互适应、相互构成。在布拉伊多蒂和哈拉维之外,伊丽莎白·格罗什(Elizabeth Grosz)关于动物与地球的非人类的论述,[17]也拓展了去人类中心主义的视角。

　　后人类女性主义还特别重视当代人类社会的技术和信息,因为技术产物这种非人类的"他者"与人类的关系也需要被重构。哈拉维认为后人类世界的一个基础和关键是科学技术:她

　　13　张君玫:《人类世的女性主义:立足点、地方与实践》,《中外文学》49.1(2020):30。

　　14　Haraway, Donna. *Staying with the Trouble*:*Making Kin in the Chthulucene*. Durham:Duke University Press, 2016, p. 101.

　　15　Haraway, Donna. *Staying with the Trouble*:*Making Kin in the Chthulucene*. Durham:Duke University Press, 2016, p. 102.

　　16　Haraway, Donna. *Staying with the Trouble*:*Making Kin in the Chthulucene*. Durham:Duke University Press, 2016, p. 101.

　　17　Grosz, Elizabeth. *The Nick of Time*. Durham:Duke University Press,2004.

将世界看成一个有多物种共存的非人类中心的世界，同时也是以发达的信息学（informatics）和电信（telecommunications）为标志的高科技世界。她认为当代科技可以很好地帮我们重新理解"人"是在与其他非人类的互动中建构而成的，这就打开了后人类中心主义女性主义理论的前提，因为这种对于人性的看法注重人类具身化经验的历史具体性。哈拉维认为通信技术与生物科学的发展可以模糊机器与有机体之间的界限，人和机器之间可以变成相互依赖、相互融合的关系。她提出的最著名的"赛博格"的概念作为一种打破了一切二元论、等级制的杂糅性的政治身份，是哈拉维将当代生物科学和信息技术成果应用于追求社会正义和批判资本主义的结果：

> 它刻意打破西方传统思维中各种二元对立模式和本质主义的范畴，追求一种去本质化、去整体论、反对他者化的流动的新身份，在注重科技革新的同时去重构高科技社会里的种族、性别和阶级等关系，目标是建立一个生态负责的、反种族主义的、去阶级的、女性主义的和性别平等的社会。[18]

另一位重要的后人类理论家凯瑟琳·海尔斯（Katherine Hayles）对后人类主体与物质和信息之间的复杂互动关系的论述也反映了对各种传统边界的跨越。海尔斯一直关注着信息

18　刘希：《当代中国科幻中的科技、性别和"赛博格"——以〈荒潮〉为例》，《文学评论》3（2019）：219。

科技和数字化媒体(digital media)对人类主体的影响。她的后
人类论述的目标是让后人类主体与自由主义人文主义切割,
防止一种新的后人类噩梦。这种切割并不容易,海尔斯警惕
地指出虽然"控制论的人类"看上去是对自由主义主体的解
构,实际上却并非完全断裂。如果说,自由主义主体的核心是
自由意志,即"人类的本质是不被他人意志影响的自由"[19],那
么,后人类之所以"后",并不是因为它的必然不自由,而是没
有一种"先验的明显区别于他人意志的自我意志的存在"[20]。
但是后人类主体与自由主体的差异,看似"解构"了自由主体,
看似延续了女性主义对欧洲白人男性主体性的批判、后殖民
主义对于主体杂种性的强调,以及后现代主义对分散主体性
的主张,但本质上却仍然是对自由主义主体的延续:因为自由
人本主义对意识控制的强调未被放弃。她以人工智能与机器
人学者莫拉维克的想象为例指出:当莫拉维克想象后人类可
以自己决定将自己的意识下载到计算机中,从而通过技术手
段获得永恒时,他实际上并没有放弃自主的自由主体,只不过
是将自由主体的天赋特权扩展到后人类领域。海尔斯致力于
指出这种后人类是致命的,是一场噩梦。但海尔斯并不对后
人类持悲观态度,她梦想另一种后人类版本,即"乐于接受各
种可能的信息技术,但不会被关于无限的权力与去身化永恒

19　Hayles, Katherine. *How We Became Posthuman. Virtual Bodies in Cybernetics, Literature and Informatics*. Chicago: University of Chicago Press, 1999, p. 4.

20　Hayles, Katherine. *How We Became Posthuman. Virtual Bodies in Cybernetics, Literature and Informatics*. Chicago: University of Chicago Press, 1999, p. 4.

性的幻想所诱惑，认可并赞美人类的有限性，并且理解人的生命被嵌入到一个非常复杂的物质世界中，我们的持续生存依赖于此物质世界"[21]。简言之，对于海尔斯来说，关于后人类的噩梦与梦的区别在于：信息技术带来的主体是是离身性还是具身的，是抽象的自由意志还是关系性的分散认知。

"赛博格"这个受到很多文学作品启发的概念其实反映出哈拉维对语言、文化、意义与上层建筑的关注，这也是她提出的文化抵抗的具体形式。她非常强调高科技的"上层建筑"与神话、意义对政治变革的影响，认为通往新时代的重要途径在于打破所谓的"支配的信息学"（informatics of domination）[22]。但是后人类女性主义与后结构女性主义最大的不同在于前者虽然继续重视文化抵抗，却不止于后结构主义依赖符号学、精神分析理论和解构主义的方法。后人类主义者开始挑战物质性和再现/表征之间的区别。他们努力的方向包括像哈拉维一样关注生物/机器、人/动物和物理/虚拟等所谓对立之间的杂糅性，创造一个关于赛博格的"政治性神话"，反映出对那种强制性的将社会文化力量和与物质性对立起来，把物质仅仅看作人类主体性的客观环境或者后果的种种二元思维模式的反思和放弃。后现代主义认识论的基础——社会建构主义的二元论开始被后人类女性主义一个"自然-文化连续体"

21　Hayles, Katherine. *How We Became Posthuman. Virtual Bodies in Cybernetics*, *Literature and Informatics*. Chicago: University of Chicago Press, 1999, p. 5.

22　Haraway, Donna. *Simians*, *Cyborgs*, *and Women*, *The Reinvention of Nature*. London: Free Association Books, 1991, p. 162.

(nature-culture continuum)的概念所取代。哈拉维在《赛博格宣言》和《马克思主义词典的性别》中都指出了马克思的唯物主义无力打破生物与技术、人与动物之间的固有界限,因此她需要追求一种新唯物主义的想象,需要在后现代的物质条件下重新描绘"生产、再生产和想象的领域"[23]。在哈拉维之后,年轻一代学者掀起了一股新的唯物主义浪潮,将身体看作具身性的相互作用的动态过程,并强调主体的关系性。他们对于一种具身性的唯物主义(embodied materialism)的探索引起了女性主义者们对"物质性"的反思,为后人类女性主义理论提供了重要的思想资源。新的"具身性"概念接受了关于生命物质主义的观点,同时拒绝了关于消极差异的辩证观念。它不同于特别重视语言符号视角的后结构主义,因为后者依赖符号学、精神分析理论和解构主义来消除差异比如性别。[24] 同时,女性主义科学研究对生命作为一种互相依存的共生系统的认识,分子生物学和计算机系统对生命的去神秘化研究等,都推动了超越话语中心的、朝向唯物主义的女性主义研究的发生。

　　建立在新的唯物主义基础上的后人类主义取向主要是将物质理解为一种共同构成力量,一种参与了世界形成过程的"行为体"(actor)。在这里,共同构成并不意味着两个(或多

23　Haraway, Donna. "A Cyborg Manifesto: Science, Technology, and Socialist-Feminism in the Late 20th Century." *Simians, Cyborgs, and Women: the Reinvention of Nature*, New York: Routledge, 1991, pp. 149 - 181; Haraway, D. "Gender for a Marxist Dictionary: The Sexual Politics of a Word." *Simians, Cyborgs, and Women: The Reinvention of Nature*, New York: Routledge,1991, pp. 149 - 170.

24　如 Butler, Judith. *Undoing Gender*. London and New York: Routledge, 2004。

个）实体分别作用结果的相加，例如将性别差异看作一部分是生理身体的原因，另一部分是文化、社会或政治力量的结果。相反，共同构成意味着自然和文化是完全交织在一起的。我们在思考物质性和文化的时候需要把它们看作动态的，相互作用的，从具体历史情境中来的相互构成的过程。这种向一种"一元论本体论"（monistic ontology）的转变克服了"唯物主义/唯心主义"的经典对立，朝向唯物主义生命主义（materialist vitalism）和"充满活力的物质"（vibrant matter）的方向发展。[25]德勒兹女性主义理论就是建立在一元论哲学基础上，阐述了一种"生命政治"（vital politics），其前提是物质，包括作为人类具身性的物质的具体成分，是智能的和自组织的，不是与文化或技术辩证对立的，而是与它们有连续性。他们探索了当代重要的生命思考，主张在非还原性框架下对当代科技文化从女性主义视角进行重新评价。"物质"作为一种自组织的力量，转向生命物质的定义强调过程、生命政治和不确定性进化理论。[26] 所谓生命物质（living matter），就是一个"过程本体论"（process ontology），它以复杂的方式与社会、精神和自然环境相互作用，产生多重归属生态，[27]这可以帮助我们从后人类中心主义的视角看待物种进化过程中的互助和协作。

2. 新的"主体"观和"性存在/性别"观

"赛博格"可以说是哈拉维所提出的新"人性"概念的表

25　Bennett, Jane. *Vibrant Matter: A Political Ecology of Things*. Durham: Duke University Press, 2010.

26　Grosz, Elizabeth. *Becoming Undone*. Durham: Duke University Press, 2011.

27　Guattari, Félix. *The Three Ecologies*. London: The Athlone Press, 2000.

征,它既观照到具体历史语境中人类的具身性经验,又坚持建立有益于人类整体的新价值观。它既是后-形而上学的,又是后人类中心主义的,是一个可以帮助我们重新思考人和人类的新的本体论。就性别方面来说,"赛博格"也是一个后性别世界的产物,没有前俄狄浦斯情节或所谓的"起源",哈拉维提倡一种再表意策略,来破除女性与自然及女性与机器之间的界限。布拉伊多蒂的《后人类》(2013)为当代关于后人类的讨论做出了重大贡献,这本书探讨在人类与不同他者之间的传统区分变得模糊后,我们怎样可以认清"人"的概念的非自然结构,用后人文主义的视角去取代传统人文主义对主体的统一性的认知。她提出了对于"主体性"的新的理解,在反对自由主义个人主义的同时,主张以多样性反对后现代主义的文化相对主义风险。她要用一个活力论的、自组织的、物质性的、动态可持续的概念来扩大主体性的框架和范围:

　　　　主体性作为一个包含非人类主体在内的组合体理念产生了很多影响。第一,它暗示了主体性并非人类的专权;第二,它和超验理性没有关联;第三,它脱离了认识的辩证法;最后一点,它建立在关系的内在性之上。批评理论遇到的挑战非常艰巨:我们需要将主体形象化为一个囊括人类、我们的基因邻居——动物界以及地球整体在内的横断性实体,并且在一种可理解的语言范围内操作。[28]

――――――――

28　Braidotti, Rosi. *The Posthuman*. Cambridge: Polity Press, 2013, p. 82.

　　海尔斯对期待的后人类主体是这样解释的："出现取代了目的论，反身认识论取代了客观主义；分散式认知取代自由意志；具身性取代了被视为心灵支持系统的身体；人与智能机器之间的动态伙伴关系取代了自由主义人文主义主体支配和控制自然的天命。"[29]她将认知科学家埃德温·哈钦斯（Edwin Hutchins）的"分散认知系统"作为一种后人类与人类主体的理想互动模型。哈钦斯通过对海洋船只导航系统的研究，发现成功实现导航的认知系统不仅存在于人类，还存在于环境中的复杂交互里，包括人类和非人类。海尔斯借用此概念以及约翰·希尔勒（John Searle）的"中文房间"（Chinese Room）的论证来说明后人类的分散式认知特点，它代表着隐藏在主体性之下的基本假设发生了改变。在自由人本主义中，自我是一个具有能动性、欲望或意志的个体，并且不同于"他人的意志"。但后人类具有集体异质性，作为一个"物质-信息实体"是一个混合体，它的认知分散在各个部分。当人类被视作分散认知系统的一部分，那么，"关于人类能力的充分表达则依赖于拼接，而不是被它所危及"[30]。也就是说，在后人类时代，"人类的意志不再被看作产生支配和控制环境所需的掌握力的源泉"[31]。"相反，分散认知系统作为一个整体，其中的思考是由人类和非人类行

29　Hayles, Katherine. *How We Became Posthuman. Virtual Bodies in Cybernetics, Literature and Informatics*. Chicago：University of Chicago Press, 1999, p. 288.

30　Hayles, Katherine. *How We Became Posthuman. Virtual Bodies in Cybernetics, Literature and Informatics*. Chicago：University of Chicago Pres, 1999, p. 290.

31　Hayles, Katherine. *How We Became Posthuman. Virtual Bodies in Cybernetics, Literature and Informatics*. Chicago：University of Chicago Press, 1999, p. 290.

为者共同完成的。"[32]这样的未来并非危及人类的生存,而恰是提升人类。因为认知参数的扩大,人类功能通过后人类而得以扩大。从这个意义上,在海尔斯看来,在后人类的概念中,"自由"与"自我"都产生了变化。

在主体性问题上,后人类女性主义特别强调嵌入的、具身性的、情感的与关系性的主体性结构。这显然受到反思人文主义的后结构主义理论的影响。对后人类女性主义来说,非常关键的"具身性"(embodiment)概念虽然有后结构主义的延续,但同时也受到了新唯物主义包括德勒兹和瓜塔里的新斯宾诺莎哲学的影响。对具身性和世俗的嵌入性的肯定,有助于反对那种导向生物决定论的将人性看作固定的、本质的论点。

首先,在"具身性"的问题上,海尔斯认为自己毫无疑问是一个女性主义者,她坦承她的女性主义立场集中潜藏在她对后人类"具身性"的强调上,"希望以此反抗男性主义对'离身性'(disembodiment)的幻想"[33]。尽管将其论述置于福柯和女性主义对于身体和话语关系的理论谱系中,但是,海尔斯所强调的"具身性"与一般女性主义对身体的重视有所不同。海尔斯特意强调了这两者的差异:"相对于身体(body),具身性是情境性的,被卷入地点、时间、生理和文化的特性中,这些特性

32　Hayles, Katherine. *How We Became Posthuman. Virtual Bodies in Cybernetics, Literature and Informatics*. Chicago: University of Chicago Press, 1999, p. 290.

33　Van Puymbroeck, Birgit and Hayles, N. Katherine. "Enwebbed Complexities: The Posthumanities, Digital Media and New Feminist Materialism." *The Journal of Diversity and Gender Studies* 2.1 - 2(2015):25.

共同构成了规范。"[34] 对海尔斯而言，身体是一个抽象的概念，它在社会和文化中被持续地建构和一般化。而具身性虽然也是在建构中的，但不是一个整体的，而是在铭刻（inscription）和合并（incorporation）的互动中产生的。铭刻主要代表的是抽象化的过程，而合并则是从抽象化中浮现特殊性的实践。海尔斯对具身性的强调既延续了女性主义对自由人文主义中普遍性和抽象化身体过程的批判，更重要的是回应了后人类信息化和数据化的威胁。她认为，"身体可以消失在信息中，几乎没有任何抗议的声音，而具身性却不会，因为它与场合、人等情境息息相关"[35]。在文化中被自然化（naturalization）的主要是身体，具身性只有在与身体概念的互动中才次要地被自然化。[36] 因此，当理论家们揭开自然化的意识形态基础时，他们就会将身体而不是具身性"去自然化"。她试图说明，有可能在解构抽象的内容的同时，仍然保持抽象化的机制不变。亦即在后人类控制论中，在去身体的同时却能保留具身性机制。她对具身性的分析为女性主义如何在信息化未来抵制意识对身体的掌控提供新的思考。在向读者描述"具身性"是被抹去的进程和它们的结果之后，海尔斯试图将具身性"重新写回画面中"，

34　Hayles, Katherine. *How We Became Posthuman. Virtual Bodies in Cybernetics, Literature and Informatics*. Chicago: University of Chicago Press, 1999, p. 196.

35　Hayles, Katherine. *How We Became Posthuman. Virtual Bodies in Cybernetics, Literature and Informatics*. Chicago: University of Chicago Press, 1999, p. 197.

36　Hayles, Katherine. *How We Became Posthuman. Virtual Bodies in Cybernetics, Literature and Informatics*. Chicago: University of Chicago Press, 1999, p. 198.

她坚信"抽象的模式永远无法完全捕捉到具体的现实性"。

具身性又是有情境性的,也意味着它是基于关系的。后人类女性主义者们不约而同地都强调关系性(relational)。后人类主体性必须被重新定义为一种扩大的关系性自我,由所有这些因素的累积效应所产生。[37] 布拉伊多蒂认为去人类中心主义转向的最重要的方法论工具就是"陌生化实践"(practice of de-familiarization):"这是一个清醒地从人类中心主义的价值观中分离出来的过程,朝着一个新的参照系发展,这个参照系就是以一种复杂和多方向的方式具有相关性的(relational)。"[38]后人类中心主义主体的关系性能力并不局限于我们的物种,而是包括所有非拟人化的元素:非人类、有生命的活的力量或布拉伊多蒂所说的"生命"(zoe,若伊)。这个概念跨越和重新连接以前被区隔开的物种和分类。在方法论上,后人类女性主义理论放弃了社会建构主义的方法和后结构主义的解构性的政治策略,而接受一元论(monism)和生命主义(vitalist)的本体论。后现代主义理论虽然在某种程度上仍依赖于社会建构主义方法,但确实认识到非人类的种种因素在主体性建构中的重要性,精神分析理论中对无意识的认识可以证明这一点。然而,很少有人质疑和反思后现代主义的与社会和象征系统互动的"主体化"中拟人化主体(anthropomorphic subjects)的中心地位。

37　Braidotti, Rosi. *Patterns of Dissonance: An Essay on Women in Contemporary French Philosophy*. Cambridge: Polity Press, 1991.

38　Braidotti, Rosi. "Four theses on posthuman feminism." *Anthropocene Feminism*. Ed. Richard Grusin. Minneapolis: University of Minnesota Press, 2017, p. 30.

对关系性的强调也体现在后人类女性主义对于反人类中心主义的生态观的构建上。如，哈拉维的研究重心就经历了从赛博格到"同伴物种"再到议题的转变和跨界。哈拉维的跨界写作无疑是"女性主义理论的一个分支"[39]，无论是关于狗，还是关于生态和环境。哈拉维的物种和生态理论根植于其所经历的女性主义理论实践：

> 这种女性主义理论在拒绝类型化思维（typological thinking）、二元对立、相对主义和普遍主义的同时，为出现、过程、历史性、差异、特殊性、共同居住、共同构成和偶然性贡献了一系列丰富的方法。几十位女权主义作家都拒绝了相对主义和普遍主义。主体、客体、种类、种族、物种、类型和性别都是它们相关的产物。这些工作都不是为了寻找甜蜜而美好的"女性"世界和知识，可以免受权力的踩踏与生产。相反，女性主义的探究是关于理解事情是如何运作的，谁在行动中，他可能是什么，以及世界上的行动者如何以某种方式负责，并以较少的暴力方式相爱。[40]

后人类主义对新的能动性的思考包括哈拉维的"唯物-符号行动者"（material-semiotic actor），即"作为身体生产装置的

39　Haraway, Donna. *The Companion Species Manifesto： Dogs，People，and Significant Otherness*. Chicago：Prickly Paradigm Press, 2003，p. 3.

40　Haraway, Donna. *The Companion Species Manifesto： Dogs，People，and Significant Otherness*. Chicago：Prickly Paradigm Press,2003，pp. 6 - 7.

活跃部分的知识对象"[41]；卡伦·巴拉德(Karen Barad)的新词
"内部行动"(intra-action)——取代了"先于互动的个体能动
性"的概念，而是理解为"缠绕在一起的能动性的互相构成"
(the mutual constitution of entangled agencies)——已经被广泛
的新唯物主义女性主义学者所采用。[42] 巴拉德的两个新概念
"后人文主义表演性"(posthumanist performativity)和"能动现
实主义"(agential realism)都是后人类主义视角下的扩大了的
主体性概念。[43]

后人类中心主义女性主义理论坚决反对人类中心主义和
人类作为一种超验类别的"例外主义"，它还必须要回应一些
关键问题，特别是伦理和政治上的人的能动性和人类语言的
特殊性的问题。从后人类女性主义看来，"后人类"并不会让
我们丧失对于认知和道德上的自主性，反而可以帮助我们理
解身份的灵活性和多重性。在政治上，后人类中心主义产生
了非常不同的关于人类解放的政治参与方式，它认为政治能
动性不需要建立在对立的基础上，而是可以建立在一种过程
本体论上，强调自我创造、自组织系统和集体的共同产生，这
都涉及对主导性的规范和价值观的持续反思。后人类的状况

41　Haraway, D. *Simians*, *Cyborgs*, *and Women*, *The Reinvention of Nature*,
London：Free Association Books,1991, p. 208.

42　Barad, Karen. *Meeting the Universe Halfway*. Durham：Duke University
Press,2007, p. 33.

43　Karen Barad, "Posthumanist Performativity：Toward an Understanding of How
Matter Comes to Matter." *Signs：Journal of Women in Culture and Society* 28.
3(2003)：801 - 831; *Meeting the Universe Halfway*. Durham：Duke University Press,
2007.

并不标志着政治能动性的终结，而是朝着关系本体论的方向对其进行了改造。

后人类在其后人文主义和后人类中心主义的启示下，是否将人类能动性和女性主义政治主体性的问题复杂化？我的论点是，它实际上通过提供一个扩展的关系性视野的自我的概念增强了人类能动性，这种新概念作为一个游牧的横向跨越的集合，由多重关系纽带的累积效应产生。后人类主体的关系性能力并不局限于我们这个物种，而是包括所有非拟人化的元素，从我们呼吸的空气开始。有生命的物质——包括具象的人类肉体——是智能的和自组织的，它之所以如此恰恰是因为它没有与其他有机生命断开，而是与动物和地球相连。[44]

这重塑了后人类理论中的被当代生物技术中介化了身体的经验主义主体，可以帮助我们去理解当代全球化世界里结构性的不公正和巨大的权力差异，在"自然-文化连续体"的启发下拒绝将各种形式的生命转变为用于贸易和谋取利润的商品，构建关系性的自我，积极对抗当代资本主义。

在性存在（sexuality）和性别（gender）的问题上，后人类女性主义超越了社会建构主义，并尤其反对关于"性/性别"的二

44　Braidotti, Rosi. "Four theses on posthuman feminism" *Anthropocene Feminism*. Ed. Richard Grusin. Minneapolis: University of Minnesota Press, 2017, p. 33.

元对立的观点。他们强调性存在的本体性、存在性而不仅仅是其建构性，它不仅仅是后结构主义意义上的建构社会关系和身份的话语。当性存在不再被建基于二元对立的系列概念时，它会具有更多横向的和生命性的内涵，是主体具身性结构的一个不可或缺的一部分，也是唯物主义的生命自组织系统的一部分，并作为有生命活力的力量提供了一种非本质主义的构成人类情感和欲望的本体论结构。虽然它仍然受到性别制度的影响，但是它是在性别制度之前就存在的。因此后人类中心主义女性主义将身体视为被性存在先行构成了的，也是动态的和关系性的。对这种一元论和生命活力的强调可以更好地去分析在性问题上的流动的和复杂的权力机制，乃至更合适的抵抗形式。更重要的是，这种性存在也不是人类特有的属性，而被看作共存在于人和非人身上，可以帮助我们打破各种规范性和统治性的性别身份和机制。

这种看法可以让我们看到复杂的多样的身体本身所具有的巨大能量，看到反抗的路径不在于社会建构主义视域中的去身份建构，而在于用新的后人类的视角去看待身体的多元性和异质性，如这种超越了性别制度的性存在。布拉伊多蒂认为，依托于充满活力的一元论的政治本体论的后人类女性主义：

可以将重心从性/性别区分上转移开来，将性存在作为一个过程给予全面关注。这意味着性存在是一种力量，或者构成性元素，能够将性别认同和建构去疆域化。……后人类女性主义者并不是要反对身

份建构，而是要通过反对性态化了的、种族化和自然
化的标准模式的身份建构来进行颠覆。[45]

后人类女权主义者提倡将身体视为动态的性别关系，并
在此基础上探索一个新的"政治的"概念及其变革潜力。他们
认为性存在具有一种本体论的力量，在对抗异性恋的、家庭中
心和生育至上的性别制度上会有重要的作用。超越社会性别
的性存在在当代生命主义新物质主义中具有认识论的和政治
性的意义。

第三节　后人类女性主义理论
在中国的接受和应用

丰富的后人类主义思潮在 2000 年后被引介到中国，在不
同领域得到翻译和介绍，既有科学技术哲学研究领域对"后人
类主义科学观"的介绍[46]，又有文艺批评领域关注西方科幻作

45　Braidotti, Rosi. *The Posthuman*. Cambridge：Polity Press,2013，p. 99.

46　代表性研究有：张之沧：《"后人类"进化》,《江海学刊》6（2004）：5—10；佘正
荣：《后人类主义技术价值观探究》,《自然辩证法通讯》30.1（2008）：95—100；蔡仲,
肖雷波：《STS：从人类主义到后人类主义》,《哲学动态》11（2011）：81—86；冉聃,蔡
仲：《赛博与后人类主义》,《自然辩证法研究》28.10（2012）：72—76；杨一铎：《后人类
主义：人文主义的消解和技术主义建构》,《社会科学家》11（2012）：38—41；肖雷波,
柯文,吴文娟：《论女性主义技术科学研究——当代女性主义科学研究的后人类主义
转向》,《科学与社会》3（2013）：57—72。

品对后人类身份的探讨和呈现的后人类主义思潮[47]。随着后人类主义理论本身越来越细化,中国接受者对这一思潮各个分支的梳理,包括"后人类"概念的辨析也日趋细致。[48] 相对应的,应用相关理论分析中外后人类文艺作品,去发现性别再现上的突破、创新和局限的研究也越来越丰富。[49]

　　本节将集中考察近年来中文学界后人类女性主义视角的

---

[47]　代表性研究有:吴士余:《电子人的乌托邦幻想:读〈后人类文化〉》,《书城》9(2014):94—96;王建元、陈洁诗:《科幻·后现代·后人类:香港科幻论文精选》,福州:福建少年儿童出版社,2006;孙绍谊:《当代西方后人类主义思潮与电影》,《文艺研究》9(2011):86—94;丁芳:《数字技术影响下的后人类主义电影》,《时代报告(下半月)》10(2012):145—146。

[48]　代表性研究有:冉聃:《赛博空间、离身性与具身性》,《哲学动态》6(2013):85—89;张春晓:《从反人文主义到一种狭义的后人类:跨越拟人辩证法》,《文艺理论研究》3(2018):50—58;葛鲁嘉、吴晶:《后人类主义身体观辨析》,《青海民族大学学报(社会科学版)》,45.4(2019):52—56;王晓华:《人工智能与后人类美学》,《首都师范大学学报(社会科学版)》3(2020):85—93;王峰:《后人类状况与文学理论新变》,《文艺争鸣》9(2020);但汉松:《"同伴物种"的后人类批判及其限度》,《文艺研究》1(2018):29—39。

[49]　代表性研究有:李岩:《后性别:科幻电影中的性与性别政治》,《北京电影学院学报》126.6(2015):94—101;王一平:《从"赛博格"与"人工智能"看科幻小说的"后人类"瞻望——以〈他,她和它〉为例》,《外国文学评论》2(2018):85—108;车致新:《〈她〉:数码时代的身体悖论与后人类主义想象力》,《创作与评论》14(2015):90—93;车致新:《"技术"的性别化想象——"机械新娘"的形象学研究》,《北大新闻与传播评论》1(2017):170—181;肖熹、李洋:《中国电影中的后人类叙事(1986—1992)》,《电影艺术》1(2018):38—43;王影君:《后人类时代的种群危机——阿特伍德异乌托邦三部曲的生态女性主义研究》,《江苏大学学报(社会科学版)》3(2018):28—34;陈灯杰:《当代科幻电影与后人类主体的构建——以电影影像中的"他者"为例》,《当代电影》273.12(2018):126—129;林方:《科幻电影中人工智能机器人女性形象的转向思考》,《出版广角》341.11(2019):87—89;王正中、高丽燕:《技术与性别——基于科幻影视后人类女性形象的考察》,《电影文学》23(2019):65—69;刘希:《当代中国科幻中的科技、性别和"赛博格"——以〈荒潮〉为例》,《文学评论》3(2019):215—223;孙力珍:《科幻电影中的后人类实践与性别展演》,《电影文学》5(2020):51—54。

代表性文艺批评,探讨这个新的批判理论话语如何在当代文艺批评中被接受和应用,特别留意在对后人类女性主义话语的引介和引用中,是否认识到这个建立在新本体论和认识论基础上的理论话语的后人文主义和后-人类中心主义视角。对后人类主义女性主义理论的应用,以哈拉维"赛博格理论"的援引为最多,其次是后人类生态女性主义理论。以下为代表性研究的介绍与分析。

1. 赛博格理论与后人类女性形象

对西方科幻后人类女性形象的研究主要考察对象是女性人工智能机器人和赛博格女性,包括以下几个研究方向:

首先是关注形象发展史和变迁。比如,《科幻电影中人工智能机器人女性形象的转向思考》一文通过追溯科幻电影中的人工智能机器人女性角色的发展史,发现了西方电影中对于机器人的塑造经历了从早期的科技悲观主义论调,转变为后人类时代的技术乐观主义。[50]《技术的性别化想象——"机械新娘"的形象学研究》一文通过梳理西方科幻文艺中"机械人偶"到"人工智能"等各种"非人"技术所呈现出来的"女性化"的外在形象,指出科学技术的"拟人化"和"性别化"的想象与再现方式经历了从人类主义到后人类主义的变迁。[51] 两文的相似之处是看到了以人工智能为代表的后人类女性形象如何突破了人文主义"传统的技术焦虑和关于异化危机的忧

50　林方:《科幻电影中人工智能机器人女性形象的转向思考》,《出版广角》341.11(2019):87—89。

51　车致新:《"技术"的性别化想象——"机械新娘"的形象学研究》,《北大新闻与传播评论》1(2017):170—181。

思"，以及"进化论的线性历史观"。不同的是，前一篇文章认为形象变迁"表征着人类通过审视其自身与创造物关系而不断确立自我认同感"[52]，而后一篇文章则认为《她》这样的文本"出现了不再仅仅以'人'自身的形象来想象、再现和言说'技术'的可能……两文或许为不可避免地身处数字技术时代的我们开辟了重新思考身体与机械、有机与无机、有形与无形——总之是主体与技术之关系的宝贵空间"[53]。但是，至于后人类主体的新内涵到底是什么，主体与技术、性别之间的关系又有怎样新的可能，两文都未有深究。

形象研究的第二个方向是专注于后人类科幻中女性形象的意义和局限。这类研究包含着技术乐观主义和对技术乐观主义的怀疑。前者如《技术与性别——基于科幻影视后人类女性形象的考察》一文以西方影视作品中的双性同体的新女性形象为例，认为后人类女性形象"在拥有女性的容貌、身体和思想感情的同时，还通过技术获得与男性同等的身体力量"[54]。该文一方面看到了新女性形象诞生的大众文化中的消费主义基础——"满足了男性的暴力美学趣味和对女性身体的窥视欲望"[55]，但又认为后人类技术可以增强女性身体力量，

52　林方：《科幻电影中人工智能机器人女性形象的转向思考》，《出版广角》341.11(2019)：87—89。

53　车致新：《"技术"的性别化想象——"机械新娘"的形象学研究》，《北大新闻与传播评论》1(2017)：181。

54　王正中，高丽燕：《技术与性别——基于科幻影视后人类女性形象的考察》，《电影文学》23(2019)：65。

55　王正中，高丽燕：《技术与性别——基于科幻影视后人类女性形象的考察》，《电影文学》23(2019)：66。

消除父权制社会男女性别差异的生理基础和社会根源,构建人类新型的性别关系。尽管作者看到了消费文化与技术解放的矛盾性,却并未深究这种矛盾性;该文虽然延续了哈拉维的技术思想,但忽略了后人类女性主义对性别本质主义的深刻批判。将生理和身体因素当作性别差异的本质,认为改变生理基础就会获得女性完全的解放,这一论述其实忽视了身体本身是社会或政治力量共同构成和相互作用的结果,重新陷入了父权制的身体论述话语逻辑。

《从"赛博格"与"人工智能"看科幻小说的"后人类"瞻望》一文更为全面地评估了后人类女性形象对于多重二元对立结构的突破和积极意义。该文引用哈拉维和布拉伊多蒂的后人类女性主义理论,探讨西方女性主义科幻作品《他,她和它》所塑造的一个集多种"他者"(性别/种族/阶级/人造)于一身的人造智能体形象是如何建构一种多元互动的身份,"使联合男女性、混合族裔性、结合阶层性等成为一种可能",是如何符合哈拉维"建构跨种族、性别与阶级的新型松散联合"的后人类女性主义的追求。[56] 文章认为跨越各种边界的人造智能体形象迫使人们从后人类主义的立场上重新思考与设计"人"与"生命"的未来方案,用物种平等理念(包括动物、植物等)对抗人类中心主义。但同时,作者也看到了小说中以维持人和人造人边界的方式隐含了人类中心主义的视角。

与技术乐观主义者不同,《科幻电影中的后人类实践与性

56　王一平:《从"赛博格"与"人工智能"看科幻小说的"后人类"瞻望——以〈他,她和它〉为例》,《外国文学评论》2(2018):95。

别展演》一文揭示了创作与理论的反差。通过探讨近年西方科幻电影中实验性的后人类女性形象，该文发现了性别化的很多后人类形象并不具备哈拉维意义上的"后性别世界"的乌托邦性质，"仍旧是菲勒斯中心主义下男性/制造者与女性/被制造者的权力关系"，与其说这些作品中的"性别化展演是挑战人机界限的关键，不如说是人类现实社会的隐喻和展演"[57]。各种文本中塑造的后人类主体意识"仍然要从人类那里获得认同与许可"。不然，他们就要被淘汰，甚至被"杀"死。而获得认同的方式，则是后人类对人类行为、人类内在甚至人类的性别进行模拟与演绎，即仍然有深重的人类中心主义的视角。

《爆米花女超人：重思当代美国主流电影中的赛博女英雄》一文也是类似的论证。文章聚焦于美国主流电影《阿丽塔：战斗天使》及《惊奇队长》，指出它们以不同的叙事风格讲述了赛博格女性战士的身体重塑与再生，塑造了机械女英雄形象，看似建构了女性胜利后的狂欢幻想，体现了"集成电路时代的女性拥有一套共同的讽刺梦想"。但该文揭示，无论是用传统抒情叙事框架去制约激进形象，还是用混搭、翻转等后现代符号去收编严肃的政治批判话语，这两部作品以"讨好"的面孔出现，提供了各类民主政治和"政治正确"的幻想，使观众沉溺于虚假胜利的狂欢之中，很可能比任何时刻更能隐秘地暗度保守意识形态。该文由此提出质疑："就自由主义流行文化生产而言，多元跨界的文本生产是打开了有关女性再现

57　孙力珍：《科幻电影中的后人类实践与性别展演》，《电影文学》5(2020)：51。

的可能性，还是以看似翻转的框架，误读性别政治有关女性主体的激进观念？"[58]

研究者在分析后人类女性形象时多以西方科幻为对象，笔者曾考察中国科幻中赛博格女性形象。文章首先肯定了《荒潮》女性书写的重要意义，认为小说中的赛博格作为中国科幻中重要的正面女性形象，突破了以男性正面形象为中心的主流写作模式，"它以一个第三世界底层女性的形象指征全球化时代的各种不平等的关系：国家、城乡、阶级、性别、科技等等，并用这一形象来完成对技术过度发展的反思"[59]。而同时，该文从哈拉维理论的性别视角去审视小说，认为这部小说并没有发展出一种新的性别逻辑，没有克服二元对立和本质主义的书写模式，最终延续的还是传统人文主义写作路径，而非真正的"后人类主义"的反思人文主义，并且并未抛弃性别二元论的立场。

2.后人类生态女性主义视角

不单单是作品，即使在应用后人类女性主义理论或视角解读时，研究者也可能在反思人类中心主义的时候陷入人文主义或者后人文主义的窠臼。比如，有学者对阿特伍德异托邦三部曲的分析中，尽管试图依据生态女性主义的理论来挖掘后人类时代的种族危机，呈现诸如技术至上的工具理性和资本崇拜，争做造物主的权力欲望，以此来反思和批判人类中

---

58 张颖：《爆米花女超人：重思当代美国主流电影中的赛博女英雄》，《广州大学学报（社会科学版）》6(2020)：74—81。

59 刘希：《当代中国科幻中的科技、性别和"赛博格"——以〈荒潮〉为例》，《文学评论》3(2019)：219。

心主义，[60]但文章将阿特伍德的立场归为对异化的警惕，对自然的敬畏，对田园的怀念，以及对基因变异的后人类未来的恐惧时，实则又代入传统人文主义的视角。根据哈拉维在《与麻烦共存：在克苏鲁纪制造亲缘》中所指出的，即使反复强调人类纪里人类对地球和生态的破坏甚至浩劫，实际上仍是以人类为中心。

3．中国科幻中后人类叙事研究

当后人类女性主义理论被应用于分析中国科幻文学和文学文本时，如何从文本叙事与理论的一致和不一致中挖掘出新的可能，用来丰富后人类主义理论，成为这场"理论旅行"一个必不可少的问题。《中国电影中的后人类叙事（1986—1992）》一文梳理了中国电影中的后人类叙事，不仅总结了中国电影史上最早的机器人、人造型、合成人、超能人等后人类形象，更挖掘了这些形象所代表的反人本主义叙事与西方后人类叙事的不同。[61] 该文避免了机械式套用后人类理论和概念，以电影文本为核心去提炼"后人类"叙事。比如，该文发现尽管当时国产电影中缺乏严格意义上的赛博格，但从哈拉维强调物种之间的内在互动性（inter/intra-action），主张克服性别和物种差异的角度来看，国产电影的儿童、女性和动物形象其实具有了后人类意识。另外，文章还比较了同处于后冷战时期的西方和中国后人类电影叙事的差别，相比于西方的英

60　王影君：《后人类时代的种群危机——阿特伍德异乌托邦三部曲的生态女性主义研究》，《江苏大学学报（社会科学版）》3（2018）：28—34。

61　肖熹，李洋：《中国电影中的后人类叙事（1986—1992）》，《电影艺术》1（2018）：38—43。

雄主义、科学冒险精神、新资源的发现、个人主义与救世论等观念，国产电影的后人类叙事聚焦于世俗化的日常生活，表达人本主义的问题，因科学之名，弱化了"中国"的地缘符号，关注超越国家疆界的人类和地球问题，也即模糊了后人类各种议题的边界性，弱化了自我和他者的二元对立性。

以上这些代表性研究的研究对象都是当代中西方文艺作品，特别是科幻题材作品中新出现的"技术主体"或者"后人类"形象，并且都注意到后人类想象在性别塑造上与传统的异同。在后人类主义理论的启发下，研究者们都发现当代文艺作品中，特别是在性别形象的刻画上，逐渐从"人文主义"过渡到"后人类主义"，这表现在新的智能/技术女性形象的出现，在性别气质上逐渐变得中性甚至双性同体，有脱离性别二元论的倾向。持技术乐观主义立场的研究认为对"后人类"主体的建构已经开始，哈拉维意义上的"赛博格"形象已经出现，并以一些西方女性主义科幻为例，说明后人类女性主义所追求的反人文主义和反人类中心主义的理念得到呈现。但是更多的研究者并不乐观，他们深入反思新的技术女性形象的具体性别书写、刻画手法，并发现了很多性别化的后人类形象都并不具备哈拉维意义上的"后性别世界"的乌托邦性质，它们要么难以超越传统的人文主义的影响特别是"拟人化"特征，要么难以真正破解性别二元论或者克服性别本质主义的书写模式。因此，真正从后人类女性主义立场上建构新的去二元论、去本质化、去他者化的多元互动的"后人类主义"主体还是当代文艺作品尚未完成的任务和追寻的目标。

后人类理论包括后人类女性主义启发了很多研究者用后

人类主义视角研究中外各种文化文本对传统人文主义的反思和新的反人类中心主义立场。很多学者已经意识到后人类女性主义的全新的"主体"观和性存在/性别观,并以此为参照,考察和评价中外科幻文艺作品中有无新的主体观和性别观的建构。到目前为止,应用研究的关注议题与研究对象仍有较大拓展空间。对于议题,大多数研究聚焦于赛博格/人工智能,探讨后人类性别主体与自由主义人文主义的突破与延续,但对后人类女性主义的其他层面,比如物种平等、生态环境、对人类纪的反思等仍有待加强。对于研究对象,后人类女性主义理论较少被应用于分析中国文本。随着中国科幻在近几年的蓬勃发展,后人类主题的创作不断出现,可以期待将会有更多研究去深入讨论后人类女性主义的"理论旅行"为本土化的科幻文化实践带来的新启发,以及中国文本为后人类情境提供的新的叙事方案和性别主体形象。

第二部分

"五四"和社会主义时期文学研究

第四章 "五四"女性文学中的性别话语

  建构新的现代个体身份和女性身份是二十世纪初"五四"新文化话语的重要内容。在具有新的性别维度的人道主义、个人主义思潮的影响下,大量接受了现代教育的中国年轻女性开始追求经济自主和人格独立,成为中国第一代"新女性"。她们成为编辑、作家、记者、翻译家、评论家和出版家等等,积极参与到"五四"之后新的文化建设之中,而文学书写成为大量"新女性"作家追求独立和展露自我的重要发声场。"五四"和后"五四"时期(二十年代中后期)的女性文学是现代文学的重要组成部分,主要的女作家有陈衡哲、庐隐、冰心、丁玲、冯沅君、苏雪林、石评梅、凌叔华、沉樱、袁昌英、陈学昭、陆晶清、谢冰莹和白薇等人。"五四"女性文学是现代女性文学的开端,也是现代中国女性主体性非常重要的呈现方式。

　　而关于"新女性"的"主体性"，特别是现代中国"女性"身份认同的内涵，一直是学术界持续讨论的话题。"五四"时期性别话语的复杂性在文学上也体现在男性知识分子与女性知识分子对性别议题书写的不同上，而"五四"女性主义文学的独特性的贡献也是一个需要继续考察的问题。如果说"五四"新文化运动带来了三个重估人的价值的新视角——"人性"（humanity）、"个性"（personhood）和"女性"（new womanhood），那么对于前两者学术界的意见分歧不大，人道主义话语影响下的新的"人性"观念和个人主义思潮影响下的新的"个性"观念的传播和影响是"五四"新文化运动被誉为二十世纪初中国"启蒙运动"的主要原因。然而，对于新的身份认同——"女性"的讨论则众说纷纭，这个新的社会身份、主体立场勾连着什么样的女性主义观念，所谓资产阶级的"自由主义女性主义"的概念是否能完全覆盖"五四"女性主义的复杂话语和内核？本章将尝试探讨以下一些问题："五四"女性作家对"新女性"生活的文学再现都涉及了哪些复杂的女性生活经验？这些作品是如何将"新女性"的身份认同问题化，并加以讨论和再现的？不同的关于"人性""个性"和"女性"的话语是怎样被这些作品吸收、借用和协商的？这些作品是如何回应同时期男作家的性别论述中的男性中心主义的？

第一节　"新女性"的主体性问题

　　对于"女性"这个主体立场和影响"新女性"身份认同的主

导性的社会性别话语,不同学者有着不同看法。美国学者汤尼·白露(Tani Barlow)在其研究中国妇女问题的重要著作《中国女性主义思想史中的妇女问题》中提出,为了对抗儒家伦理,五四知识分子们在殖民主义话语体系的启发下制造出"女性"这个性别能指:

> "女性"在更大的反儒教话语里成为一个话语符号和主体立场。知识分子为了根本地变革"中国文化"而推翻儒学经典。同样,现代主义的符号学革命也产生了新的词语如"社会""文化""知识分子""个人主义"和其他不计其数的新的词语,它们给予了"女性"或者女人更加广泛的话语权力。[1]

但白露同时指出,"女性"是"殖民现代性"的产物,是一种优生学影响下的本质主义的性别二元论话语。在中国知识分子翻译和介绍欧洲的小说、文学批评、科学理论和社会学理论时,他们把重点放在"关于性对立和性吸引的理论上",而在同一时期的通俗小说中的性话语也是把"性"(sex)作为"一个对立的个人或个体身份的核心",并将女人(women)作为一个"性科学的范畴"[2]。她认为在欧洲的人文主义理论和性科学

1　Barlow, Tani E. *The Question of Women in Chinese Feminism*. Durham：Duke University Press, 2004, p. 53. 因为此书的中译本有大量不准确的地方,所以笔者自己从英文原文翻译了相关引文,下同。

2　Barlow, Tani E. *The Question of Women in Chinese Feminism*. Durham：Duke University Press, 2004, p. 53.

理论,特别是十九世纪维多利亚时期性别话语的基础上,中国知识分子引进了"女性"这个在词源上有着普遍性、性科学和科学主义的内核的概念,将女性作为"西方的、排外的、男性/女性二元中的一半",用以把中国妇女从儒家伦理下的家族身份、特别是为儒家家庭承担生育义务的角色中解放出来。二元论是西方自柏拉图以来对主体和客体、自我和世界等进行二元对立理解的主导性的思维方式。这种二元对立的思维方式有着根深蒂固的逻各斯中心主义和男性中心主义的性质。公共与私人、理性与情感、强壮与柔弱、能动与被动、支配和从属等二元概念往往被投射在男性和女性的性别二分上面,将性别不平等自然化和本质化。而西方自第二波女性主义运动以来,不同的女性主义者就意识到并不断挑战这种性别二元论和它对女性从属性和他者化的认定。所谓本质论即文化本质论者,如弗洛伊德、乔多萝、吉力根等学者开启的认为女性人格和心理在根本上受制于生理结构和童年经验的观念。本质主义观念的问题在于将性别看作个体内在的、持续的、本质的性质而不考虑任何社会文化语境的变化,忽略女性经验的历史性和多元化,让两性都固守传统的性别角色,也悬置了对社会结构问题的追问,这样很容易合法化父权制社会对女性的压迫。然而,白露认为中国知识分子在引入这种性别二元论的时期:

> 通过参考欧洲社会科学主义和社会理论的"真理"而肯定了关于女人的被动性、生理上的低等、智力上的能力不足、性存在和社会参与不足的辩论。

因此,中国女人只有在变成殖民现代主义的维多利亚性别二分中男人的他者时才成为"女性",女人只有在成为男人的对立面和他者时才是最根本的(foundational)。[3]

总之,白露认为"五四"前后"女性"这个"历史的词语误用"所指征的性别主体性有着作为男性的对立、附属和"他者"的内涵,在她看来,丁玲在"五四"时期的作品例如《莎菲女士的日记》和《母亲》正是对这种困扰"新女性"们的"女性"认同、性别主体性的文学再现。

然而,历史学家王政在她研究"五四"女性的《中国启蒙运动中的妇女》一书中反驳了白露的这一看法。王政基于对成长于"五四"时期的女性知识分子的实证访谈,认为并非这种优生学的性别二元观念,而是"独立人格"(independent personhood)这个重要的"五四"新文化话语成为构建新女性主体性的重要力量。"五四"新文化运动中产生的重要话语,如"人的权利、男女之间的平等、独立人格、封建伦理的非人性、对妇女的压迫——这些新的表达都极大地给妇女赋权,促使她们追求社会进步。新的语言使她们重审她们自己和其他妇女的生活。过去被认为是正常的或'妇女的命运',现在都被标示为'对妇女的压迫'。新的语言促成了对跨越性别界限

3　Barlow, Tani E. *The Question of Women in Chinese Feminism*. Durham: Duke University Press, 2004, p. 54.

的新生活的向往"[4]。王政认为正是这种新的语言使得受了教育的妇女成为"新女性"。成为这种"新女性"标准是具体的：

> 要接受现代教育使得她们成为有意识的现代公民同时保证有份职业；有独立的人格，即经济上的自立和在婚姻、职业上有自主决定权；有参与公共生活的能力；有对其他受压迫妇女的关注。这些对"新女性"的描述或者说是限定与儒教体系里的孝女、贤妻和良母有根本性的不同。[5]

王政完全不同意白露关于"新女性"继承了维多利亚时期性别二元话语的看法。她认为即使有些男性小说作家出于自我利益将妇女再现为男性的他者，而这一时期的妇女也不会复制和传播关于妇女低等的观点。尽管王政同意维多利亚时期的性别二元论的确在"五四"时期被介绍到中国，但她认为它绝不是一个主导性的话语。因为在"五四"反封建、反儒教伦理的社会背景下，新式知识分子们最需要的理论是要使妇女对儒家系统的压迫的反对合法化，而人文主义话语中本质和抽象的具有不可侵犯的权利的"人"的观念正可以达到这种反对儒家伦理中等级制的、具有规范性义务的"家族人"的观念。

4　Wang, Zheng. *Women in the Chinese Enlightenment：Oral and Textual Histories*. Berkeley and Los Angeles：University of California Press, 1999, p. 16.

5　Wang, Zheng. *Women in the Chinese Enlightenment：Oral and Textual Histories*. Berkeley and Los Angeles：University of California Press, 1999, p. 16.

对于五四知识分子来说,被认为是普遍真理的本质的和抽象的人的观念,有力量把男人和女人从儒家的不平等的社会关系网中拉出来,让他们都享有平等的地位。这就是为什么他们热情地宣传自由人文主义和女性主义。在这种历史背景下,鼓吹性别等级制的性别二元论,只会损害他们的目标。这就是为什么这种二元论在传播上是非常有限的。[6]

作为历史学家,王政采访了一群成长于"五四"时代的职业女性,并用她的实证材料证明了自由主义女性主义话语在塑造新的妇女主体性上取得的成功。她认为"新女性"作为一个女权主义的社会建构和实际存在的新的社会身份,成功地使得大量妇女打破了性别限制和界限。"在中国启蒙运动的语境中'做一个人'意味着成为一个由所有'现代'价值构成的人。中国妇女在这个意义上,并没有被规定成为男人的'他者',而是被号召变成与男人相同的人(be the same as man)。"[7]

白露认为一个重要的考察"女性"这一身份认同的场域是"五四"时期的文学再现,"女性"既是文学作品书写的主题也是书写的主体。那么,如果以探讨女性新身份、新经验为重点的"五四"和后"五四"时期的女性文学为中心,所谓"自由主义

---

6 Wang, Zheng. *Women in the Chinese Enlightenment*: *Oral and Textual Histories*. Berkeley and Los Angeles: University of California Press, 1999, p. 18.

7 Wang, Zheng. *Women in the Chinese Enlightenment*: *Oral and Textual Histories*. Berkeley and Los Angeles: University of California Press, 1999, p. 19.

女性主义"在中国"五四"时期的内涵究竟是什么呢？白露所讨论的是在优生学影响下的本质主义的性别二元观念：男人和女人是基于根本不同的生物自然特征的对立的、等级制的、排外的二元，性存在成为人身份认同的根本，性别二元主义是男女社会性别和属性的基础，在中国的自由主义女性主义话语中究竟是主导性的还是边缘性的？

大量成长于"五四"时期的女性作家对于现代女性究竟应该成为男性的附属还是与男性对等是怎样的看法呢？她们是如何在文学作品中触及"新女性"身份认同与性别二元论和本质主义的关系，即妇女身份认同是否主要通过二元的性别关系来定义呢？本章将重访"五四"和后"五四"时期代表性的女作家的作品，试图回答这些问题。

首先，在"五四"时期大量男作家书写的现实主义题材的小说中，"女性"是一个非常重要的文本修辞。孟悦、戴锦华、刘禾等学者都曾指出，"妇女"对于很多"五四"男作家都是象征性地满足当时政治愿望的重要文本符号。[8] 陈清侨在他研究"五四"文学的论文中探讨了"新女性"在"五四"男作家作品中发挥的意识形态功能：男作家通过将"女性"再现为受害者、他者，再现为"腐败的社会罪恶的无辜的替罪羊"而构建自己启蒙、拯救的知识分子主体身体。这些作品的核心主题被总

8　见孟悦，戴锦华：《浮出历史地表——现代妇女文学研究》，北京：中国人民大学出版社，2004 年；Liu, Lydia H. "Invention and Intervention: The Making of a Female Tradition in Modern Chinese Literature." *From May Fourth to June Fourth: Fiction and Film in Twentieth-Century China*. Ed. David Der-wei Wang. Harvard University Press, 1993, pp. 194-220.

结为是"你们(女性)遭受的痛苦的根源在我们(男性)作家无力纠正社会罪恶"[9]。"五四"著名女作家庐隐就曾经直言妇女解放运动最先总是由男性来提倡,而女性总是处于某种"被解放"的地位。[10] 有研究者曾犀利地指出中国现代男性作家写作中潜藏着的男性中心意识:

> 他们的小说、戏剧等纯文学文体,则较多地负载他们的潜意识心理,因而其中所体现的性别意识,既有与他们的理性观念相契合的尊重女性主体性观念,同时又相当普遍地承传着中外性别等级权力思维,从而使其人性观念又渗透进封建意识和追随西方文化而产生的负面意识,而在一定程度上背叛了他们解放妇女、尊重女性主体性的初衷。[11]

杨联芬也提出"五四"代表性男作家的个人主义话语中隐含的性别权力的问题。她认为,"五四"妇女解放叙述的重要作品,即胡适戏仿易卜生《玩偶之家》而写的《终身大事》,虽然宣传了"五四"反抗包办婚姻的个性主义,但是"没有从性别的角度对宗法制与父权制的关系进行深入的辨析,而是笼统地将个性主义等同于个人反抗家族礼教和宗法制度,将个性主

9　Chan, Stephen Ching Kiu. "The Language of Despair: Ideological Representations of the 'New Woman' by May Fourth Writers." *Modern Chinese Literature* 4.1–2(1988):19–38.

10　庐隐:《"女子成美会"希望于妇女》,《庐隐散文全集》,河南:中原农民出版社,1996年,第159—160页。

11　李玲:《性别意识与中国现代文学的现代性》,《中国文化研究》2(2005):165。

义的主题简化为青年与老年、个人与（父亲）家庭的矛盾。这样，女性自由被个性自由囫囵代表了；性别之间的权力关系，被新与旧的文化问题遮蔽了"[12]。

但是她认为"五四"时期鲁迅的《伤逝》是一个例外，这部作品通过讲述女主人公逃离父亲的父权之家却进入丈夫的父权之家的故事，深刻地揭示了"个性主义'新'思潮与父权中心之'旧'意识的关系"，触及了"五四个人主义价值论中隐含的性别权力，以及新文化启蒙话语中的父权意识，表现出对五四新文化'进化'与'二元'思想模式的警惕与自省"[13]。杨联芬认为鲁迅的这种对新的性别权力的反思，在"五四汗牛充栋的爱情小说戏剧中鲜有表现"[14]。

回顾以上几位学者的观点，本章认为陈清侨提出的将"女性"再现为男性他者的书写方式和杨联芬提出的对"五四"个人主义话语中性别权力的遮蔽都在同一时期女作家的作品中得到了协商和挑战。对比"五四"时期关于妇女问题的男作家和女作家的文学作品，可以发现主题上的巨大差异：如果男作家们主要关注封建家庭和儒家道德下妇女的痛苦、受到的迫害，还有妇女对爱情、婚姻的自由追求，那么女作家们则更倾向于"在1920年代建构女性自我时对种种性别角色的问题化"(the problematization of gender roles in the construction of

---

12　杨联芬：《个人主义与性别权力——胡适、鲁迅与五四女性解放叙述的两个维度，《中山大学学报(社会科学版)》49.4(2009)：42。

13　杨联芬：《个人主义与性别权力——胡适、鲁迅与五四女性解放叙述的两个维度》，《中山大学学报(社会科学版)》49.4(2009)：40。

14　杨联芬：《个人主义与性别权力——胡适、鲁迅与五四女性解放叙述的两个维度》，《中山大学学报(社会科学版)》49.4(2009)：45。

the female self in the 1920s) [15]，她们的作品中不仅涉及妇女遭受的父权制家庭、父母的压迫，还包括新式家庭里父权制的丈夫的压迫，包含现代婚姻、恋爱和家庭的种种问题，经济独立的问题，觉醒的性意识、性自由及其困境，甚至还涉及在二元对立之外的性别身份认同的可能性的问题。新女性作家们不仅仅在跟男性知识分子的共同战斗中构建中国的"立人"的新文化，还成为创作、批评的主体触及现代性别文化或者"五四"个人主义思潮中隐含的性别权力和不平等的问题。

美国学者艾米·杜丽（Amy Dooling）在其《二十世纪中国女性书写中的女性主义》一书中提出，跟同时期的男性作家一样，"新女性"作家们也受到流行的现实主义写作手法的影响，积极地再现"新女性"，主要是知识女性的生活经验和自我认识。现实主义写作手法不仅扩展了女作家们的写作主题，还赋予了她们书写的权威性以便其在公共领域传达她们对于同时代刻板的女性形象的不满。[16] 与同时期男性作家对女性形象的刻板的或者他者化再现不同，女作家们"通过描绘妇女的主体性如何继续被家庭、婚姻和社会中性别不平等的日常现实所决定，而宣扬一种对妇女问题的女性主义的理解"[17]。杜

15　Yip, Terry Siu-han. "Women's Self-Identity and Gender Relations in Twentieth-Century Chinese Fiction", *Gender*, *Discourse and the Self in Literature*：*Issues in Mainland China*, *Taiwan and Hong Kong*. Eds. Kwok-kan Tam and Terry Siu-han Yip. Hong Kong：The Chinese University Press, 2010, p. 6.

16　Dooling, Amy. *Women's Literary Feminism in Twentieth-Century China*, London：Palgrave Macmillan, 2005, p. 75.

17　Dooling, Amy. *Women's Literary Feminism in Twentieth-Century China*, London：Palgrave Macmillan, 2005, p. 66.

丽认为，丁玲、冯沅君、庐隐、石评梅、白薇和谢冰莹等"五四"新女性作家不仅仅塑造了反抗包办婚姻和传统儒家伦理的小说女主角，还对现代的新的性别关系、"自由恋爱"和"浪漫爱"话语，以及改革了的新式婚姻家庭里的女性角色表达了深深的怀疑。她认为至少在这几个代表性新女性作家的作品里，"文本中表现出来的女性自我与其说是给出了绝对的定义，其实不如说是提出了更多关于现代女性可能的社会身份的问题"[18]。

笔者认为这些关于现代"女性"身份、角色的困惑、矛盾心理和质疑等，正是"五四"女性文学里真正"女性主义"的表达，是对"五四"自由主义话语中性别盲视的回应：从所谓的"传统"到"现代"，性别不平等很可能被继承，关于"人性"的话语可能包含本质主义的性别偏见，而女作家所持的"人性""个性"和"女性"等修辞和话语却包含了性别平等、女性独立的性别视角，甚至涉及对"五四"时期被介绍到中国的维多利亚性别二元和本质话语的质询和挑战。

第二节　新式恋爱、婚姻和家庭的问题

反对封建礼教和父权统治，争取恋爱自主和婚姻自由是"五四"新文化运动最重要的口号之一。被这场思想启蒙运动

18　Dooling, Amy. *Women's Literary Feminism in Twentieth-Century China*, London：Palgrave Macmillan, 2005, p. 84.

所唤醒的新女性们与现代男性一起并肩作战批驳封建父权，追求独立自主的人格，并在"五四"女性文学中强烈地表达出来。陈衡哲的小诗《鸟》是最早表达"五四"女性追求自由心声的诗歌：

> 我若出了牢笼，
> 不管他天西地东，
> 也不管他恶雨狂风，
> 我定要飞他个海阔天空！
> 直飞到精疲力竭，水尽山穷！
> 我便请那狂风，把我的羽毛肌骨，
> 一丝丝的都吹散到自由的空气中！[19]

"五四"代表性女作家庐隐的小说《父亲》以自由恋爱反抗丑恶的父权，是"五四"之女"精神弑父"的代表性作品。冯沅君的小说《春痕》中女主人公发出振聋发聩的宣言："生命可以牺牲，意志自由不可以牺牲，不得自由我宁死。人们要不知道争恋爱自由，则所有的一切都不必提了。"[20]

但是自由恋爱和新式婚姻生活并非"新女性"们追求的终点。如果说"五四"的男性启蒙者们更关注婚恋自由本身，那么这一时期女性作家们对于实现"女性自由"的现实困境、延续的男性中心主义和现代婚姻爱情本身的迷思表达了很多的思考：

19　陈衡哲：《鸟》，《新青年》6.5(1919)。
20　冯沅君：《春痕》，《冯沅君小说》，柯灵主编，上海古籍出版社，1998年，第2页。

　　女性一旦超越女奴意识、以人的自觉来审视两性关系，必然要对这不平等的性爱秩序提出质问。但彻底超越女奴意识，并不是一个一蹴而就的简单过程。女性主体性的建构是一个漫长而艰难的历史进程。更何况，从女性立场审视男性世界，女性还面临着失去男女精神同盟的险境。"审夫"比"弑父"需求更为强健的生命意志、更为自觉的独立意识。[21]

　　从独立、平等的人格观念出发，很多女作家对现代爱情神话表示了质疑，书写并抨击了承袭男权意识形态的现代男性。相关的作品有：冯沅君的《缘法》(1925)、《林先生的信》(1925)；庐隐的《灰色的路程》(1924)、《蓝田的忏悔录》(1928)、《时代的牺牲者》(1927)、《歧路》(1933)、《象牙戒指》(1934)；丁玲的《莎菲女士的日记》(1928)；沉樱的《喜筵之后》(1929)等。庐隐的小说写了很多以自由之名玩弄、抛弃女性的现代男性，如《时代的牺牲者》中以自由恋爱的名义抛弃妻子追求富家小姐的男主人公，如《蓝田的忏悔录》中同时与两位女性"自由恋爱"的男主人公，让女主人公蓝田刚逃出包办婚姻的命运又落入"自由恋爱"的陷阱。丁玲《莎菲女士的日记》中，莎菲看穿了凌吉士只是一个需要情妇的以自我为中心的男子，性别平等并不是他秉持的价值观。"从五四女作家的作品里，我们不断地看她们质问传统定义下的两性关系、爱情

　　21　李玲：《"五四"女性文学中的性爱意识》，《辽宁大学学报(哲学社会科学版)》34.6(2006)：38。

价值,并试图修正了现代爱情的定义。文本焦点往往摆在她们对妇女身份的反思以及女性社会位置的问题。"[22]恋爱自由并非莎菲女士追求的终点,她需要的是在恋爱和婚姻关系中平等的、非他者化的地位。丁玲在此表达出强烈的女性自主意识。

　　而即使现代知识女性幸福地步入婚姻,也逐渐发现很多时候现代家庭也成为束缚女性的牢笼,她们被迫回到传统的家庭角色,放弃事业和兴趣上的追求,或者挣扎于家庭责任、社会抱负和自我实现之间。陈衡哲的《洛绮思的问题》(1924);庐隐的《前尘》(1924)、《幽弦》(1925)、《胜利以后》(1925)以及《何处是归程》(1927);凌叔华的《绮霞》(1927)、《小刘》(1929);陈学昭的《幸福》(1933);沉樱的《旧雨》《中秋日》等小说都涉及现代家庭对知识女性的束缚以及新女性在事业与婚姻矛盾中的两难选择和平衡。如庐隐的《何处是归程》中进入婚姻的现代女性,"结婚、生子、做母亲……一切平淡的收束了,事业、志趣都成了生命史上的陈迹……女人……这原来就是女人的天职,整理家务,抚养孩子,伺候丈夫。但谁能死心塌地地相信女人是这么简单的动物呢?"[23]可以看出"天职"和"动物"这种词汇和话语在这里被讽刺和挑战。《丽石的日记》中雯薇进入家庭后便处处不如人;《海滨故人》中,宗莹也在婚后失去了为社会服务的机会。凌叔华《绮霞》中的

22　邬春立:《五四女性小说对个人主义的质疑与建构——现代性角度下的当代"重写"》,新疆大学硕士学位论文,2006,第20页。

23　庐隐:《何处是归程》,《庐隐小说全集》,长春:时代文艺出版社,1997,第257页。

女主人公无法解决练琴与家务的矛盾，最终决定放弃家庭去实现自己的爱好。除了家庭角色的限制，很多作家还表达了对无法为女性提供足够发展空间的社会现状的批判。庐隐在《胜利以后》中谈及："我觉得女子入了家庭，对于社会事业，固然有多少阻碍；然而不是绝对没有顾及社会事业的可能。现在我们所愁的，都不是家庭不开放，而是社会没有事业可作。"[24] 石评梅的小说《晚宴》反映了因为社会提供的女性就业发展的机会极少，女性获取经济独立的途径受阻，所以婚姻只好成为唯一的出路。

"五四"女作家最大的贡献是在其作品中展开了对平等的恋爱、婚姻关系的持续探讨，确认女性在婚恋关系中的主体地位，反对被客体化的性别角色。凌叔华创作了很多以已婚妇女的情感生活为主题的小说，如《酒后》《花之寺》《春天》《她俩的一日》等，贡献了"五四"小说中非常稀有的对平等开放的婚姻关系的探讨。这几部小说中的妻子都以不同的方式探讨了婚姻中女性主体情欲表达的可能性，或者是她们在与其他男性的"象征性关系中所可能扮演的主体角色"[25]。而丁玲《莎菲女士的日记》中的莎菲除了大胆地呈现女性欲望的觉醒，最重要的是在两性关系中掌握主动权，成为欲望的主体而不是客体。在和凌吉士的恋爱关系中，莎菲对他的描述逆转了传统的男性凝视："他的颀长的身躯，白嫩的面庞，薄薄的小嘴唇，

24　庐隐：《胜利以后》，《庐隐选集·上册》，福州：福建人民出版社，1985 年，第289 页。

25　孟悦，戴锦华：《浮出历史地表——现代妇女文学研究》，北京：中国人民大学出版社，2004 年，第 87 页。

柔软的头发,都足以闪耀人的眼睛,但他还另外有一种说不出,捉不到的丰仪来煽动你的心。"[26]"我不能像别的女人一样晕倒在她那爱人的臂膀里! 我张大着眼睛望她,我想:'我胜利了! 我胜利了!'"[27]有论者认为:"莎菲的'我看故我在''我舞故我生'的生命体验和感受,所蕴含的对灵肉一致的真爱的大胆追求,女性人格尊严、生命地位的重新确立,是当时'五四'新文化运动中女性主体意识觉醒的最高体现。"[28]

第三节 超越异性恋中心主义: 独身和"同性爱"主题

"五四"女性文学的另一个巨大贡献是对现代婚姻和异性恋之外的替代性的女性身份和关系的探讨,首先就是独身主义话语和实践。

20世纪20年代初中期,独身主义一度成为知识女性热衷的话题,不少报刊曾开辟"独身主义"专号。……从报刊资料看,持独身主义立场的人中,女性大大多于男性;个中缘由,除受教育女性难以找到

26 丁玲:《莎菲女士的日记》,《丁玲全集》第3卷,石家庄:河北人民出版社,2001年,第47页。

27 丁玲:《莎菲女士的日记》,《丁玲全集》第3卷,石家庄:河北人民出版社,2001年,第77页。

28 侯大为:《"五四启蒙"与文学中的女性主体意识》,陕西师范大学硕士学位论文,2010年,第33页。

> 理想的爱情外,最大的原因,便是家庭对女性有致命
> 的束缚,知识女性不但接受了"婚姻是爱恋的坟墓"
> 的观念,还普遍认为家庭是束缚个人的囚牢,为妻为
> 母无异于沦为"家庭的奴隶"。[29]

这种话题也在"五四"女作家的文学创作中表现了出来。凌叔华的《李先生》(1930)、庐隐的《何处是归程》(1927)、丁玲的《野草》(1929)、陈学昭的《南方的梦》(1929)都涉及独身主义的主题。凌叔华的《李先生》讲述了一个"自己的头发自己梳,自己的饭自己煮,自己的苦乐自己享,自己的生活自己养"[30]的女学监的独立生活和遭受的社会压力,反映了处于婚姻之外的现代女性的空间的狭小。《何处是归程》借女主角露莎的视角,揭露了选择独身投身妇女运动的女性受到的冷嘲热讽。有学者认为这一时期表达独身女性的挣扎的最深入的作品是陈学昭的《南方的梦》。[31] 小说通过讲述女主人公克明尽全力实现自己的独身主义和事业追求,但又不得不受到男友在经济上和情感上的控制的艰辛历程,表达了现代女性超越"妻子"和"母亲"身份之艰难。陈学昭曾在《现代女子的苦闷问题》中谈及为妻为母其实都是女性的一种"权利",而不是一种必须要实现的"天职"。她明确地运用"五四"时期的关于

29　杨联芬:《解放的困厄与反思——以 20 世纪上半期知识女性的经验与表达为对象》,《南开学报(哲学社会科学版)》4(2016):2。

30　凌叔华:《李先生》,《凌叔华文存》,成都:四川文艺出版社,1998 年,第161 页。

31　Dooling, Amy. *Women's Literary Feminism in Twentieth-Century China*, London:Palgrave Macmillan, 2005, p. 81.

"人"和"人权"的话语去反对对女性身份的规约。"女子是人，男子也是人，为妻为母是人权，正如为夫为父也是人权是同样的道理。所谓贤妻良母及父与夫，都只是名称上的分别，职务上是一样的重要。"[32]这与王政所认为的"五四"女性知识分子充分利用了人文主义话语中抽象的具有不可侵犯的权利的"人"的观念去争取性别平等的看法相符合。有学人认为这种将妻子和母亲的身份看作女性的"权利"而不是与生物属性造成的本质的"义务"的新思想，"带有根本性质的一种观念变化，可以说这是一种彻底的主体的觉醒"[33]。但是在陈学昭的小说创作里，她却描摹了这种觉醒后的主体在实际生活中面临的主体实现的艰辛不易。

在异性恋关系之外，"五四"女性文学最具有反抗性的书写之一就是对姐妹情谊的珍视和对女性同性恋爱的理解乃至向往。学者桑梓兰认为"五四"知识分子质疑和否定女性之间伴侣和性欲的合法性，但在同一时期具有更多自由想象空间的小说创作，特别是女作家的创作却开拓了讨论的空间：

> 20 年代亲密的女性关系成为前所未有的热门话题，以新术语"同性爱"在一些妇女问题、性别、性和教育的杂志上进行讨论。当倡导西化的中国知识分子试图为自己以及他人弄清楚爱情和性问题时，他们无意中发现了性常态和性变态的性学定义并以之

32　陈学昭：《现代女子的苦闷问题》，《新女性》2.1(1927)：38—39。

33　姜瑀：《五四知识女性独身主义思潮——兼及石评梅》，北京师范大学硕士学位论文，2014 年，第 33 页。

　　来解释和管控本土性时间，这包含女性间的各种关系。在同一时期，五四作家在尝试欧化叙事形式时，也未曾忽视女性间的关系。"新文艺"因而与一种以性科学为基础的性启蒙论述相竞争，争夺阐释同性爱的象征权威。[34]

　　彭小妍和王德威都曾经讨论过庐隐作品的女同性恋主题，[35]桑梓兰认为庐隐的小说更是将女同性恋作为一种超越异性恋爱和婚姻的乌托邦。[36] 庐隐的《海滨故人》(1923)写一群同龄的青年女性之间的纯真情谊，《丽石的日记》(1923)则写年轻女学生"从泛泛的友谊上，而变成同性的爱恋了"[37]。然而家庭所强制的异性恋的婚约使得少女无法继续其同性恋情，最终郁郁而亡。凌叔华的小说《说有这么一回事》不仅描写了影曼和云罗两位女学生因扮演罗密欧与朱丽叶由戏生情，还非常大胆地描写同性之间的情欲表达，如："望着她敞开胸露出粉玉似的胸口，顺着那大领窝望去，隐约看见那酥软微凸的乳房的曲线……帐子里时时透出一种不知是粉香、发香或肉

34　桑梓兰：《浮现中的女同性恋：现代中国的女同性爱欲》，王晴锋译，台北：台湾大学出版中心，2014年，第139页。

35　见 Peng, Hsiao-yun. "The New Women: May Fourth Women's Struggle for Self-Liberation." *Bulletin of the Institute of Chinese Literature and Philosophy* 6 (1995):259–338；王德威：《小说中国：晚清到当代的中文小说》，台北：麦田出版社，1993年。

36　桑梓兰：《浮现中的女同性恋：现代中国的女同性爱欲》，王晴锋译，台北：台湾大学出版中心，2014年，第143—145页。

37　庐隐：《丽石的日记》，《庐隐小说全集》，长春：时代文艺出版社，1997年，第50页。

香的甜支支醉人的味气。……躺在暖和和的被窝罩,头枕着一双温暖的胳臂,腰间有一双手搭住,忽觉到一种以前没有过且说不出来的舒服。"[38]但是最终两个人的同性恋情同样因为家庭封建婚姻的要求而无法维系。丁玲的小说《暑假中》描写五位现代青年女教师选择独身或者同性恋,试图以此寻求精神慰藉和女性独立,但是同性恋爱有时却变成了一种宣泄苦闷和自欺的形式。另外冯沅君的《潜悼》(1928),石评梅的小说《惆怅》、散文《玉薇》也涉及同性关系主题。"同性关系的描写也是第一次表现了女人视点所看到的男女两性之间的隔阂,以及女性对男性的陌生感、异已感。"[39]这是"五四"女作家们对传统婚恋模式压抑性的反思,是对异性恋关系之外其他性别关系可能性的重要探索。

> 女性同性恋是"五四"女性文学中的一道特殊景观。它从一个层面表现了女性刚刚踏上解放之途时的特殊心态,同时也是在对她们精神痛苦的理解中批判了从现实处境到内在精神两方面压抑女性的不合理社会。[40]

如果说庐隐对同性恋爱的描写具有一种理想主义的女性

38　凌叔华:《说有这么一回事》,《凌叔华文存》,成都:四川文艺出版社,1998年,第119—121页。

39　孟悦,戴锦华:《浮出历史地表——现代妇女文学研究》,北京:中国人民大学出版社,2004年,第26页。

40　李玲:《青春女性的独特情怀:"五四"作家创作论》,《文学评论》1(1998):52—62.

自我实现的方式，那么凌叔华的写作是对新女性知识分子的校园情谊的现实主义描摹，表达了作者的深切理解同情。丁玲的对女同性爱的讽刺则与她对异性恋爱情的讽刺一样，是对"浪漫爱"话语的反思，"她不断地寻求一种比浪漫爱情更伟大的信仰。也许是因为这个原因，她后来明确转向社会主义，希望实现一种整体经济和社会的重构"[41]。无论这些作家对女性同性爱的态度为何，她们都积极地探讨了现代婚姻和异性恋之外的女性身份和关系的可能性，参与到"五四"时期对性和性别的讨论和协商之中。

第四节 后"五四"时代："新女性"的革命认同与政治身份

"五四"之后的大革命时期，大量中国青年，包括希望打破家庭禁锢的一部分女青年，走出家门，投身于国民革命之中。一些女性作家也用小说作品记述了她们的革命经验，如白薇的《炸弹与飞鸟》(1928)、庐隐的《曼丽》(1928)。1929年，于三年前投身大革命的女兵谢冰莹撰写的革命经验纪实《从军日记》由上海春潮书局出版。这部从一个参加大革命的女兵的角度书写其生活经历和思想状况的作品，和后来发表于三十年代的《一个女兵的自传》一直被作为中国二十世纪二十到

---

41 桑梓兰：《浮现中的女同性恋：现代中国的女同性爱欲》，王晴锋译，台北：台湾大学出版中心，2014年，第167页。

三十年代"革命文学"的典范作品之一:"文学如果是以情感为神髓的,而革命文学又是革命者情感的宣露,那这一部《从军日记》的内涵庶几当的住革命文学的称号。"[42]该书不断被再版和翻译,在国内外都产生了巨大的影响。

《从军日记》中有很多重要的关于妇女的革命认同、政治身份和性别意识的讨论。谢冰莹认为推翻封建制、参与国民革命对每一个国民包括妇女来说是最重要的事情,因为社会革命可以带来妇女压迫的根本解决。她在行军路上遇到被迫堕落的妇女时就认为:"我们不要责备她们无廉耻,无人格,我们要将她们的罪恶归咎于社会的经济制度,我们想要救援她们,要想洗尽她们的羞耻与罪恶,就只有根本推翻现社会的经济组织,取消不平等的经济制度。"[43]而对于参加革命的女性们,谢冰莹在《一个女兵的自传》中记录了一首革命歌曲:"快快学习,快快操练,努力为民先锋。推翻封建制,打破恋爱梦;完成国民革命,伟大的女性!"[44]在《从军日记》的"革命化的恋爱"一章中,谢冰莹认为恋爱是"情感的自然发现,就要实行革命化的恋爱"[45],而所谓"革命化的恋爱"就是恋爱需要建立在共同的理想和革命目标的基础之上。

对于谢冰莹关于革命与性别的观点,有学者认为这挑战

42　冰莹女士:《从军日记》,上海:春潮书局,1929,第Ⅱ页。

43　谢冰莹:《一个女兵的自传》,《从军日记》,南京:江苏文艺出版社,2010年,第139页。

44　谢冰莹:《一个女兵的自传》,《从军日记》,南京:江苏文艺出版社,2010年,第58页。

45　谢冰莹:《一个女兵的自传》,《从军日记》,南京:江苏文艺出版社,2010年,第174页。

了当时流行的男性视角的"革命加恋爱"[46]的写作模式，有学者认为谢冰莹的这些观念反映了"革命在事实上已经出现纵欲的势头"[47]，有学者认为这是"革命书写"的"去女性化"：

> 大多数女作家基于对妇女屈辱卑微地位的反抗和参与社会历史进程的责任感，有意识地弱化并掩盖传统意义上的女性特征，……在她们看来，阶级、民族所遭受的灾难浩劫涵盖了女子个人由于性别而遭受的压迫奴役，阶级的、民族的抗争包容了女性寻求个性解放的奋斗。[48]

还有学者认为谢冰莹的观点就是要"新女性必须走出恋爱与职业的'解放'误区，并以'无性别化'姿态积极地参与革命！由于'革命'其本身就是一种男性话语的政治诉求，因此新女性接受了'革命'实际上也就意味着她们放弃了自我——中国现代女权运动正是在这种挣扎与臣服的过程当中，最后花开花落无果而终的"[49]。

而笔者认为这种"去女性化"或者"放弃女性自我"的观

46　黄华：《论大革命时期的女性文学——以〈从军日记〉〈低诉〉为例》，《妇女研究论丛》6(2017)：48—57。

47　杨联芬：《女性与革命——以 1927 年国民革命及其文学为背景》，《贵州社会科学》10(2007)：95。

48　刘剑梅：《革命与情爱——二十世纪中国小说史中的女性身体与主题重述》，郭冰茹译，上海：上海三联书店，2009 年，第 25 页。

49　宋剑华：《花开花落：论中国现代女性解放叙事的社会想象》，《学术研究》11(2011)：149。

点同样是一个本质主义的论断。如前面所论述的,所谓本质主义即一种僵化的、非此即彼的对事物的理解,"女性化"或者"女性自我"从来不是脱离具体的社会文化语境的统一或者不变的特性,女性经验是历史化和多元化的。如果将这些作品放在具体的历史语境中去考察,会发现参与革命文学的女作家并非完全抛弃其性别认同只拥抱革命和社会认同,更没有完全"去性别化",而是对将其性别反抗、追求女性解放和独立的议程与阶级和民族抗争结合在一起,对本质主义的认为女性无能或只适合家庭或两性浪漫关系的社会话语进行反抗。

> 大革命时期有大批离家出走参加革命的女性——她们出走的动机、勇气和方式,来自娜拉,几乎无一例外是反抗父权压迫,争取个人(性别)自由;而出走的目标——革命——无论在现实中,还是在理论上,都比那盲无目标、最终可能只好"回来"的五四娜拉们,都更具政治正确性。革命,不仅给这些离家出走的女子们的个人生存提供了暂时的庇护与保障,而且也使她们对于解放的追求,由"个人",而扩展到"民族"和"大众",被赋予了崇高的政治意义和社会解放的集体力量;个人、性别与民族主义,成为不可分离的整体。[50]

---

50 杨联芬:《女性与革命——以 1927 年国民革命及其文学为背景》,《贵州社会科学》10(2007):93。

谢冰莹作为一个重要的"五四之女",一直是"人格独立"和女性自由价值的秉持者,她在《一个女兵的自传》中描写自己对包办婚姻的反抗:"爱情不能带有丝毫的强迫性,她是绝对自由的。不能强迫一对没有爱情的男女结合,也不能强迫一对有爱情的男女离开。……出乎意外地,他是那样尊重我的人格和自由。"[51]她最后发现反抗封建制不能只靠反抗她的小家庭,最根本的方法是改变整个社会制度,并且重新定义"女性身份",从社会身份的而不仅仅是"性别"和性的方面去定义女性身份。《从军日记》中有这样对"女子习性"的界定:

> 所谓女子习性者,就是依赖性与精神衰弱之表现。我们所受的教育,所受的待遇与男生平等,我们的工作也应该与他们平等,我们自己千万不要表示我自己是一个女子,要求学校对于我们管理规则特别放松。换句话说,我们不要学校优待我们,因为"优待"是他们可怜我们,以为女子弱于男子,做事不能和他们一样,受苦不能和他们一样,所以对我们不得不怜念。[52]

谢冰莹在此以两性"平等"的话语挑战了"女子弱于男子"的观念,不希望被"怜念"或者"优待",只希望被平等对待。这

51　谢冰莹:《一个女兵的自传》,《从军日记》,南京:江苏文艺出版社,2010年,第113、115页。

52　谢冰莹:《一个女兵的自传》,《从军日记》,南京:江苏文艺出版社,2010年,第172页。

点再次呼应了王政所认为的这一时期的中国妇女借用人文主义话语希望"变成与男人相同的人",去反对对女性的他者化。而所谓"女性自我"从来都不是本质性的,从来都是一种社会建构的产物,与社会和国家有着密不可分的关系。在大革命的历史语境中,革命同时包容了妇女对于个人解放的追求和对社会解放的向往。以谢冰莹的《从军日记》为例,革命认同和新的政治身份让她挑战了关于女子天生弱势和依赖性的本质主义话语,可以说她的革命书写保留了而不是抹杀了性别视角,并且极大地充实了"新女性"这个复数的身份认同:个体解放与社会解放可能的汇融。

从以上诸多对"五四"女性作家作品的分析上看来,她们对于"新女性"身份认同的书写始终是多元的和复杂的。如果说"五四"时期"(新)女性"这个词所指征的性别主体性在当时一部分男性知识分子和作家的笔下的确有着男性的对立、附属和"他者"的内涵的话,那么可以说,同时期大量女作家的写作从方方面面质疑、协商和挑战了这种关于性别二元对立和本质主义的观点,即男女是基于根本不同的生物自然特征的对立的、等级制的、排外的二元身份,性存在是人的身份认同的根本所在,还有自然的性别二元论是社会性别关系的基础。虽然这些女作家们并没有清晰的学术或理论阐释,但她们的文学书写以自由而大胆的想象探讨了各种有关"新女性"的问题:现代婚姻、恋爱和家庭的限制性,经济独立的问题,觉醒的性意识、性自由及其困境,性别二元对立之外的性别身份认同的可能性,还有妇女的社会身份和革命认同的方式。庐隐、丁玲、凌叔华和陈学昭等在对现代异性恋关系的再现中不断质疑关于女性低等和从属性的观点；庐隐、凌叔华等人的小说以文学的形式讨论了女性同性关系的话题，超越了异性恋中心主义；不仅仅丁玲后来开始左转，后"五四"时期的作家谢冰莹、白薇也借用"女兵"或革命身份重新定义"新女性"身份认同的内涵。这些女性主义文学作品都是性别二元论和本质主义的反抗性话语（counter discourses）。

从以上一些文本分析中可见，她们作品中运用的"人""个性""自由""人格"等人文主义和个人主义话语都有着鲜明的性别立场，揭露了现实生活中各种性别不平等的问题，并且打破了对"新女性"的种种刻板的、他者化的和本质主义的再现。她们不是回答，而是提出了更多关于现代女性可能的性别/社会身份的问题。这些关于现代"女性"身份、角色的困惑、矛盾心理和质疑等，是"五四"女性文学里真正"女性主义"的表达，是对"五四"自由主义话语中性别盲视的回应。这些女性文学作品中呈现出的"五四"时期性别和性话语的复杂性，可以帮助我们更好地理解二十世纪三十年代之后，妇女写作如丁玲的作品对"五四""新女性"主体身份的丰富和超越，对个性解放和社会解放关系的深入书写，还有对妇女与革命关系的持续讨论，等等。

第五章 社会主义时期妇联刊物中妇女自述研究

本章将重点考察 1949 年至 1964 年间三份妇联刊物《中国妇女》(《新中国妇女》)、《北京妇女》和《现代妇女》中由底层工农妇女口述或撰写的自传体叙事文本。这些以第一人称撰写的回忆性文本讲述了女主人公们在社会主义中国和新的性别平等制度建立前后的经历,被这些妇联杂志作为"新社会里的新妇女"范例选中并发表,以宣扬社会主义妇女解放运动取得的巨大实绩。在 1949—1964 年间的政治、社会和文化语境中,来自不同社会阶级、职业和文化背景的妇女以回忆录的形式生动再现了她们的个体性别经验,表达了她们对"妇女解放"问题的自我理解和认知。这些女性作者如何定位她们在这场由国家发起的妇女解放运动中的位置,是"被解放"还是自我解放?她们怎样吸收官方意识形态和具体的社会、性别话语以纳入自己的话语和叙述之中？她们再现经验和文本叙述的过程中有着什么样的权力关系？带着这些问题，本章将考察在这些自我表述中种种妇女经验是怎样被再现的，何种社会主义性别话语被叙述者重新组织、勾连、运用以表达这些经验，并在这一自我再现的过程中建构起社会主义妇女主体性。

如果说对中国研究学界影响极大的南亚底层学派把在阶级、种姓、年龄、性别、职业等方面处于从属地位的人称之为"底层"，并着力于发掘底层作为主体的历史和底层能动性的话，那么本研究对于解放前在阶级、职业、性别等方面都处于边缘地位的女工、农妇、下层职业妇女（如护士、女售货员等）的自我表述的发掘同样是为了探究她们作为妇女解放的能动体（agents）的话语策略和主体立场。这种将多种社会不平等和分析范畴如族群、阶级、性别等结合在一起的"交叉性"研究方法被很多中国历史和社会学学者所借鉴，一方面和南亚底层学派一样努力去除精英主义的视角，继承马克思主义"人民/劳动者是历史创造者"的社会历史观，另一方面也试图补充以阶级结构分析为主导的历史、社会研究方法的缺陷。如人类学家罗丽莎（Lisa Rofel）在对杭州丝绸女工的研究中发现，妇女是"不断转移的主体位置"，"她们关于阶级的、性别的、代际的历史，向我们显示了'中国妇女'不是一个固定不变的身份，而是移动的、多样的和不断变化的。试图沿着一个唯一的轴心——如阶级、家庭或者性别——来创造对话将模糊这一多样性"[1]。因此多样的、交叉性的研究视角是研究妇女史的必要方法。

另一位研究中国妇女史的重要学者贺萧(Gail Hershatter)曾经说明,面对着1949年以后主导性的以表达和代表底层民众利益为核心任务的中国历史学,她依然选择用"底层"(subaltern)的概念而不是用中国历史学中更为普遍的"被压迫阶级"的概念去研究中国底层妇女(如二十世纪上海娼妓),因为她认为这个概念包含了性别等被主流历史学忽视了的分析范畴。[2] 对1949年后底层群体历史的研究则又更复杂了,因为底层的发声是由代表工农利益的社会主义国家所主导的,并且应用了国家在革命过程中提供的词汇。[3]

然而"国家的语言"具体是什么样的呢?它如何表述底层利益?对于解放前处于社会从属地位的下层妇女来说,社会主义话语在阶级、职业、性别等方面的内容是什么,对这部分妇女有什么意义?由官方鼓励的底层发声带来了怎样的结果,是简单的官方话语的翻版吗?本章首先对目前中国社会主义妇女解放运动以及社会主义性别话语的研究做一个文献综述和方法讨论。

1　罗丽莎:《另类的现代性》,南京:江苏人民出版社,2006年,第81页。

2　Hershatter, Gail. "The Subaltern Talks Back: Reflections on Subaltern Theory and Chinese History." *Positions: East Asia Cultures Critique* 1.1(1993):108.

3　Hershatter, Gail. "The Subaltern Talks Back: Reflections on Subaltern Theory and Chinese History." *Positions: East Asia Cultures Critique* 1.1(1993):108.

第一节　社会主义性别话语研究现状与方法

在对社会主义性别话语的研究上,当代中西学界的很多研究从不同方面挑战了二十世纪八十年代以来对于中国社会主义妇女解放运动以及相应的国家话语的消极评价。"冷战话语和西方自由/本质女性主义的密切配合,是美国八十年代关于社会主义妇女解放的学术研究的根基,造成的影响延续至今。"[4]这些消极评价的核心观点就是中国社会主义妇女解放运动的"父权"性质,性别分析范畴相对于阶级、经济视角的缺失,并没有促成妇女产生积极的个体性别意识等。[5] 英国学者艾华(Harriet Evans)曾经在《"解放"的语言:共产党早期话语中的"性别"和"解放"》一文中考察二十世纪二十到五十年代中国共产党对"解放"这个词语的使用。她认为,"解放"这

4　王玲珍:《中国社会主义女性主义实践再思考——兼论美国冷战思潮、自由/本质女性主义对社会主义妇女研究的持续影响》,肖画译,《妇女研究论丛》3(2015):9。

5　代表性的几本著作为伊丽莎白·克罗尔(Elisabeth J. Croll)早期的《女权主义与社会主义在中国》(*Feminism and Socialism in China*. London: Routledge & Kegan Paul, 1978);菲莉斯·安德思(Phyllis Andors)的《中国女性未完成的革命,1949—1980》(*The Unfinished Liberation of Chinese Women*, *1949—1980*. Bloomington, Brighton, Sussex: Indiana University Press; Wheatsheaf Books, 1983);朱迪斯·斯泰西(Judith Stacey)的《父权制与中国的社会主义革命》(*Patriarchy and Socialist Revolution in China*. Berkeley: University of California Press, 1983);芦蕙馨(Margery Wolf)的《被延迟了的革命:中国当代女性》(*Revolution Postponed*: *Women in Contemporary China*. Stanford, Calif.: Stanford University Press, 1985);学者艾华(Harriet Evans)和杨美惠(Mayfair Yang)的一些研究论文等。

个概念本身的性别意涵在霸权性的阶级、民族意涵面前瓦解（collapse）了[6]；学者杨美惠（Mayfair Yang）的文章《从性别消失到性别差异：中国的国家女权主义，消费的性存在和女性的公共领域》也持有相同的看法，她认为"中国妇女主要在进入公共生产领域上，而不是在公共话语的生产上取得了成就，后面这点为国家所垄断。因此，尽管国家话语保障了妇女的重要地位，但是正是这种语言也削弱了妇女形成其自我认同和性别意识（self-identity and gender consciousness），而这种认同和性别意识是构建女性话语和女性社群的基础"[7]。这两位学者对共产党早期和1949年之后三十年的性别话语的研究以官方话语为主要考察对象，在其各自的研究中确实看到了国家话语的运作过程中存留的父权，但是她们将官方/国家话语视为无所不能的、毫无缝隙的和铁板一块的权力机制，如同王斑在《词语和它们的故事：中国革命的语言研究论文集》序言中讲到的，这些研究看到的是"永远已经成型了的政党国家的意识形态和修辞（the ideology and rhetoric of an always already constituted party-state）"[8]，而没有看到不同妇女主体对官方话语的吸收、挪用或认同的动态的、能动的过程。

6　Evans, Harriet. "The Language of Liberation: Gender and Jiefang in Early CCP Discourse." *Intersections: Gender, History and Culture in the Asian Context*, September,1998.

7　Yang, Mayfair. "From Gender Erasure to Gender Difference: State Feminism, Consumer Sexuality and Women's Public Sphere in China." *Spaces of Their Own: Women's Public Sphere in Transnational China*. Ed. Yang, Mei-hui Mayfair. Minneapolis: University of Minnesota Press, 1999, p. 46.

8　Wang, Ban. *Words and Their Stories: Essays on the Language of the Chinese Revolution*. Leiden; Boston: Brill, 2011, p. 11.

　　中国妇女"被解放"和被国家工具化，没有产生"真正"独立自主的主体意识的观点不仅在二十世纪八十年代至今的西方学术界成为主流观点，而且曾经在中国学术界也产生了极大的影响。当西方学者如卢蕙馨（Margery Wolf），菲莉斯·安德思（Phyllis Andors）和朱迪斯·斯泰西（Judith Stacey）从社会角度讨论中国妇女解放运动的失败的时候，八九十年代的中国学者如李小江、戴锦华和孟悦等则从文化视角讨论社会主义妇女解放运动中缺失的"女性意识"，认为这是女性身份认同最关键的部分。[9] 贺桂梅、钟雪萍等学者都认为，对"自然的女性气质"和以性存在（sexuality）为核心的"女性意识"的追寻，既受到了八十年代新启蒙思潮的影响，也是它的非常重要的组成部分。[10] 新启蒙思潮以一种本质主义的、内向化的和性存在化的人性论作为理论武器反思和告别革命，而这一时期的妇女研究特别是女性文学研究也以寻找本质化的"女性意识"、女性的性别身份认同为核心议题。林春曾经在《中国的妇女研究》一文中讨论了二十世纪八九十年代妇女研究的几

　　9　相关的著作有：李小江：《夏娃的探索》，郑州：河南人民出版社，1988 年；李小江：《走向女人：新时期妇女研究纪实》，郑州：河南人民出版社，1995 年；李小江：《妇女研究运动：中国个案》，牛津：牛津大学出版社，1997 年；孟悦，戴锦华：《浮出历史地表——现代妇女文学研究》，郑州：河南人民出版社，1989 年；孟悦：《〈白毛女〉演变的启示》，《再解读：大众文艺与意识形态》，唐小兵编，北京：北京大学出版社，1993 年。

　　10　相关的研究有：贺桂梅：《当代女性文学批评的三种资源》，《文艺研究》6（2003）:12—19；钟雪萍：《谁是女权主义者?：由〈上海宝贝〉和"身体写作"引发的对中国女权主义矛盾立场的思考（上）》，冯芃芃译，《励耘学刊（文学卷）》2（2007）:44—63；Zhong, Xueping. "Women Can Hold Up Half the Sky". *Words and Their Stories: Essays on the Language of the Chinese Revolution*. Ed. Ban Wang. Leiden; Boston: Brill, 2011。

个"分离"：把性别作为主要的分析范畴与"阶级"的分离，妇女运动与"国家控制"的分离，妇女学和其他学术领域的分离。[11]她在她的《中国社会主义的转变》一书中提出，中国革命的巨大贡献之一就是把性别关系的转变纳入中国革命中不可或缺的一部分，在她看来，对性别平等和民主的诉求是"社会主义现代性"(socialist modernity)的必有之义，而女权主义女性主义的修辞力量也是非常强大的。

> "妇女解放"在妇女社会参与和性别公正方面的"宏大的性别叙述"既不是抽象的也不是虚构的。它扎根中国的社会责任感之深使得它成为一个普遍有效的和内化了的"公共理性"(在罗尔斯的意义上)。[12]

到目前为止有很多历史、社会学和文化研究重估中国革命、讨论"国家女权主义"(state feminism)、妇联的历史作用，这些研究从不同方面和视角贡献于对妇女与社会主义国家的关系的讨论以及对妇女能动性的研究。王斑编的论文集《词语和它们的故事：中国革命的语言研究论文集》就分析种种告别和"倾倒"(trashing)革命的看法，其中的文章都质疑了

11　Lin, Chun. "Women's Studies in China." *A Companion to Feminist Philosophy*. Eds. Alison Jaggar, and Iris Marion. Oxford: Wiley-Blackwel, 2000, pp. 108 – 117.

12　Lin, Chun. *The Transformation of Chinese Socialism*. Durham: Duke University Press, 2006, p. 11.

那种"控制一切的党派机器"的观念，从不同角度追溯历史的复杂性[13]。其中，钟雪萍的文章《"妇女能顶半边天"：一个有四种说法的故事》试图重估中国妇女解放运动对妇女主体性的贡献。她分析了孟悦在白露（Tani Barlow）编的《现代中国的性别政治》中那篇影响非常大的文章《女性形象与民族神话》[14]，认为这些文学研究者在毛泽东时代的文化文本，诸如《白毛女》中解读出并批判的妇女与国家机器的等级制关系只是很多不同的对妇女形象再现中的一种，而这种关于（政党国家）主导/（妇女）从属的观点流行开来，是仅仅用一个故事/再现方式概括社会主义国家和妇女的全部关系。她呼吁研究者积极探讨"1. 中国妇女地位发生革命性的变化；2. 以'男女平等''妇女能顶半边天'等话语为代表的各种社会与文化实践；3. 中国妇女所形成的'自我'意识"这三者之间的关系。[15]

贺萧曾提醒研究者注意"当国家介绍的语言和政策被妇女改造、借用或用作令人惊奇的没料到的目的的那些无法预测的时刻"[16]。她收集和研究陕西农村妇女在重述她们在毛泽东时代的经历时使用的话语，试图理解社会主义对于

13　Wang, Ban. *Words and Their Stories：Essays on the Language of the Chinese Revolution*. Leiden；Boston：Brill, 2011, p. 2.

14　Meng, Yue. "Female images and national myth." *Gender Politics in Modern China：Writing and Feminism*. Ed. Tani E. Barlow. Durham：Duke University Press, 1993, pp. 118 - 136.

15　钟雪萍：《"妇女能顶半边天"：一个有四种说法的故事》，《南开学报（哲学社会科学版）》4（2009）：57。

16　Hershatter, Gail. "Disquiet in the House of Gender". *The Journal of Asian Studies* 71.4（2012）：5 - 6.

个体妇女的具体意义。她的著作《记忆的性别：农村妇女和中国集体化历史》探讨妇女如何参与政府政策和地方实践，在参与的过程中如何重塑自身，生成主体立场。她试图回应提摩西·米切尔（Timonthy Mitchell）提出的"国家效应"，即如何"跨越我们通常在国家和社会之间划分的模糊不清、流动不定以及不断被重塑的边界。一方面，我们探寻国家机器之间的区别是什么；另一方面，我们在牢记国家规范的同时，探索更为分散的国家势力、国家意识以及自我的塑造等论题"[17]。这种分散的国家势力，对国家意识和规范下的自我形塑成为对国家语言再表达的基础，并蕴藏了协商和干预的可能性。

罗丽莎（Lisa Rofel）的《另类的现代性：改革开放时代中国性别化的渴望》，研究了杭州丝绸工厂里的女工讲述的解放故事，并探讨这些对过去的叙事如何挑战外部世界的秩序，变成自觉的有政治性的行动。[18] 金伯莉·曼宁（Kimberley Ens Mannings）运用批判理论方法讨论"国家话语"这个概念，然后研究毛泽东时代的中国妇女解放运动，她发现"国家话语不仅仅会产生新的统治形式，也会造成对解放的新的理解和新的可能性"[19]。毛泽东时代成长起来的当代女性学者的回忆录如

17　贺萧：《记忆的性别：农村妇女和中国集体化历史》，张赟译，北京：人民出版社，2017 年，第 12 页。

18　罗丽莎：《另类的现代性》，南京：江苏人民出版社，2006 年。

19　Manning, Kimberley Ens. "Making a Great Leap Forward? The Politics of Women's Liberation in Maoist China." *Gender & History* 18.3(2006):577.

《我们中的一些人：毛泽东时代成长起来的中国妇女》等[20]，也看到了社会主义国家话语对于形塑妇女女权主义主体性的积极作用。这些研究和回忆录著作都注重研究修辞、话语、叙述与主体形成的复杂关系，对研究妇女能动性的问题提供了非常重要的视角。

　　妇联的历史作用在近期的中外研究中也得到重新的评估。二十世纪八十年代李小江曾经在《走向女人》和《妇女研究运动：中国个案》等书中质疑妇联以马克思主义的阶级观点作为主要分析范畴的局限性，认为妇联并没有有效地提高中国妇女的"自我意识"。后来很多学者以妇联这个介于国家和妇女之间的国家部门为例去研究国家和妇女之间的权力关系的流动性。仇乃华在她的博士论文《中华全国妇女联合会，中国妇女和妇女运动：1949—1993》中对妇联做了一个全面的研究。她的研究解释了妇联因为它"动员和代表中国妇女的双重使命"而呈现出极大的矛盾性和复杂性。妇女运动所承载的性别利益和发展的国家所承载的阶级利益之间有着紧张的关系，妇联正是在国家和妇女之间的一个起着媒介作用的组织，它在生产公共性别话语上起了重大作用，推动形成社会对于妇女问题的观念和妇女自身观念。它在工作中将妇女作为

20　这些回忆录包括：Zhong, Xueping, Zheng Wang, and Bai Di. *Some of Us：Chinese Women Growing up in the Mao Era*. New Brunswick：Rutgers University Press, 2001；Lin, Chun. "Toward a Chinese Feminism：A Personal Story." *Twentieth-Century China：New Approaches*. Ed. Jeffrey Wasserstrom. London；New York：Routledge, 2003；Wang, Zheng. "Call Me Qingnian but Not Funü：A Maoist Youth in Retrospect." *Feminist Studies* 27.1(2001)：9-34；叶维丽：《动荡的青春：红色大院的女儿们》，北京：新华出版社，2008年。

积极的能动者,而非被动的国家政策的对象。[21]

　　历史学家王政在她早期研究著作《中国启蒙时代的妇女：口述和文本历史》中分析了自由主义女权主义话语所影响的妇女主体性的具体历史形塑过程。[22] 后来她的研究转向毛泽东时代,她也重新分析了"国家权力"和"国家女权主义"这些概念。她批评了将社会主义国家看成铁板一块的观点,认为这种观念没有看到政治体系之内"中国国家女权主义者们"领导下的女权主义的介入和"策略"(maneuvers),特别是"国家机器内部运作过程中的裂缝、空隙、争论、辩驳和各种冲突的目标和利益"[23]。她在对妇联和妇联杂志《中国妇女》的研究中就试图历史化地审视妇联作为一个性别化的国家机构的具体运作过程,从中发掘妇女的历史能动性,寻找在国家政治议程中为妇女利益谋划的国家女权主义者。她认为《中国妇女》杂志是一个国家女权主义者得以实现其妇女解放愿景的一个重要的有活力的公共论坛。[24]

　　中国文学和电影学者王玲珍研究社会主义"十七年"间女性电影导演和她们的代表作品,认为这是"女权主义女性主

21　Zhang, Naihua. "The All-China Women's Federation, Chinese Women and the Women's Movement: 1949—1993." Michigan State University, PhD Dissertation, 1996.

22　Wang, Zheng. *Women in the Chinese Enlightenment: Oral and Textual Histories*. Berkeley: University of California Press, 1999.

23　Wang, Zheng. "'State Feminism'? Gender and Socialist State Formation in Maoist China." *Feminist Studies* 31.3(2005):522.

24　Wang, Zheng. "Creating a Socialist Feminist Cultural Front: Women of China (1949—1966)." *The China Quarterly*, 2010(204):827–849; Wang, Zheng. *Finding Women in the State: a Socialist Feminist Revolution in the People's Republic of China, 1949—1964*. Berkeley: University of California Press, 2016.

义"文化实践的重要例证。女导演王苹在《柳堡的故事》中塑造出了一个积极能动、自强自立的新型无产阶级青年女性,为社会主义电影再现革命时期的年轻农民妇女的多元化和异质性形象做出了巨大贡献。她发现:"由于女权主义女性主义同其他政治、经济和社会变革紧密相连,它强调多维度的主体性;同时,由于中国女性在社会主义阶段不断扩充的公共以及职业身份,中国女性在建国后三十年开始占据多重的政治和社会位置。"[25]而在 1949—1966 年的妇女文学方面,也已有研究探讨女权主义女性主义的文学实践,分析这一时期"妇女主体性"的具体历史性和复杂性。[26] 本书将在下面两章展开对于"十七年"小说和戏剧作品的研究。

以上这些历史、社会学、人类学和文化方面的研究都涉及本地化的"国家效应""国家话语",妇女主体性的具体的、动态的历史形成过程,国家和妇女之间的权力关系,妇女对国家机器的协商等议题。这些研究丰富了我们对中国妇女自身的解放的话语和行动的认识,"解放的语言"并非是单向单一的,而是多样复杂的,这种"解放的语言"既被国家和公共话语所影响和赋权,也参与到了国家话语的具体应用和妇女主体认同建构之中。从这些研究成果中借鉴到的研究方法论有:第一,

---

25 王玲珍:《王苹与中国社会主义女性电影——主流女性主义文化、多维主体实践和互嵌性作者身份》,肖画译,《妇女研究论丛》2015(4):87。

26 相关代表性研究有 Dooling, Amy D. *Women's Literary Feminism in Twentieth-Century China*. London: Palgrave Macmillan US, 2005;贺桂梅:《"可见的女性"如何可能:以〈青春之歌〉为中心》,《中国现代文学研究丛刊》2010(3):1—15;刘希:《毛泽东时代女性的主体性问题——以韦君宜小说〈女人〉为例,《妇女研究论丛》4(2012):75—81.

我们需要历史化的视角去研究妇女主体意识形成的具体历史过程,同时看到国家话语、妇女自身的叙事修辞与主体形成之间的复杂关系;第二,对国家机器和"国家话语"要有一种去本质化的观点,看到官方意识形态影响过程中女权主义的呼应、协商乃至干预。本书在第二章里已经追溯了"主体性"这个概念在社会主义文学文化研究中的应用。毛泽东时代的妇女被认为缺失了"主体性",而他们认为的合法的主体性的核心是个体性的,内向化的,特别是性化的,个人意识和身份认同中的性别面向被看作主体性的核心,而"阶级""集体/群体""劳动"等身份认同从这个概念中被抛却了。因此,我们对于"主体性"不仅需要去本质化,即反思自由主义的、本质化的,以个体、性别、性存在为中心的"女性主体性",还要有历史的、政治经济的和交叉性的视角:考虑经济的、阶级的、族裔的、职业的等其他身份认同与性别认同和主体意识的关系。

研究底层妇女通过自传体叙述中建构个体"经验"以及如何建构主体性的问题,笔者认为南亚底层学派的底层研究对于"主体性"和"经验"的见解具有很大的启发性。南亚的底层学派把在阶级、种姓、年龄、性别、职业等方面处于从属地位的人作为历史的重要主体和他们的研究对象,尽力去发掘底层人民自己的,而不是被殖民者或者知识分子所代言的历史。而斯皮瓦克(Gayatri C. Spivak)等学者又将性别和女权主义视角注入底层研究,提醒南亚底层学派注意"性别底层(gendered subaltern)"这个群体。他们承认底层学派从殖民主义和民族主义的历史编纂学中恢复和拯救"底层意识"(subaltern consciousness)的重要意义,但同时也认为这种"底层意识"的概念预设了底层是有着内在本质的自治的主体。她从后结构主义的视角与这种对于"内在本质"的预设进行商榷。她认为，底层并不是具有内在本质的阶级，而其实是一种"主体立场"(subject position)或者"主体效应"(subject-effect)：

> 主体的主体立场被多样的因素所决定，如历史、经济、政治、意识形态、性存在和语言，或者说它取决于无数的环境状况，因为它是一个巨大的网络或者社会文本(social text)的一部分。[27]

因此她建议底层学派在寻找主体立场和效应中去发现底层，因为它们是对不同的、动态的力量或者价值体系的呈现。

这些观点提醒我们避免将底层本质化，而要研究底层"主体性"形成的具体的历史过程，以及这一过程中更大的"社会文本"的内容和影响。显然，斯皮瓦克的重要问题"底层可以说话吗？"的提出也与此息息相关。一方面，倾听者因其自身价值观的先见和预设可能并没有辨认出或者误读了他们的声音；另一方面，底层发出的声音很难是非常纯粹的，而是经过各种社会话语调节的，甚至是在不同话语的张力中摇摆和挣扎的，是有着背后更大的社会文本的印痕和映射的，因此如何剥离层层话语找到底层自己的欲望和需求是研究者的任务。

27　Spivak, Gayatri Chakravorty. *The Spivak Reader*：*Selected Works of Gayatri Chakravorty Spivak*. London：Routledge, 1996, p. 213.

当底层学派审视底层主体性的非本质性的时候，女权主义理论家如琼·斯科特（Joan W. Scott）也从后结构主义视角反思了"经验"（experience）这个概念。她们认为经验并非是客观的，不证自明的，而是在表意过程建构出来的历史产物。至于"经验"和"主体"的关系，并不是主体拥有一种可以作为原始资源、根基或事实的经验，反而是经验在具体的历史过程中生成和建构了主体。[28] 同时斯科特提醒我们，因为经验本身就是一种解释，而它又需要被解释给别人，对经验的解释是有争论的，因此也是有政治性的。她对"经验"的话语性、语言性和历史性的强调，与斯皮瓦克对于"主体效应"的语境性、网络性和"社会文本"性的强调相互呼应，都有一种后结构主义的反对本质化地、非历史化地理解主体建构过程的视角。然而，这种视角并不能被看作一种历史虚无主义式的对主体的理解。女权主义理论家玛格利特·麦克拉伦（Margaret A. McLaren）认为尽管我们借鉴了后结构主义的主体观，但这并不等于主体的能动性或反抗的可能性没有了：

> 尽管后结构主义中的主体是在话语实践中的一种社会建构，但是她依然是一个在思考和感知的社会能动体（social agent），有能力从对立的主体立场和实践的冲突中生成反抗和创新。同时对于构建她和她居于其中的社会的话语关系，她也是有个有能力

28　Scott, Joan. "Experience." *Feminists Theorize the Political*. Eds. Judith Butler, and Joan W. Scott. New York: Routledge, 1992, p. 780.

对其进行反思的主体，有能力从有的选项中进行选择。[29]

因此在主体建构的竞争的和复杂的过程中，能动性是有可能出现的。回顾在中国妇女史研究中的几本重要作品，对女性经验的后结构主义的研究和对女性能动性的寻找往往是结合在一起的。在第一节中介绍的王政、罗丽莎和贺萧的几本著作中，她们都采用了后结构主义女权主义的视角，将其研究对象对个体经验的叙述看作话语的产物。

贺萧曾经对斯皮瓦克的著名问题"底层可以说话吗？"提出自己的见解，她认为斯皮瓦克说"底层不能说话"的意思其实是"底层无法在话语中再现自己"（represent herself in discourse）[30]。但她却认为，

底层既真的说话了（在历史记录中表达了自己并被其他人记录下来），也再现/代表（represent）了他们自己（为了尽力维护他们自己的利益，以特殊的方式生成了对自己经历和活动的解释）。而且，我认为至少这种讲话和自我呈现中的一部分可以被理解为对限制底层的主导性话语和体系的一种抵抗，即使这种活动并不像我们所更熟悉的工人暴动和农民起

29　McLaren, Margaret A. *Feminism*, *Foucault*, *and Embodied Subjectivity*. Albany：State University of New York Press, 2002, p. 121.

30　Hershatter, Gail. "The Subaltern Talks Back：Reflections on Subaltern Theory and Chinese History." *Positions：East Asia Cultures Critique* 1.1(1993)：125.

义的那种形式一样。甚至，这种抵抗即使颠覆了统
治性的性别规范，也包含了与它们的共谋。[31]

贺萧认为，研究者应该尽力去寻找历史记录中包含了底
层自身介入的主体立场，这种主体立场可能不是恒定的或者
始终自觉的。"很多底层发出了刺耳的声音，有些扭曲了扩音
器，很多发声是间歇的而且并不令他们高兴，并且都在一定程
度上意识到在那个特定的历史时刻将他们自己的再现予以政
治性的运用。"[32]贺萧研究中国妇女史的两本著作都体现了她
通过史料发掘和口述史寻找底层妇女主体立场的努力。她研
究上海娼妓的著作《危险的愉悦：20世纪上海的娼妓问题与现
代性》[33]一方面梳理了妓女被不同倾向的知识分子包括民族主
义的、女权主义的、无政府主义的、五四批评家等所讲述的历
史，另一方面，她也从各种史料，如娱乐场所指南中的负面言
辞和庭审记录中的自我辩护中找到了妓女自身的话语痕迹
（discursive traces）和自我维护、自我抗争的证据。她的另一本
著作《记忆的性别：农村妇女和中国集体化历史》[34]则不满足于
官方对于社会主义运动中对农村的记录只是千篇一律的简单
清单，希望通过口述史去寻找农村妇女眼中具体的、复杂的、

31　Hershatter, Gail. "The Subaltern Talks Back：Reflections on Subaltern Theory
and Chinese History." *Positions：East Asia Cultures Critique* 1.1（1993）：119.

32　Hershatter, Gail. "The Subaltern Talks Back：Reflections on Subaltern Theory
and Chinese History." *Positions：East Asia Cultures Critique* 1.1（1993）：125.

33　贺萧：《危险的愉悦》，韩敏中、盛宁译，南京：江苏人民出版社，2003年。

34　贺萧：《记忆的性别：农村妇女和中国集体化历史》，张赟译，北京：人民出版
社，2017年。

多面的社会主义实践和影响,看到她们如何参与政府政策和地方实践,并且更重要的是她们在参与的过程中如何重塑自身,生成主体立场。

但是讨论1949年之前与之后的底层问题的不同在于,新中国成立之后,维护、表达和赞誉底层利益是社会主义历史学的重要出发点,工人和农民反帝反封建的抗争被官方史学记录和发表以论证社会主义意识形态的合法性。在这一时期,底层不是沉默的,反而是大规模发声的,这种发声是由国家主导的并且"运用了国家在革命过程中提供的词汇"[35]。但贺萧认为这种由官方鼓励的发声是一个复杂的过程,不能被简单地被看作官方话语的翻版:

> 在1949年后的历史文本中出现的不仅仅是由国家教导的语言,还是"人民"采用这种语言去命名之前无法得以表达的压迫。当纪录片《小幸福》中的农妇指出她的丈夫是"老封建"的时候,她就是在从国家话语中借用这个词汇去命名她之前没有语言因此没有权力去指出的一种愤怒,并且证明这是正当的。这种表达愤怒的能力生成了明显的被赞赏的政治力量。然而,在最好的情况下官方的反抗话语是均质化的,直线发展的,扁平的,因为它对官方的阶级结构之外的任何范畴都没有兴趣。……对一个中

35　Hershatter, Gail. "The Subaltern Talks Back: Reflections on Subaltern Theory and Chinese History." *Positions: East Asia Cultures Critique* 1.1(1993):107.

国历史学家来说,这种官方的底层言说的遗产将我
们对颠覆性话语的寻找极大地复杂化了,因为那些
我们叫底层的人永远已经在使用国家的语言发声
(常常也是这样理解他们的经验),这种语言同时承
认他们的苦难,赞美他们的抵抗,同时抹去他们历史
中任何不能明确地被划入这两类范畴的方面。[36]

　　因此,研究底层人民如何理解和表述他们的底层经验,以
及这种表述与占主导地位的话语和范畴之间的关系是发掘底
层主体性的一个重要途径。底层对经验的表达完全符合主流
价值观和知识分子的要求和期待吗?他们对自身经历的再现
是否有一个筛选和取舍的过程?他们对苦难和造成苦难的原
因的认识是否符合官方话语的标准呢?

　　本节回顾了对于社会主义时期性别话语的重要的研究:
当代的劳动妇女(农民、工人)口述史;对妇联和妇联工作者、
共产党妇女干部、《中国妇女》杂志编辑、女导演、女知识分子
作家等以及后毛泽东时代知识女性的回忆等。其主要研究对
象除了史料、各种文化文本(杂志封面、文章,电影),主要是当
代的访谈、口述史、回忆录和自传。但是呈现妇女自身的"解
放的语言"的一项重要的材料在这些研究中被忽视了,这就是
建国后发表在不同的妇联杂志和妇女出版物上不同阶层的妇
女的自述和回忆性文本。这些文本提供了不同社会阶层的妇

36　Hershatter, Gail. "The Subaltern Talks Back: Reflections on Subaltern Theory
and Chinese History." *Positions: East Asia Cultures Critique* 1.1(1993):108.

女在建国后而不是当下对"解放"的认知、理解、接受和开展的过程，可以帮助我们研究"解放"是如何在不同妇女个体身上受到性别化的理解和运用的，还有"妇女解放"在具体的历史过程中获得了怎样的具体的意义。因此本章接下来将选择1949—1964 年间的三份妇联官方杂志《中国妇女》《北京妇女》和《现代妇女》作为研究对象，他们分别由全国妇联、北京妇联和上海妇联主办，其中国家级综合性刊物《中国妇女》在全国发行，影响非常之大，而《北京妇女》和《现代妇女》虽然发行时间只有几年，但是建国初期在两座大城市北京和上海有很大的订阅量。这些杂志上都发表了大量的由普通的、非职业作家的作者撰写的非虚构性自述性文本，这些文本非常具体地呈现了不同的"妇女解放"的经验和不同作者经由经验生成的不同自我认知，而对这些杂志的现有研究并没有涉及这些重要的文献。[37] 因此，本章试图对这个研究空白做一个拓荒性的探讨，以几份妇联杂志上不同的妇女回忆录为例，研究这些解放前在经济、阶级和性别等方面处于从属地位的底层妇女如何讲述自己"被压迫"的个体经验，考察她们的声音产生于何种社会话语体系，怎样表达个人的欲望和需求。她们的声音究竟是不是简单的官方话语的传声筒？由国家主导的发

---

[37]　现有的研究包括 Wang, Zheng. "Creating a Socialist Feminist Cultural Front: Women of China(1949—1966)." *The China Quarterly* 204(2010): 827 – 849; Chen, Tina Mai. "Female Icons, Feminist Iconography? Socialist Rhetoric and Women's Agency in 1950s China." *Gender and History* 15.2(2003): 268 – 295; 冷琪:《建构"新中国妇女"——对 1949—1956 年〈新中国妇女〉的话语分析》，厦门大学硕士学位论文，2009年;李巧宁:《新中国对新女性形象的塑造: 1949—1965》，《山西师大学报(社会科学版)》33.6(2006): 124—127。

声和由国家提供的词汇对她们有何种意义？

第二节　对"新社会的新妇女"的自述

　　创刊于 1949 年 7 月的全国妇联的机关刊物《新中国妇女》(1956 年第 1 期起改为《中国妇女》)是新中国第一份全国性的妇女刊物，是宣传推动中国妇女解放运动的重要平台，也是"女权主义女性主义实践的重要阵地"[38]。在其创刊号的《见面话》上，杂志自我定位为"以妇女问题为中心的综合性刊物"："帮助读者学习如何运用马列主义毛泽东思想分析中国当前的妇女问题及妇女解放的途径；从妇女运动的理论和实践中，从社会科学、自然科学、文艺创作等方面来研究妇女问题和妇女运动，帮助读者正确地全面地认识新中国妇女解放的途径；并循着这条大道前进。同时也将更进一步帮助各地读者了解妇女生活和妇女工作情况，交流妇女工作经验，供给妇女生活材料，指导妇女运动的发展。"[39]《新中国妇女》初期的主要读者定位是'初中文化水平的妇女群众及县级的妇女干部'，随着社会热点的不同及与读者的互动，到 1950 年底，《新中国妇女》将自己的阅读对象延伸到工厂女工、城市家庭妇女及农村妇女阶层。"[40]而其投稿要求是"凡有关妇女思想、

38　Wang, Zheng. "Creating a Socialist Feminist Cultural Front: Women of China (1949—1966)." *The China Quarterly* 2010(204):827 - 849.

39　《见面话》，《新中国妇女》1(1956):6。

40　刘晓丽:《1950 年〈新中国妇女〉杂志评析》，《史志学刊》1(2015):50。

生活、修养、妇婴卫生、儿童保育及妇女工作等论文、工作经验谈，国际妇女消息；社会科学、自然科学、经济建设、时事知识、学习讨论等革命基本知识；小说、诗歌、散文、故事、童话、歌曲、漫画、木画、照片等，均所欢迎"[41]。全国妇联成立后，各地各级妇联组织相继建立，一些妇联机关刊物也相继创办。根据刘人峰的《中国妇女报刊史研究》，北京市妇联筹备委员会在 1949 年 11 月创办了《北京妇女》杂志，在 1949 年 11 月到 1953 年 8 月间发行，上海市民主妇联筹委会也在 1949 年 11 月创办了综合性刊物《现代妇女》，从 1949 年 11 月到 1951 年 12 月共出版 24 期。其他省（区、市）如内蒙古、广西、河北、湖南、贵州、武汉的妇联也创办了自己的妇女刊物。[42]

这些妇女刊物上发表了很多妇女的自传性文章，其作者们有农民、工人、职业妇女（教师、售货员、护士等）、知识分子和小知识分子（包括中学生和大学生），还有来自中产和富裕家庭的家庭妇女或职业妇女。这些文章有的是由别人记录下来的个人口述、会议上的发言，有的是作者自己撰写后的投稿，但都是妇女第一人称的自述和回忆，而不是由他人记叙或者报道的。这些文章有的被直接刊登，有的被一起放在一些特定的栏目之下，如《中国妇女》的"大众园地""翻身录"、《北京妇女》和《现代妇女》"妇女园地"；文章有读者直接投稿的，也有一些杂志征稿后选登的，如《中国妇女》"一年来我的思想转变"、《北京妇女》的三八征文、《现代妇女》的"我怎样改造我

---

41 《〈新中国妇女〉月刊投稿条列》，《新中国妇女》2(1949)。

42 刘人锋：《中国妇女报刊史研究》，北京：中国社会科学出版社，2012，第 313。

自己"征文等。以《(新)中国妇女》为例,这些自传性的文章集中刊发于建国初的 1949—1952 年,1953—1964 年间也有刊发,但篇幅较少。《中国妇女》1958 年第 12 期发起了"在服务性行业工作是否低人一等"的问题讨论,从 12 期到 16 期不断刊发读者的来信,其中有一些服务行业里的职业妇女撰写自己解放前的经历。从 1963 年第 6 期到 12 期中,《中国妇女》发起了"女人活着为什么"问题大讨论,其中刊发了很多不同阶层的妇女的回忆文章。从 1963 年 11 期开始,《中国妇女》又开辟了"翻身录"这个新栏目,征求"妇女翻身的各种生动具体事例,揭露旧社会种种黑暗"[43],这个栏目下也刊发了很多妇女的自传和回忆录。发行时间较短的《北京妇女》上刊发的劳工妇女的回忆文章较多,而《现代妇女》上刊发的知识妇女、小资产阶级妇女的回忆文章较多。

来自不同社会阶级和从事不同职业的妇女们理解和阐释她们性别化的"解放"经历的时候非常不同,这是跟中国共产党所领导的妇女解放运动的性质是息息相关的。在社会主义官方性别话语中,性别压迫被视为与殖民压迫和阶级压迫密切相关,而中国共产党领导的妇女解放运动也与反帝国主义的民族革命和通过阶级斗争推翻旧秩序的阶级革命紧密相连。中国社会主义妇女解放运动继承了"五四"自由主义女权主义的一些基本议程,如反封建、婚姻自由、单偶制、妇女经济独立、同工同酬,并且在强大的国家支持下努力推进这些议程的实现。但是这场运动也在很多方面特别是在阶级性质上区

---

43 《我这四十年》,《中国妇女》20(1963):13。

别于资产阶级的妇女解放运动。社会主义革命颠覆旧的社会秩序，受压迫的下层阶级特别是工人农民成为社会主义国家的领导阶级。而解放前遭受阶级和性别等多重不平等的广大劳动妇女成为这场社会主义妇女解放运动的主体，在经济、政治、社会和文化诸多方面被赋权。

作为马克思主义本土化的一个重要阶段，中国共产党这时期对农村妇女以及底层劳工妇女的认识造就了社会主义女性主义在未来中国实践的新方向。毛泽东的《湖南农民运动考察报告》给中国语境里的农民革命和社会主义女性主义提供了最初的也是最重要的理论依据。毛泽东在这篇文章里指出，中国男人（农民）怎样受着政权、族权和神权的支配，而中国妇女却在这三种权力之外，还受着夫权的压制。毛泽东认为，地主的政治权力是其他三种权力的根基，因此摧毁土地经济关系并推翻地主的权力是粉碎传统社会体制的第一步。在中国历史上，农村妇女第一次被再现为中国政治、经济、宗教、社会体制最底层的群体，并同中国社会主义革命直接挂钩。同时，作为受压迫最深的群体，中国农村妇女——连同男性农民——被视为或建构为无产阶级革命的主导力量，将给传统中国带来翻天覆地的变化。[44]

44　王玲珍：《中国社会主义女性主义实践再思考——兼论美国冷战思潮、自由/本质女性主义对社会主义妇女研究的持续影响》，肖画译，《妇女研究论丛》3(2015)：14。

　　在《新中国妇女》1949 年 7 月创刊号上发表的《中国妇女
运动当前任务的决议》明确指出,乡村妇女运动以乡村妇女为
基础,城市妇女运动以女工为基础,团结其他劳动妇女,争取
知识妇女、自由职业妇女及其他各阶层妇女。在《新中国妇
女》1950 年 10 月第 15 期上有一个"问题解答"栏目,其中发表
了一篇对读者问题的回答《何谓劳动妇女,何谓知识妇女与职
业妇女,她们之间有什么不同?》[45],文章提供了一个基于经济、
社会和文化身份的对于妇女的分类方式。其中,劳动妇女被
认为是劳动人民的一部分,因为"封建宗法制度残余"的存在
而迫切要求解放与土改,具有很大的革命热情与积极性,被看
作中国革命的主要力量;知识妇女或女知识分子作为脑力劳
动者"和劳动妇女有相同的地方",她们"不仅受到帝国主义、
封建主义即官僚资本主义的压迫,还受到封建思想及家庭的
束缚",所以也有很大的革命性,但是因为往往受到资产阶级
教育有个人主义的观点,所以需要建立"革命的人生观",对其
进行思想改造;职业妇女或女职员,是"工人阶级的一部分",
也是革命的力量,但是有些"旧职员"因为思想接近旧知识分
子,所以也必须改造自己的思想,与群众和实际相结合。这个
回答代表了官方妇女解放话语的阶级视角:赞颂劳动妇女通
过劳动获得经济独立,以及其勤劳节俭的品质,把她们作为革
命的主要力量,批判资产阶级和小资产阶级妇女的依靠别人
或者靠剥削的生活方式,敦促其进行思想改造以建立"革命的
人生观"。而所谓"革命的人生观"指的是什么呢?

45　《问题解答》,《新中国妇女》10(1950):41。

1949年《新中国妇女》第1期发表了区梦觉的文章《怎样做一个新社会的新妇女》，呼吁妇女发挥其主动性去实现人民政府所赋予她们的重要权利，"人民政府的措施，是保证妇女争取解放的社会条件。但是妇女要实现这些权利，运用这些机会，必须依靠自己的努力，不断和旧社会的传统思想习惯作斗争，不断地改造旧社会遗留给自己的弱点，并用最大的努力，促其完成"。而成为"新妇女"的重要方法包括：

> 第一，我们要建立革命的人生观，站在人民大众的立场，认真地坚决地参加反对帝国主义，反对封建主义，反对官僚资本主义的革命运动。妇女的受压迫，受奴役……是和整个阶级剥削制度分不开的。……第二，我们要有劳动观点，积极参加生产建设。我们要认识只有劳动才能创造世界。旧社会统治阶级是靠剥削工农劳动来过生活的。……世界上只有劳动最光荣，新社会改变了这种情况，劳动大众成为社会的主人。……妇女必须要参加生产，以推动社会的发展，争取经济独立，这是妇女解放运动的关键。……第三，要有群众观点，要关心群众的利益，不要只看到个人的小家庭的利益。把自己当成群众的一员，把群众的苦乐当成自己的苦乐。[46]

可以说，"是否是新社会的新妇女"和"如何成为新社会的

---

[46]　区梦觉：《怎样做一个新社会的新妇女》，《新中国妇女》1(1949)：9。

新妇女"是所有妇女自述的中心议题,但在研究这些妇女自述
文本的过程中发现,来自不同的社会阶层的妇女与社会主义
革命的关系不同,她们与主流的政治话语的关系也不同。来
自相似的经济和阶级背景的妇女在其叙述中展示出相似的叙
事和经验解释结构。在大量底层劳动妇女包括女工、女农民
和底层女职员表达了对解放的迫切要求和"革命热情与积极
性"之时,很多资产阶级或知识女性一方面表达了对革命的拥
护,另一方面也书写了很多自己如何去学习"革命的人生观",
从方方面面对自身进行反思和改造。以 1949 年《新中国妇
女》上不同阶级、职业的妇女的自述文章为例,底层妇女口述
或撰写的文章包括《我太乐啦》《给自己做活能不上进吗》(第 1
期)、《从新做人》(第 3 期)、《永远忘不掉的苦楚》(第 5 期),大
都是追忆过去的苦难,拥护革命,表达劳动积极性;而知识妇
女的文章包括《我们在转变中》(第 1 期)、《我的改造过程》(第
2 期)、《找到了改造思想的钥匙》《小组会批评后我进步了》
(第 3 期)、《我怎样帮助女工学习》(第 4 期)、《在劳动中改造
自己》(第 5 期),基本上都是对过去思想行为的反思,陈述自
己思想改造和投身社会主义建设事业的过程。

　　但是,可以认为底层劳工妇女的自述只是简单的"翻身
录"和"革命颂",知识妇女的自述也不过是"批判录"和"改造
记"吗?对这些妇女回忆文本的细读将会推翻这一先见。除
了借用官方反帝、反封建、反资本主义的话语来揭示自身受到
的政治经济、阶级、性别等的不平等,拥护阶级平等和性别公
正,与身边各种"旧社会的传统思想习惯"做斗争,很多劳动妇
女和知识妇女都借用"劳动光荣"的观点对自己的过去赋值,

肯定自己对家庭和社会做出的一以贯之的贡献，同时在对妇女解放经验的表述中强调自身的主观能动性，再现了各种自我抗争和自我赋权，"解放"对于她们来说不是党或妇女干部的恩赐，更不是一个被拯救的过程。下面本章将以底层妇女的自述为例分析她们的自述中包含的"解放的语言"，以及对"社会主义新妇女"的认同与实现过程。

第三节 "劳动妇女"的主体认同和对不平等的审视

1949 年 7 月，《新中国妇女》的创刊号发表了《我太乐啦——农村劳动英雄房明理在东北妇代会上讲话摘要》一文。农村劳动模范房明理叙述自己从当童养媳到被选为劳模的经历，回忆了家庭生产和经济状况的变化，以及自己对共产党政权的认同。女主人公十岁就被父母卖作童养媳，因为穷，"十五岁就下地、割地、铲地、到秋天还要打场，到冬天得上山砍木头，刨楂子"。后来给地主家干活，在东北沦陷后被迫给日本人种麻。1945 年女主人公与丈夫一起开荒，秋天赶上"八一五"解放，伪政府垮台了。1947 年主人公所在地方的共产党领导的土地改革后，女主人公的家庭从中受益，经济状况逐渐好转起来。

　　二十七岁（一九四七年），闹土地（二荒地）。这年春天成立农会，召集民兵，我男人说他要当民兵去，我说你去吧！地我来种。那时就开始斗地主富农,他整天不回家。春起化冻了,雪化开了,草地开了,就去送粪;我自己挑粪送地送了一百多挑。完了栽三亩土豆,种苞米,就抅谷子。抅完谷子间苞米苗。种完地后卖零工,帮军属种地,那时没有互助组。完了就铲地,铲苞米,借大牛蹚地,铲谷子,耢地,薅苞米苗。谷子铲两遍翻两遍,苞米铲三遍,到挂锄时又打了三百五十捆条子。整个一年丈夫都没在家,都是我自己劳动。(鼓掌)

春里就开始分房,我就分了半间房,我又托坯盖房。赶到八月十六开刀割地,我就整天上地,上午带着干粮,人家还未割完地呢,我就打完了。今年粮食打得好,送公粮应交四四〇斤,支援前线三五〇斤。我的粮食打得多:九亩地苞谷打了六石五,半垧谷子打了三石五,小豆一石五,二石大豆,四千五百斤土豆,新开的地种土豆好。一九四七年除掉支援前线,自己用了吃了,还剩下很多粮米。半垧地甜瓜字卖了给我男人做了棉衣,并置了一床被。卖了土豆支援前线四万一千元。农会主任问我:"为什么支援这么多?"我说:"为了打老蒋!"(鼓掌)我这个家都是一九四七年打下的江山,都是共产党毛主席来啦给我的。我丈夫去训练班受训,秋天回来,跟我要钱,说:"给我几吊子钱吧!"我说:"好吧,给你几吊就给你几吊。"(大笑鼓掌)现在我供他钱花了。过去他当家未当好,现在我当家就当好了。十月二十到村上又考模范,第二天到区上集中选,选上我们十五个模范,

> 我得了七十五票，就奖给我一条大牛，还有奖旗奖
> 状。……我得的比别人都多。为啥呢？因为我是真
> 正劳动、发财致富，区里、县里、省里、东北局都爱劳
> 动。现在我才知道，劳动太光荣啦！
> ……"妇女们！团结起来！为发家致富！为了
> 过好日子！妇女们加紧生产，加紧学习，提高一步。"
> （热烈鼓掌）[47]

宣扬"劳动光荣"、鼓励农村妇女们加紧生产是妇女代表会议上劳动模范讲话的主要目的，农村妇女表达对共产党政权的认同也契合官方话语。但细读这位劳模的讲话，虽然谈及如今幸福的生活都是"共产党毛主席给我的"，但她同时也对自己的劳动能力和劳动所得充满了深深的自豪感。在光复前后，虽然政权和土地政策改变并有利于她的家庭了，但叙述中女主人公吃苦耐劳、坚强有力的劳动者形象始终如一。自述中有外面世界的变化，更有自身世界的"不变"。女主人公自小劳动，从来没有被"禁锢"在家内，始终是家庭生产的重要参与者和贡献者，并因此在"光复"之后成为家庭的主要决策者。叙述者详细地描述自己参加农业劳动的种类和收获，并且始终强调自己的劳动技能和"当家"的才能，如"地我来种""自己挑粪""自己劳动""现在我供他钱花了""过去他当家未当好，现在我当家就当好了"。这篇自述建构起来了一个有着

47　房明理：《我太乐啦——农村劳动英雄房明理在东北妇代会上讲话摘要》，《新中国妇女》1（1949）。

非常强的劳动能力和勤劳精神的妇女形象,自信的语气后隐含的观念是:外在世界的改变给我创造了条件,但最终是我爱劳动、"真正劳动"才创造了今天的幸福生活。在房明理的陈述中,"劳动"超出了官方话语中所宣扬的"社会生产劳动"的含义,指向了农村妇女从解放前到解放后一以贯之的农业劳动、家庭贡献,这也是为什么"发家致富""过好日子"在叙述中被强调。妇女的主体性也通过在与主流国家话语的裂隙中建构起来。

1952 年 10 月,《新中国妇女》发表了蓝陈香作者的一篇自述《我从一个童养媳成为全国丰产模范》,讲述她 1949 年前后的翻身史。自述中的女主人公出身于贫农家庭,五岁成为童养媳,很早就开始从事农业劳动。

> 在旧社会里,我们劳动妇女就受尽人间痛苦的。当我七岁那年,就在婆家开始过着牧牛的生活了。后来有从事各种农业生产的工作。我虽然已经会耕田、掘地、并且也能与男人一样挑上一百七八十斤的重担,但是黑暗的旧社会,却把妇女当作脚底泥。地主阶级把劳动看作下贱事,把劳动人民看成牛马,把会下地干活的妇女说成傻瓜。我是千万个苦难妇女中的一个,受尽了欺凌。我虽然终年是天刚朦朦亮出门,星星在天空发光还在地上干活,但就是这样,还挨着婆婆的打,公公的骂,丈夫对我白眼,我挨饿受寒,有苦也无处诉,眼泪就只好背地里淌。[48]

48　蓝陈香:《我从一个童养媳成为全国丰产模范》,《新中国妇女》10(1952)。

解放后女主人公看到妇女地位大大提高了，还有了妇女自己的组织"妇联会"，就"开始懂得了翻身的道理"。她担任妇女小组长和乡妇联主任，并加入青年团。她积极参加互助组并在1951年获得了全国水稻丰产劳模。她的成绩不仅得到了政府的嘉奖，还得到了广泛的社会认可，她在农业生产上取得的成就促使她的家庭关系也得到了改善。

> 同时由于水稻的丰收，我家庭的生活也有了改善。我想到我过去是受人辱骂、欺侮、冷眼看待的童养媳，而今天是这样光荣地成为全国知名的农业丰产模范，我真快乐的说不出话来。……在我亲身的经历中，体味到我是一个劳动妇女，过去与现在一样劳动，为什么过去那样受苦，而现在是这样光荣呢？我深深地感到，只有在共产党领导下，劳动人民才有这样的地位。这真是劳动人民的新世界！

比起上文中劳模房明理的发言，同为童养媳出身的蓝陈香的自述有着更多对于新政权的赞颂，更贴近主流话语。但是她的回忆文本显然也并不符合由内而外，由封建禁锢到身心自由的被标准化了的妇女解放路径。在控诉旧社会里她遭受的阶级压迫和性别压迫之前，叙述者强调自己其实早就是农业生产的重要参与者，"已经会耕田、掘地、并且也能与男人一样挑上一百七八十斤的重担"。她遭受的性别压迫并不因为她被拘禁在家庭范围内，没有能力获得经济独立，而是因为她与男人一样的对于家庭生产做出的重要贡献不被承认。因此妇女解放对于叙述者的意义在于社会主义中国消除了旧社会底层妇女抛头露面、外出从事的体力劳动的污名。"在我亲身的经历中,体味到我是一个劳动妇女,过去与现在一样劳动,为什么过去那样受苦,而现在是这样光荣呢?"叙述者首先用"旧社会""牛马"这样的语言控诉自己受到的阶级压迫和性别压迫,同时她也接受了新"劳动人民"的主体立场,运用这种话语来重新组织自己的个人经历,始终强调自己"劳动妇女"的身份。在这篇自述中,"劳动"也不仅仅指解放后女主人公参加的互助组等社会生产劳动,还指解放前她参与的家庭农业生产,这两类生产在妇女经验的重述中被理解为持续性的,叙述者不仅用"劳动妇女"这一身份洗刷掉自己过去的外出体力劳动受到的歧视和耻辱,还肯定了自己一以贯之的劳动能力和经济贡献。主人公成为劳模后得到了政府的嘉奖和广泛的社会声誉,她的家庭关系也得到了改善,社会地位的、身份的改变成为她家庭内性别不平等得以改变的基础。

《新中国妇女》1949 年 9 月第三期发表了前北京被服二厂女工赵廼庄的回忆文章《从新做人》[49],文章充满了对"劳动妇女""做工的人"的自豪感。赵廼庄是一个非常活跃的作者,曾先后在 1949—1951 年《新中国妇女》杂志上发表了数篇文章,除了《从新做人》,还有《给自己做活能不上劲吗》(1949 年第 1 期),《我怎样做验收工作》(1949 年第 5 期),《我参加政权工作,感谢毛主席》(1950 年第 15 期),《向姐妹们报告我的进步》(1951 年第 20 期)。这些文章除了报告自己在工作中取得

49　赵廼庄:《从新做人》,《新中国妇女》9(1949):26。

的成就，还有自己主动进行文化学习的成绩，呼吁妇女们"更要努力去争取彻底的解放"[50]。对于解放经历的回忆集中于《从新做人》这篇文章之中。

自述文中的主人公来自底层，因做小商人的父亲去世，自己只能去手工工厂做工以养活全家。她有幸嫁入一个相对富裕的家庭不需要再工作了，但是丈夫亡故后整个家庭再次陷入了困顿之中。女主人公遭到婆婆的恶劣对待，但也不愿意再次外出工作，"那时我满脑子'三从四德''夫死受节'的封建思想，也不愿走，就死熬着"。最后实在生活不下去了，只得去被服厂工作养家。她自述在国民党的工厂里遭受管理人的歧视和苛待，像"牛马"一样做工，在社会上更是受到对"做工的人"的鄙视和排斥。连她的婆婆都指责她外出做工给家庭带来羞耻："咱世代书香门第，这一下可叫你把脸丢完了！"在家庭和社会上受到双重屈辱和压迫的情形下，女主人公过着黑暗无望的生活，她当时的人生观是"吃着等死，什么也甭想"。解放后，主人公发现"到处都把工人抬的高高的"，她得到了工厂里工作组的帮助，"提高了文化水平和政治认识"。过去跟女性外出做工联系起来的"耻辱"没有了。"我像从新落地做人，精神不知怎的就振作起来了。我要求学习，要求进步。……这一下，我可有了勇气，相信一切只要肯努力，都可以学会。做工的人，并不比别人笨些。"后来她被选为职工会的工人代表，变成了一个积极分子。

虽然在解放前主人公已经是家庭收入的重要来源，但她

50　赵迺庄：《向姐妹们报告我的进步》，《新中国妇女》20(1951)：27。

对家计的重要贡献却敌不过家庭乃至整个社会对"做工的人"即妇女外出从事体力劳动的歧视。解放后,因为工人的社会地位的提升,妇女被鼓励从事公共劳动,她们离开私人领域外出"做工"不再被污名化,社会现状和话语的改变给了主人公极大的鼓舞和自信,她因此振作和积极起来,过上了一种与过去完全不一样的生活。从表面看,这篇自述似乎是一个非常标准的讲述解放前苦难、解放后幸福的"翻身录",故事在"翻身"过后的幸福结局里中止了,但是细读文本可以发现很多可深究之处。

首先是"解放"对于女主人公的意义,并不是官方宣传的从困在家庭之内到走到公共劳动的进步路径。叙述者所讲述的是这样一个故事:女主人公很早就外出做工,给娘家和夫家都提供了重要的经济来源。但是她却一直被挥之不去的对女性外出劳动的污名和歧视所伤害,作为穷困的底层妇女,传统的男主外女主内的性别分工在她这里只是奢望。她在婚后因在夫家成为被赡养者而暂时摆脱了那种污名,但又因经济困难而无法实现。她在也是士绅家庭的婆家做依赖他人的被隔离的儿媳时,受到的是婆婆的权威和苛待,但是她外出工作可以赡养自己甚至家庭时却受到了更加强烈的对外出劳动女性的排斥和歧视。男主外女主内的性别分工由解放前的中上层阶级所享有,对外出工作的女性的歧视和侮辱是基于社会阶级的(书香门第对比"做工"之家),基于体脑的等级化差异的,并不仅仅是性别的。所以对女主人公来说,"解放"之于她的意义并不在于参加公共劳动获得经济独立,而是在于社会主义革命对于社会阶级、体脑差序和家庭关系的改革使她获得了"做工的人"应有的尊严，改变了她在社会和家庭中受排斥的地位。跟阶级革命结合在一起的性别革命才是她"翻身"的根本原因，因此"解放"对于女主人公这种底层妇女来说是阶级、职业和性别多方面的。

叙述者用新掌握的社会主义的性别话语审视自己在丈夫死后不愿改嫁，也不愿外出劳动的思想，认为其是"'三从四德''夫死受节'的封建思想"，并督促自己在新的社会环境中"不断进步"。对于女主人公的主动性的强调正是这篇"翻身录"的一个重要特点。"我要求学习，要求进步，……我可有了勇气……"工作组帮助她转变，但最重要的是女主人公自己的觉醒和努力。叙述者不断强调主人公个人的新的认识和转变，她接受别人的帮助也不断帮助和支持其他工人，她自己反对"做工的人笨"这种歧视，打破了对体力劳动者无能、弱势这种本质化的迷思。

《北京妇女》1949 年 12 月第 2 期上发表过一篇《我们真正做主人了》[51]的文章，是由北京十六区代表左淑兰口述、耿晓记录的一份自传性文本。文本中的女主人公出身于一个流动商贩家庭，很小就做起"挑活"（挑花）补贴家用。结婚后常挨婆婆骂，萌生了去投"讲道理的八路"的想法，"我不怕苦，赶明投过去，眼前这份气真受不了"。解放后人民镇政府成立后，主人公"听说城里有个妇联请一家私营工厂做挑活样子试试工，我就向镇政府提了个意见，我说'共产党不是事事讲组织吗？为什么不组织公营工厂呢？干部、工人，我们自己就可以干起

51　左淑兰：《我们真正做主人了》，《北京妇女》12(1949)：15。

来'"。生产小组成立后，主人公受到表扬，被称赞为有着"主人翁的态度"，但她总觉得"自己这主人做的不够"，继续想方设法促进生产，为工人谋福利，同时努力学习文化，最后被选到了主席团，欣慰"我们工人真正做了主人了"。

作为社会妇女解放运动的主体和主要受益者，以农妇和女工为代表的底层妇女对自身解放的认知和叙述深受官方主流话语的影响，从受压迫到身心自由，从"牛马"到"主人"的翻身录几乎是一个标准的叙述结构。而对旧社会的控诉包括在解放前受到的殖民压迫（如房文中谈到东北受到日本侵略者的劳动剥削）、阶级压迫（伪政府、地主、资本主义工厂）和性别压迫（来自地主和家庭内部的性别歧视）。罗丽莎在她的研究中发现：

> 在这个革命话语里，新中国妇女与新中国一起被作为一个主体来塑造，她通过参与生产将自己从"传统"的封建主义中解放出来，并站在反帝国主义的立场上。党于是讲述了一个关于妇女生活的新故事，这故事使一些事实被显现出来而同时也磨掉了其他的事实。这故事不再将劳动与性别的羞辱不恰当地联结起来。它发明了一个不带历史性的封建传统，这传统消除了妇女们在过去的主观能动性以及她们任何认为自己曾劳动过的想法。[52]

52　罗丽莎：《另类的现代性》，南京：江苏人民出版社，2006 年，第 78 页。

但是在以上这些文本例子中，底层妇女的经验讲述都不符合那种从家内到家外，从拘禁到解放的二元、线性的主流叙述框架。而且如果考察"劳动"这一概念在这些解放故事中的内涵，会发现丰富的、"溢出"官方解释的意义。在中国的马克思主义话语中：

> "劳动"被塑造为一个新的文化类别：它被等同于"生产"活动，因而被定义为国家生产剩余价值的活动，这劳动通过工资被认可。某些活动被评判为劳动，而其他的活动则不是劳动。在家庭里的活动成为阻碍妇女解放的封建约束的标志，或者是小资产阶级劳动（即非生产性的），它们都是私有性的因而是与国家利益相对立的。[53]

在以上几篇自述中的"劳动"都不仅包括罗丽莎所总结的"为国家生产剩余价值"，与国家利益直接相关的社会生产劳动，还包括了解放前这些底层农妇为了生存而参与的家庭农业生产。这两类生产在妇女经验的重述中被理解为持续性的或者同一的，叙述者对社会主义话语中"劳动人民/妇女"身份的强烈认同包含了对自身一以贯之的劳动能力和经济贡献的强调，并在这一过程中洗刷掉自己过去的外出体力劳动受到的歧视和耻辱。"革命为农村妇女去除了在'外面'劳动的耻辱，改变了进行这种劳动的情境、情感结构和带来的回报。这

53　罗丽莎：《另类的现代性》，南京：江苏人民出版社，2006年，第78页。

种劳动不再跟家庭灾难、困苦、动荡不安和勉力为生紧密联系在一起。"[54]

曼宁在研究毛泽东时代中国妇女解放运动时发现"国家话语不仅仅会产生新的统治形式,也会造成对解放的新的理解和新的可能性"[55],而贺萧在《记忆的性别》中也提醒我们在中国妇女史研究中去寻找探索更为分散的国家势力、国家意识以及自我的塑造之间的关系。因此要研究妇女主体立场形成的具体的、动态的历史过程,就要寻找这种自我理解的"新的可能性",发掘妇女在国家意识影响之下通过自我表述和再现进行的"自我形塑"的过程,也就是关注国家话语、妇女自身的叙事修辞与主体性建构之间的复杂关系。在对以上这些文本的研究中发现,这些底层妇女在发声的过程中的确运用了国家在革命过程中提供的词汇和话语,但又讲述了一些不那么"标准"的妇女解放的故事。她们灵活地运用"劳动"对自己解放前的生产实践赋予价值,构建了一种持续性的妇女经验以及相应的对自身历史的解释。这种解释、表述和自我再现既被主导性的社会话语所赋权,又不完全等同于主导性的话语。她们"挪用"主导性的社会话语将自己的经济独立、为家庭的贡献追溯出来,将自己过去外出劳动受到的歧视和耻辱洗刷掉,将自己塑造为平等的、值得尊敬的劳动人民的一员,在无形中扩充了"劳动"这个新的能指的所指范围。这可以被

---

54 贺萧:《记忆的性别:农村妇女和中国集体化历史》,张赟译,北京:人民出版社,2017年,第91页。

55 Manning, Kimberley Ens. "Making a Great Leap Forward? The Politics of Women's Liberation in Maoist China." *Gender & History* 18.3(2006):574-593.

理解为"当国家介绍的语言和政策被妇女改造、借用或用作令人惊奇的没料到的目的的那些无法预测的时刻"[56]。而正是在这种"挪用"占主导地位的话语和概念以维护自身利益的表述过程中，妇女的主体性得以建构起来。

同时，这几个文本都运用社会主义话语重审个人经历，她们叙述出过去痛苦的遭遇是阶级不平等和性别不平等共同造成的，而这根源又在于她们自己劳动做出的经济贡献未被赋值。蓝文和赵文中的女主人公都被工厂或者地主当作"牛马"，同时也被夫家欺负，无论是工厂还是地主都在剥削了她们的劳动之后还将她们的外出劳动看作可鄙的"下贱事"。经济上的剥削、政治和文化上的排斥勾连着她们遭受的性别压迫和阶级压迫。这就解释了为什么她们对"劳动妇女""做工的人""主人翁""主人"这些"社会主义主体性的生产"（socialist production of subjectivity）[57]如此认同。"解放"的意义对于底层妇女而言不在于参加公共劳动获得经济独立，而是在于社会主义革命对于社会阶级、体脑差序和家庭关系的改革使她们获得了"劳动"的人应有的尊严和社会、家庭地位，而跟经济/劳动赋权、阶级革命结合在一起的性别革命才是"翻身"的根本原因。而对这些人来说，"解放的语言"不仅仅是性别方面的，还是经济的、阶级的、职业的等等。这种语言，新的主体性的认同还使得她们不遵照官方标准的"从封建隔离到公共空间"的概述去述说自己的历史，而是追溯过去，强调自身一

56　Hershatter, Gail. "Disquiet in the House of Gender." *The Journal of Asian Studies* 71.4(2012):873-894.

57　罗丽莎:《另类的现代性》，南京:江苏人民出版社，2006年，第78页。

以贯之的劳动能力和经济贡献。在这一过程中，她们从不将自己看作被动的由党或者国家去拯救的人，她们主动参加工作做积极分子，主动"要求进步"，主动提建议成立生产小组，始终强调自身的积极性、能动性，妇女解放是国家赋权，也同时是她们的自我赋权和能动行为。

第四节　婚姻自主与妇女抗争

1950 年 5 月 1 日，新中国的第一部法律《中华人民共和国婚姻法》颁布了，这部法律的核心是男女婚姻自由，男女权利平等，保护妇女和子女的合法权益。"这是新中国国家层面上助推妇女迈向解放的重要一步，它使妇女从封建婚姻制度束缚下解放出来，推动了中国社会的整体性变迁。"[58]颁布后国家积极宣传和普及这一法律，而《新中国妇女》也做了积极的推手。从当月开始即刊登各种宣传，阐明实行婚姻法的意义，采取多种形式宣传自由恋爱、自主婚姻及平等的夫妻关系，介绍解决群众的婚姻和家庭问题的经验。在这一过程中，各级妇联刊物也刊登了一些运用婚姻法解决处理群众的婚育与家庭问题的实例。本节将考察出身底层的妇女对婚姻法和新的社会主义制度的认识，以及她们怎样借用新的话语重新理解和再现自己的"解放"历程和争取婚姻自主的经验。

《现代妇女》1950 年 8 月第 8 期的"妇女园地"刊登了作者

58　刘晓丽：《1950 年的中国妇女》，太原：山西教育出版社，2014 年，第 14 页。

金凤的一篇自述《婚姻法敲碎了我的枷锁》[59]。叙述者陈述了她过去对于美好的生活的愿望和这愿望如何不断破灭。文中的主人公出身于贫农家庭，后被送到纸烟店做养女获得上学的机会。她努力学习希望能通过教育和能力获得好的职业，"自己也沉醉在一套个人前途的幻想里，那时候还很小，不懂得旧社会的腐朽黑暗"。她需要帮助家里管账、做家务和照顾弟弟，没有能力选择自己想要的生活。后来被恶霸黄阿荣霸占为妾，她勇敢逃跑，告诉他她"不愿意做他的玩物，去求自由的生活了"。她最终在资本主义工厂找到一份养成工的工作，但是要被工厂剥削三年。三年后她去劳工夜校读书，并且懂得了"悲惨的生活都是旧社会不合理的剥削制度所造成的"。黄阿荣来找她的时候工厂的领班并没有帮助她，"他们说，我既然是她的老婆，当然应该服从他"。但是她寻求女性朋友和夜校老师的帮助，勇敢地逃跑了。"解放了！千年的铁树开了花，我们工人从奴隶变成了主人。从今往后，我们再不过那苦难的日子，再没人敢压迫或凌辱我们。……今年的四月中，新婚姻法颁布了！它彻底摧毁了旧的不合理的婚姻制度，创造了一个新的满意的制度。它打碎了我的铁链，我有了合法的权利打破黄阿荣和我的婚姻，我在他面前胜利地宣布纳妾不合法。我得到了真正的婚姻自由。"

这个自述文本中的女主人公参加了劳工夜校并掌握了新的革命语言，她因此用一种新的话语来追溯自己的经历，并因此意识到自己之前悲惨的遭遇不是一种个人的不幸，而是"不

59　金凤：《婚姻法敲碎了我的枷锁》，《现代妇女》8(1950):28。

合理的制度"造成的。家庭内的性别偏见,玩弄女性的地方恶霸,还有默许夫权的工厂,都源于一种男尊女卑的性别规范。这时她才意识到最终解放妇女需要改变整个性别观念和性别文化,因此她用新的价值观来解释自己的那段经历,用"旧社会的黑暗堕落"去描述她置身其中的社会文化环境。最后使得女主人公获得真正自由的不仅仅是新的性别平等的观念和《婚姻法》的保障,还有工厂里取消剥削制度的革命。性别压迫是整个社会的剥削制度的一部分,而婚姻和恋爱自由的获得需要社会制度革新的支撑。这个文本也是典型的过去苦难和现在幸福的叙述结构,但是文中一以贯之的是女主人公强烈的自主意识和行动力,她努力抓住各种机会读书、追求自由,改变不利的处境而不是被动等待拯救。

《新中国妇女》1951 年 5 月第 22 期刊登了署名为"再生"的一个回忆文本《〈婚姻法〉带给我一个有意义的人生》[60]。文本中的女主人公在失去父母监护后被舅父收养,却被逼成为他的外室。她试图找到舅父的上司美国大班,借他的权力制裁她的舅父,但是大班以"向来不管雇佣人员的私生活"为由包庇他。"受了许多次刺激以后,我清楚地认识到:即使跳出了舅父的家,跳不出旧社会,还是等于零。难道充满了罪恶凶险的旧社会,还能容我这样一个带着不名誉的过去的女孩子吗?恰巧这时我原来的同学中有人竟心甘情愿地嫁给一个颜料商做五姨太。这件事更是使我觉得女人生来就难得有好下场的。在这种情形下,在这种认识下,我终于给恶势力压倒

60　再生:《〈婚姻法〉带给我一个有意义的人生》,《新中国妇女》22(1951):25。

了,我做了我亲舅舅的外室。"女主人公心灰意冷,行尸走肉般活着。

　　一九四九年春天,我所在的城市解放了。我想,别人也许真能翻身,只有我自己这一生是毁定了。不久,我在街上,在亲友家里接触到一些女同志,觉得他们的生活愉快极了,紧张极了,有意义极了。我也不禁心动起来。我想:难道她们天生的比我强?我天生的该过这种不死不活的日子吗?我又不是自甘堕落,只要有人拉我一把,我还可以上进呀!……他不让我参加民主妇联,但是,我终于设法参加了。通过民主妇联,我逐渐和新社会有了接触。我明白了许多新道理,我知道了人民政府是人民自己的政府,是为人民谋幸福的。……不久,《婚姻法》公布了。对我来说,真是《婚姻法》把我救出了火坑。我的一切顾虑都消除了,我勇气百倍的拒绝了一次又一次的利诱,我坚持着把我和我舅父的不正当的关系在法律上来了一个彻底的解决。……我在工厂里找到一个工作。我的生活完全改了样。我努力地工作着,学习着。我觉得能够为祖国的建设多尽一分力量,我的生活也就多了一分意义。我懂得的太少,然而,我还年青,我渴望上进。我也常想,共产党不但给了我婚姻自由,更重要的是共产党给我带来了光明的前途和一个有意义的人生。没有后两者,单纯的婚姻自由又有什么可贵呢?

这个文本的叙述者追溯自己受到的各种性别压迫，不仅仅被培养性吸引力，被舅父性侵、人身控制，还因"不名誉"而被羞辱，她因此相信女人注定的不幸命运，和自己的"堕落"无法逆转。直到革命后，她才发现舅父的性别压迫、美国上司和律师对"私生活"的不干预、纳妾制度这些都是相互关联的剥削制度的一部分，妇女的依附地位是这些一起造成的。叙述者也始终强调个人能动性，在女同志的启发下慢慢省悟，努力改变自己的处境，设法参加民主妇联，主动寻求制度的保护，拿起法律武器，找工作寻求经济独立，参与国家建设寻找"人生的意义"。新的社会主义妇女气质建立在"劳动"和"为公"，而不是贞洁或者女性性吸引力上。女主人公自己选择了职业，成为劳动妇女和国家建设者的一员，在工作中构建一个全新的，而不仅仅是性别身份的主体性。

在这两个自述文本中，叙述者都运用新的革命话语，学着整体性地看待自己遭受的各方面压迫，资本主义工厂的剥削，恶霸或者舅父的性别压迫，工厂/美国大班对"私生活"的冷漠和对纳妾制度的默许都是紧扣在一起的。她们学着用"旧社会的剥削制度"和"（美国大班和）反动的统治阶级"去看到自己的不幸遭遇背后的制度性的原因。文本中的女主人公们都积极寻求经济独立，抓住一切机会主动改变自己的困境。而"解放"的意义对她们而言，除了经济独立，个人和婚姻自由，还包括找到脱离"个人前途"的人生观，以实现"有意义的人生"。

《中国妇女》1963 年第 10 期上发表了福州市造船厂车工

陈梅英的回忆录《我是怎样争取婚姻自主的》[61]。文章追忆了她如何对抗家庭的坚决反对，与担任业余工校文化教员的恋人陈桓争取婚姻自由的经历。因为陈桓收入较低且脚有残疾，父母不同意。女主人公与爱人自己去办理了登记结婚手续，在父母要求退婚之时，她说"我没有违法，也没有爱错人。我们一起到区里去评理吧，由政府来判断我该不该退婚"。她请求妇代会帮她解决问题，劝自己的父母不要求礼金，而领导也支持她与旧思想斗争，婚事从简，向她的父母做工作。最后父母终于同意了婚事。在这个回忆录中，女主人公始终是行动的主导者，无论是登记婚姻还是办理婚事都自己做主，在遇到阻碍的时候主动寻求制度（政府、妇代会）的保障和支持。

婚姻自主还包括了离婚自由。《新中国妇女》1953年第6期上发表的在成都市人民印刷厂工作、农民出身的女干部赵美林的自述《我的生活与斗争（我写我）》[62]，讲述了自己翻身和参加革命的经历。她跟有强烈的封建保守思想的丈夫离婚的过程，也是一个自己主动向组织咨询，并且最终自己"下决心"的过程。这其中有组织的帮助和赋权，但自述始终强调了这是自己考虑、自己做决定的结果。有学者在研究1950年代国家对性别文化和性别关系的改造与重构时发现，在国家强有力的制度保障和文化宣传之后，"如果没有广大妇女的觉醒、参与和斗争，男女平等性别关系的构建只能是一纸空文。因

61　陈梅英：《我是怎样争取婚姻自主的》，《中国妇女》10(1963)：18—19。

62　赵美林：《我的生活与斗争（我写我）》，《新中国妇女》6(1953)：34—38。

此，妇女不仅仅是'恩赐'的对象和被解放的客体，而是这场变革的主体力量。正是由于广大妇女参与了国家各项法律政策的落实过程，男女平等的原则才得以在全国范围内贯彻实施，新型的性别关系才得以逐步建立，并具有了较为广泛的社会基础"[63]。而这也是笔者在这些妇女关于"解放"的叙述中发现的，绝大多数自述文本中都有妇女对自身的能动性的强调，她们都是主动认同"社会主义新妇女"的身份并努力去实现这一身份转换的。

这三份妇联杂志上还有很多来自底层的服务业的职业妇女，如售货员和护士等讲述自己的解放故事，有代表性的是《中国妇女》1958年10月刊发的《痛苦的回忆》，1963年10月刊发的《身在福中要知福》，还有1964年1月刊发的《护士生涯》。在这些文本中，"同志""同志关系"这种职业平等概念和性别中性的称谓都对服务行业的职业妇女有着非常重要的意义。非常类似的，这些文本也都涉及了新的社会主义妇女气质对基于性吸引力的女性期待的反拨，如何使这些妇女认同；这些妇女如何整体性地看待自己遭受的各方面压迫，看到制度性的问题；还涉及"解放"对于她们的意义：不仅仅是性别平等，还是获得阶级、职业平等的主体身份。

通过对这些底层女性作者的叙述性文本进行文本细读和话语分析，对比区梦觉那篇《怎样做新社会里的新妇女》的文章，笔者发现这些文本都受到这种新的主流价值的深刻影响：

63　肖扬：《1950年代国家对性别文化和性别关系的改造与重构》，《山西师大学报（社会科学版）》6(2013)：115。

积极主动的求变，性别压迫背后剥削制度的原因，"劳动的观点"和"群众的利益"。文本的这些叙述者吸收国家社会性别政治和意识形态，将其纳入自己的经验建构和相应的话语和文本实践中。她们借用"劳动者""剥削""阶级"等不同社会主义阶级和性别新话语框定自身的性别经验，再现底层妇女遭遇的以经济剥夺为基础的阶级和性别等多重压迫，用"封建思想/主义"指认和反抗在公共和私人领域的男权思想。她们用"劳动妇女""新社会的主人""主人翁""同志"等概念重塑自我认同，肯定自身的劳动付出和意义，想象新的性别身份和关系，并在这一过程中积极建构平等、受尊重的和政治性的主体身份。

同时，她们的自述和回忆也并没有完全符合任何"标准"叙事，她们借用"劳动"这个新的范畴来给自己的过去赋值，表明她们在"旧社会"里也做出了贡献；更重要的是，她们强调自己从未静静地等待拯救者的出现，而是抓住各种机会跟压迫自己的势力做斗争，反思那种本质化的对底层妇女歧视和贬损的话语。这是底层妇女以国家话语自我赋权的结果，她们没有将自己看作新社会体系的被动的受益者，而是在自我抗争中努力呈现自身的能动性，挑战了社会主义妇女"被解放"的西方叙事。钟雪萍认为，"妇女能顶半边天"这种社会主义话语：

> 曾在社会文化和话语层面的变化上起过巨大作用，意在将妇女塑造成新的（现代）社会主体的话语。这种塑造既是意识形态的，也确实是具有解放性

的。……中国革命的历史性在于其符合大多数中国妇女自身的利益,中国妇女同时也积极地将"半边天"的理念转变成自身的能动性和自身的信念。[64]

社会主义妇女解放运动对这些妇女自我认识与主体性的建构产生了积极的作用,这些充满活力的妇女自述即主体性和历史能动性的明证。这些妇女所述说的"解放的语言"一方面被国家话语所影响,另一方面但又不完全等同于官方语言,而是丰富着、对话着国家话语。这其实就是曼宁所发现的"国家话语也会造成对解放的新的理解和新的可能性"。这些语言里包含了自我认识和实现,也包含了对社会的整体性认识和变革的认同。而社会主义妇女的主体性不只是一种个体性别身份认同,而是有劳动、集体、阶级、性别等多种面向的主体立场。

64　钟雪萍:《"妇女能顶半边天":一个有四种说法的故事》,《南开学报(哲学社会科学版)》4(2009):58。

第六章 "十七年"文学中
妇女主体性研究

　　1949—1966"十七年"年间,关于性别和妇女问题的小说写作有一些共同的主题,如对社会主义妇女形象的赞扬,包括对劳动女英雄的宣传,以及对妇女参与社会建设和政治运动的动员等等。在西方中国文学研究界以及在二十世纪八十年代以来的中国文学研究界,这些小说经常被批评为仅仅为巩固党的权威而创作,妇女利益被置于国家利益之下,妇女的形象在这些文学作品中仅仅成为以男性为中心的现代性话语的象征。很多书写妇女形象转变的文本被视为仅仅是宣传性的,无法呈现丰富的妇女主体性。一些由女作家创作的作品也往往被看作跟所谓"政党父权制"的无意的合谋。[1] 然而,这种将"十七年"文学都视为男性主义逻辑表达的看法是非常有问题的。目前对"十七年"文学中负面的女性形象的评价,一方面与对大量妇女书写的挖掘和评价不足有关,另一方面与对社会主义时期文艺作品的批评范式的问题有关。

首先,很多女作家们对不同妇女的生活变化的书写,揭示了她们对于"妇女解放"丰富内涵的理解,以及多元的社会主义女性主义观念。本章中将要探讨的女性文学作品皆展示了社会主义妇女解放话语所建构的妇女主体性的复杂性,并彰显出强烈的社会主义女性主义。目前对"十七年"女性写作的研究主要集中在几部代表性作品上,如杨沫的《青春之歌》、宗璞的《红豆》和茹志鹃的《百合花》。而茹志鹃的其他短篇小说,如《如愿》《在果树园里》《阿舒》和《里程》,韦君宜的《阿姨的心事》和《女人》,都是关于"妇女解放"这一主题至关重要的作品,但目前在学术界的讨论并不充分。

其次,在批评范式方面,有些学者已经讨论了社会主义文学研究中的去历史化倾向和本质主义倾向。这些作品中的女性形象往往被贬低为国家或政党宣传的产品,被视为没有表达真正的"女性特质",或只是男性中心主义的空洞的符号。"十七年"作品中对"社会""政治"和"集体"等主题的表述被视

---

1 相关的代表性研究有:Hsia, C. T.. "Residual Femininity: Women in Chinese Communist Fiction." *The China Quarterly* 13.13(1963):158-179;孟悦,戴锦华:《浮出历史地表——现代妇女文学研究》,郑州:河南人民出版社,1989年;孟悦:《性别表象与民族神话》,《二十一世纪》4(1991):103—112;董健,丁帆,王彬彬:《中国当代文学史新稿》,北京:北京师范大学出版社,2011年。

为与"本质性的女性自我"格格不入，而其中对"自然的/性的"
"个人/个体"的表达则被予以赞美。"十七年"在总体上被视
为一种父权制文化实践，其中的社会主义女性形象往往被进
行一种象征性解读，以此来概括整个中国妇女解放运动的历
史和后果。然而所谓"男性拯救者和女性受害者/被救者"这
种模式，并不能被应用于解读社会主义时期的所有相关文本。
中国革命与妇女主体之间的复杂关系及其文本表述，包括复
杂甚至微妙形式的合作、协商和争夺，仍需在其具体的历史情
境中加以考察。

关于"十七年"时期的文学研究，已经有很多著作考察其
中的女性主义意识和文学表达。这些重要学术成果包括：盛
英的《二十世纪中国女性文学史》、陈顺馨的《中国当代文学中
的叙事与性别》、刘剑梅的《革命与情爱：二十世纪中国小说史
中的女性身体与主题重述》、艾米·杜丽（Amy Dooling）的《二
十世纪中国女性书写中的女性主义》一书的最后一章。

盛英的著作是中国第一部系统介绍整个二十世纪中国女
性创作的文学史。在第四卷中，她对 1949 年 10 月至 1966 年
之间的文学作品进行了考察，根据不同女性作家的共同特点，
如解放区作家、散文家和报告文学作家、教师作家、以知识分
子生活为作品主题的作家等，对这个时代的女性文化作品进
行了历史性的介绍。她按时间顺序介绍了几位主要女作家的
作品的内容和写作背景，包括韦君宜、茹志鹃、刘真、草明、菡
子、柳溪、黄宗英、杨沫、宗璞等。但是限于篇幅，这本书没有
对一些重要的作品进行详细的解读，也没有对这一时期女性
作家作品的共同主题和文本形式进行总结。

陈顺馨是第一位从性别和叙事的角度探讨"十七年"文学的学者。她采用叙事学和性别话语分析的方法,探讨女作家所创作的虚构叙事的不同文本特征,并将其与男作家的叙事进行比较。她发现"十七年"文学在叙述者立场、叙述的语气、叙述的权威声音以及叙述视角等方面有很多性别差异。她认为女性自我意识的生成与反思权力关系的女性主义立场密切相关,与当时规范性的、男性中心主义的文化生产有巨大差异。她认为大多数女作家和少数男作家如孙犁,在叙事中表达出了"女性意识",并表现为在文本中有一个更多地参与故事、表达出更少权威的叙述者,借此充分表达主人公的内心世界,并在叙述中采用内部视角而非外部视角。"无论在叙述者的位置、感知程度和视点应用方面,'男性的'可以概括为权威的、集体的,也就是主流的;而'女性的'则可以概括为情感的、个体的,也就是边缘的。"[2] 陈顺馨在文本细读的基础上对茹志鹃、宗璞和杨沫的作品提出了一些非常重要的看法。她赞扬了这些作品中对女性主体性和个性化的情感形式的保留。但值得注意的是,陈顺馨选择讨论的那些所谓"男性"文本主要是那些涉及公共主题的作品,而她选择的所谓"女性"文本主要是涉及作家个人生活的作品。这种基于性别的分类本身是有问题的,因为一些女作家如白朗、草明等在书写革命历史或工业建设题材的小说时,也多关注外部世界并采用外部视角,而男作家孙犁则运用大量笔墨去探索女主人公微妙的内心感

---

2 陈顺馨:《中国当代文学中的叙事和性别》,北京:北京大学出版社,1995年,第115页。

受，而一些女作家则也创作过说教式的作品。因此，不同的叙事策略可能更多地与作品主题有关，而不是与作者的性别有关。陈顺馨还将公众、集体与"男性写作"联系起来，将个人性和内在性与"女性写作"联系起来，倾向于贬低前者而赞美后者。这种划分是值得商榷的，因为所谓国家的、公共的和集体的观点和视角并不一定与妇女利益相冲突。不同性别书写的作品其实都可以在历史的特定背景下产生其政治性。钟雪萍认为，我们应该警惕那种"假设的陷阱"，即"必须避免那种认为对女性来说，所谓'政治'和'公共'必然是对她们不利的，并且在某种程度上是与她们的女性特质相矛盾的假设"[3]。很多女性撰写的文学作品在公共和个人主题之间呈现出一种动态的、有机的、互利的关系，她们的国家或公共主张并不一定与她们个人的在性别身份上的要求相矛盾。她们对公共意识和集体身份的表述并不一定与性别意识向左，反而可能正是根植于妇女本身的要求。个体性和内在性并不只是女性写作的独有特征。将"十七年"文学划分为"男性写作"和"女性写作"，并将某些作家的作品标记为"男性话语"或"女性话语"很可能会陷入本质主义，忽略了这些文化文本的复杂性、张力和其中女性主义书写的多种可能性。

刘剑梅在《革命与情爱：二十世纪中国小说史中的女性身体与主题重述》中探讨了"十七年"文学中存在的书写"女性主体性"的可能性。她认为，孟悦的论文《性别表象与民族

3　钟雪萍：《"妇女能顶半边天"：一个有四种说法的故事》，任明译，《南开学报（哲学社会科学版）》4(2009)：58。

神话》解构了所谓的妇女解放神话,认为"十七年"文学的主导叙事是以革命的名义使得妇女从属于新形式的父权制,她认为孟悦的这种批评建立在很多"压迫和反抗的二元对立中"[4],有着"再次将官方的权威声音变得一统化的危险"[5]。她重读了柳青的《创业史》、杨沫的《青春之歌》和宗璞的《红豆》,并在这些文本中"保存女性意识的个案"[6],发现了被保留的女性主体性,她因此挑战了那种认为革命文学是铁板一块的流行的批评,发现了妇女解放的官方话语与妇女主体性之间复杂的关系,"在性别平等的名义下,产生于革命话语中的女性主体性有可能反过来质疑党的权威。如果我们忽视十七年期间女性逐渐上升的权力与国家政治话语有可能产生的矛盾和冲突,那就等于再次肯定了妇女依附于男性的从属地位"[7]。

　　然而,刘剑梅在分析中其实也预设了以欲望和性存在为主的妇女主体性与所谓"国家政治话语"的必然对抗,认为妇女的主体性只能通过她们对性别认同,以及对政党/国家权威的反拨而展示出来。这种说法其实也没有看到妇女和国家之间,女性主体性的建构和"国家政治话语"之间的复杂关系。

　　4　刘剑梅:《革命与情爱:二十世纪中国小说史中的女性身体与主题重述》,郭冰茹译,上海:上海三联书店,2009 年,第 196 页。

　　5　刘剑梅:《革命与情爱:二十世纪中国小说史中的女性身体与主题重述》,郭冰茹译,上海:上海三联书店,2009 年,第 224 页。

　　6　刘剑梅:《革命与情爱:二十世纪中国小说史中的女性身体与主题重述》,郭冰茹译,上海:上海三联书店,2009 年,第 236 页。

　　7　刘剑梅:《革命与情爱:二十世纪中国小说史中的女性身体与主题重述》,郭冰茹译,上海:上海三联书店,2009 年,第 229 页。

妇女也可能被国家话语赋予权力,女性的主体性可能是在对国家话语的策略性挪用、谈判和干预的过程中建构而成的。所谓国家权力/意识形态本身也不是一个统一的或不变的整体。个体与国家意识形态之间的关系也不是单向的关系。一个人的主体性是在具体而复杂的社会关系、机构和实践中,并由多重话语建构形成的。因此本章不再以一种非历史的和本质主义的方式探索"女性在这一历史时期不断变化着的、特有的象征符码"[8],而是考察了"十七年"文本中的、历史上特定的女性主体性的建构方式,考察文本如何再现当时女性和国家之间、性别化的自我和国家/公共集体之间错综复杂的关系。

在英文著作《二十世纪中国女性书写中的女性主义》中,艾米·杜丽也将她的研究注意力从辨识文本中现代性话语中的男性中心主义权力和逻辑转移开来,注意到二十世纪五十年代以前具有自觉的反父权视角的女性写作。这本著作的最后一章"一个尚待赢得的世界",研究了二十世纪五十年代女作家陈学昭、杨刚、王莹等人的文学实践,以及地方妇联的文化工作者创作的宣传《婚姻法》的故事的重要意义。她对文学史进行了很好的挖掘,在五十年代初的女性文学作品中发现了重要的女性主义倾向。但杜丽也在所谓"正统的"国家建制与"边缘的"女性身份的文学建构之间设定了一条不可逾越的界限。同时,她并没有对"女性主义"的自我写作与国家意识

8　刘剑梅:《革命与情爱:二十世纪中国小说史中的女性身体与主题重述》,郭冰茹译,上海:上海三联书店,2009 年,第 225 页。

形态/话语,或中国当时的"社会主义女性主义"之间的关系进行深入分析。笔者同意她关于妇女主体性的文学表达的意义的论点,但不认为国家性别话语对妇女历史能动性的产生没有任何影响。社会主义现代性话语和性别话语的吸引力和影响力在她的研究中还没有得到太多的探讨,而这将是本章研究的一个重要问题。

蒂娜·梅·陈(Tina Mai Chen)曾在她的研究中提出,个人与集体之间的互动可能让个体获得一种丰富的主体性,她建议我们仔细研究社会主义话语和可能由它们促成的妇女能动性之间的联系,并研究不同话语领域的交汇可能产生什么样的"女性主体性"。王丽华(Lihua Wang)在她的社会学博士论文《贤妻/良母、铁姑娘、女强人:中国国家意识形态和社会性别政策(1900—1991)》中谈到,在二十世纪五十到七十年代,国家对社会主义价值的表达对女性产生了积极复杂的影响。虽然中国传统父权制并没有被彻底推翻,但是"铁姑娘"等性别平等话语给社会主义女性提供了一种新的形象。为社会努力工作可以带来社会认可,特别是一些受教育的城市女性通过她们的个人努力,极大地提高了她们在工作场所的社会地位。另外国家关于"女性奉献社会"的话语也发挥了巨大的作用,做一个独立女性的理想成为城市受教育女性对国家意识形态的个体化阐述的一部分。[9] 在上一章提到,如果把经历了社会主义时期的中国女性撰写的自我成长回忆录及对她

9　Wang, Lihua. "The Obedient wife/Good Mother, the Iron Girl, and the Capable Women: Chinese State Ideology and Gender Politics (1900—1991)." Northeastern University PhD Thesis, 1995, p. 238.

们的相关采访资料跟官方出版的文化文本做对比，会发现这些文字中再现出来的女性经历和女性自我认知有很大的不同（这些回忆录、采访资料却与二十世纪五十到七十年代中国女性作家的文学作品有很大相似）。国家话语对各种妇女主体形成的影响和作用是复杂而非单一的，这需要我们将妇女个体经验的表达存在作历史化、情境化和具体化的处理，从更广阔的权力关系和历史网络中考察社会性别和中国革命、社会主义现代性的紧密联系。

后结构主义理论因其质疑那种关于普遍的或本质的"人"和"妇女"以及与生俱来的"男性气质"和"女性气质"的观点，提出在多种情境下形成的复杂的、多重的、甚至流动的社会身份，可以帮助我们从一种"去中心""多元化"的主体生成的视角面对丰富复杂的中国妇女生活状况，以多元的女性经历和复杂的历史现实对普遍性的论说模式进行挑战。

后结构主义和后殖民主义都有力地揭示了"普遍论"所掩盖的不平等权力关系，后结构主义更是提供了考察主体构成的多样复杂过程的方法。在这一背景下，女权主义学者在90年代的共识是：社会性别并非产生于单一的、共同的、非历史的"根源"中；对社会性别的考察必须置其于具体的阶级、种族、族群、国家、文化和历史中，社会性别的变化意义是在同这一系列不同范畴的交叉及相互作用中发生的。同时，不满于把妇女一概描述为受害者的简单僵化模式，女权主义学者更多地转向寻找妇女在历史与现实中的能动作用。[10]

　　因此,本章旨在探讨"十七年"文学作品中再现的社会性别主体身份有怎样复杂的话语建构过程,以及这个过程与当时复杂的社会主义社会话语的互动关系。当我们认识到"讲述话语的年代"重要性的时候,更要努力梳理"讲述话语的年代"里"话语"本身的多样性,探讨这些话语与不对等的各种权力体系对性别主体特别是女性性别主体塑造的复杂性。本章试图揭示这些关系的复杂性,特别是女性写作通过对"妇女解放"官方话语的挪用所产生的话语权力。本章将研究"十七年"职业女性作家围绕"妇女解放"和其他性别议题而创作的小说,探究在这些文学再现中呈现了什么样的女性经验,这些再现是如何被革命话语/修辞所中介的,以及性别经验的文本表述和叙事策略建构了什么样的妇女主体性。本章关注"十七年"文学中对妇女"劳动"的性别经验的表述,首先会讨论妇女公共劳动的意义,主要研究作品是茹志鹃的小说《如愿》《在果树园里》、韦君宜的小说《阿姨的心事》;随后会通过茹志鹃的小说《阿舒》和《里程》讨论对女性集体身份的再现;最后,以韦君宜的小说《女人》为例来探讨"十七年"时期在性别身份方面的反封建/父权书写。

　　在妇女解放的官方话语中,妇女参与公共生产和劳动被认为是非常重要的,是她们获得解放和性别平等的前提条件。

　　10　杜芳琴:《历史研究的性别维度与视角——兼谈妇女史、社会性别史与经济—社会史的关系》,《山西师大学报(社会科学版)》30.4(2003):111—118。

在中华人民共和国成立初期和"大跃进"期间，国家积极动员妇女参加城市和农村的有偿劳动，为国家做出贡献。在二十世纪五十年代中期和六十年代早期，当国家经济放缓时，国家开始强调妇女作为母亲和妻子的家庭角色的重要性。1949年第一次全国妇女代表大会宣布，妇女只有通过积极参与生产，才能提高和巩固自己的地位，进一步改善自己的生活水平，并从封建枷锁中解放出来。为了支持这一解放和平等的前提，妇女杂志的理论和批评文章中经常引用列宁1919年在莫斯科市非党女工第四次代表会议上的演说："要彻底解放妇女，要使她与男子真正平等，就必须有公共经济，必须让妇女参加共同的生产劳动，这样，妇女才会和男子处于同等地位。"[11]

在这一时期的文化文本中，"铁姑娘"和劳动妇女往往被颂扬为社会主义的理想女性，而文学作品中也充满了"爱劳动"的故事[12]。其实"十七年"话剧文学中还有很多关于妇女的家庭角色的讨论，揭示妇女可能会遭受的"双重负担"和"性别分工"，也探讨包括家务劳动在内的再生产劳动在社会主义建设中的意义，这些将在下一章中进行探讨。在这一章，笔者试图通过对女作家们撰写的小说文本的分析来回应这些问题。在对"劳动和妇女解放"的文学再现中，是否存在性别化的视

11　列宁：《论苏维埃共和国女工运动》，《列宁选集》第4卷，第70、71页。

12　相关研究有：Dooling, Amy. *Women's Literary Feminism in Twentieth-Century China*. New York: Palgrave Macmillan, 2005; Dooling, Amy, and Torgeson, Kristina, Eds. *Writing Women in Modern China: The Revolutionary Years, 1936—1976*. Vol. 2. New York: Columbia University Press, 2005; Chen, Tina Mai. "Proletarian White and Working Bodies in Mao's China." *Positions: East Asia Cultures Critique* 11.2(2003):361−393.

角,如何展开? 作家们是如何将社会主义的劳动话语纳入他们的写作中来建构妇女主体性的? 当妇女被纳入国家建设的公共劳动力时,作家如何看待妇女自身利益和国家利益之间的关系并在文本中表达出来?

第一节　公共劳动和性别民主

有三篇创作于二十世纪五十年代的小说,通过对比女主人公进入公共劳动前后的生活,生动地阐述了妇女解放的意义。这些文本是韦君宜《阿姨的心事》,茹志鹃的《如愿》和《在果树园里》。韦君宜和茹志鹃是两位重要的作家,她们在从革命时期到社会主义时期的写作中一直关注妇女与中国革命/社会主义实践之间的联系。本节研究这些作品中的"公共劳动"被书写为具有什么样的意义,与性别民主和平等的实现有何关联,意味着什么,妇女如何被赋予权力来对抗性别和其他形式的压迫。

《阿姨的心事》[13]讲述了一个幼儿园女教师李玉琴的故事,她是一个中年寡妇。丈夫去世后,她不得不与丈夫的兄长一家生活在一起。由于她没有工作,她被强加了许多家务劳动,就像一个保姆一样受到其他家庭成员的轻视。解放后,她获得了在一家公立托儿所工作的机会。在她的亲戚认为她的保

13　韦君宜:《阿姨的心事》,《女人集》,成都:四川人民出版社,1980年,第262—285页。

育员身份无足轻重时,她却非常珍惜她的工作,认为这是"革命事业的需要"。故事以李玉琴和她的夫兄、兄嫂之间的纠纷展开。她的夫兄要求她请几天假,帮助他妻子准备过年并接待一些亲戚。李玉琴拒绝了他的请求,说:"那不行。这一回托儿所里走不开,工作需要。"他的父兄回应说:"哎呀!什么'需要',请几天假天塌不下来。"李玉琴质问他为什么不请假帮忙准备,他说"公事多的很"。当李玉琴再次拒绝时,解释说她也有太多的工作要做,包括照顾被隔离的病童,她的夫兄和兄嫂对她的工作表示轻视。"你是搞鞍山工业建设呀?不是就当个保育员吗?……看个孩子呗,什么虚要实要的。……那个工作就是不做,家里也不缺你这一口。"听到这些话后,李玉琴非常生气。她的夫兄仍然抱怨她拒绝帮助,并嘲笑她使用官方话语。"需要需要!可需要啦!我办的公事也比不上她。要是没有她,中国都走不上社会主义哩。"被他取笑后,李玉琴回忆起她过去的生活,丈夫是公务员,她是家庭主妇。在那个时候,她从不觉得自己"被人需要"。她几乎把所有的时间都用在了家务上,并热情地接待了丈夫和他的朋友。但他们从来没有把她当作平等的人,或认可她的付出:

　　可是他们谈起话来,没有人觉着屋角还坐着一个她。他们完全用不着她。至于夫兄,她嫁过去十多年,一直怀疑他知不知道她名叫什么。因为他从来没有叫过她一声,没和她对面说过几句话——凡要她做什么,都是脸冲着房门或天空言语。譬如;他冲着天空说一声:"有客要来,扫扫地嘛!"那她马上

就得从屋角跑出来拿笤帚。如果他和闲坐的亲戚们
一提起他们的老话——她的寒酸的嫁妆呢,她就得
立刻启动躲到没人看见的角落。

李玉琴回到托儿所,照顾一个叫毛毛的小孩子,他患了肺
炎,被关在隔离病房里。毛毛的父母都是很忙的共产党干部。
毛毛的母亲来看望她的孩子,并与李玉琴表达对孩子疾病的
担忧。小说详细描述了这两个女人之间的交流。一开始,李
玉琴认出这位母亲是在政府办公室工作的干部黄冠群,她通
常坐在会议的讲台上。李玉琴观察到黄冠群的焦虑,仔细向
她解释孩子的情况并安慰她。李玉琴还为孩子织了一件毛
衣,她提议给毛毛拍照,寄给他在鞍山工作的父亲。李玉琴对
孩子的关心深深地打动了孩子妈妈。她进一步向李玉琴讲述
了做母亲的困难,以及她对没有足够时间照顾孩子的愧疚。
李安慰她并向她承诺,她会尽力在几个月后把健康和强壮的
毛毛还给他们。黄冠群在离开前被感动得哭了。小说展现了
这两个妇女之间平等友好的关系,一个是干部,一个是普通保
育员。黄向李求助,希望得到更多的育儿知识,并向她讲述了
自己的女性经验,担心她不能同时做一个敬业的干部和一个
好妈妈。两个女人对作为母亲的艰辛的共同感受使她们之间
产生了强烈的、亲密的联系。小说详细表现了李玉琴体贴入
微的育儿工作,如她仔细观察毛毛的呼吸,温柔地为他盖被
子。这些细节传达出李玉琴照顾孩子不仅是出于她的职责,
更多的是出于她对孩子的爱,以及作为一个有经验的母亲对
其他父母的理解。

后来主人公因为拒绝回家，又被夫兄在电话里训斥。她闷闷不乐，转向问托儿所所长："您说，我这个工作究竟是不是革命的需要？"在得到所长的肯定答复后，她说："他们就是不对。我也是这么想，就想听听您这一句话，让他们谁爱说谁说去罢！"接着，李玉琴带毛毛去看他的父亲陈守一，他刚刚从鞍山钢厂上班回来。陈守一与李玉琴握手，叫她"李玉琴同志"。他从李玉琴那里学到了很多关于如何照顾孩子和与孩子沟通的知识，并称赞她在照顾孩子方面非常专业。当李玉琴对"专家"这个词感到害羞时，陈守一向她解释说："我们的工作对象是死的钢铁，你们的工作对象是人呀！"他认为她的工作和技能也是非常重要的。小说的高潮是三个主人公的会面。李玉琴、陈守一和李玉琴的夫兄。她的夫兄在工作中犯了错误，在他的上级陈守一面前做了自我批评。他在陈守一的办公室见到了李玉琴，陈守一知道了他们之间的关系。他向夫兄赞扬李玉琴："这个弟妹很有办法啊，她可教给我不少的东西。"夫兄很高兴能讨好这个大干部。他说："她不懂什么，她不懂什么！"随后却又加上去说："她带孩子倒还是很小心的。我也就是常操心她工作做不好，倒白给公家添负担，吃小米。"陈守一反驳了他，说："她可不是白吃小米，真是好同志。——告诉你，我和毛毛的母亲已经写信给她们领导表扬她了。"他随后要求夫兄向李玉琴学习，因为他在自己的工作中很粗心。夫兄很惭愧，并改变了对李玉琴的态度。在她回去的路上，李玉琴不再感到不快乐。她想到，这是她第一次像其他女干部一样与男干部握手，这让她感到相当温暖。

小说通过许多生动的细节和对她与孩子父母的比较，描绘了女主人公对照顾孩子工作的执着。毛毛的母亲认为自己无法同时成为一个成功的职业妇女和一个好妈妈,小说描述了她在这两种角色之间的挣扎。当黄冠群为照顾自己孩子不熟练而感到难过时,李玉琴告诉她,她自己在儿子小的时候也没有任何经验,也是慢慢学会照顾孩子的。最后,黄完全信任李玉琴的知识、技能和关爱精神,并与她建立了友谊。这种基于普通女性性别经验和互动的详细描写传达了这样一种观点:女性不是生来就有能力做母亲的,她们要学会做母亲,而且在这个过程中要付出很多努力。后来,当毛毛的父亲陈守一来看望毛毛时,他甚至不知道如何与孩子沟通。相比之下,他的笨拙举动更凸显了李的技能和经验。陈守一承认照顾孩子也是一个严肃的职业,需要专业知识和不断学习。这样一种描写表达出照料工作不仅是不可或缺的,而且需要极大的付出。通过这种方式,小说肯定了主要由妇女承担的照顾劳动的巨大价值,并强调了它与其他公共工作一样对社会主义建设做出了同等贡献。

当女主人公过去担任家庭主妇时,她为整个家庭做了很多家务,但她的家务劳动的价值和贡献从未被承认。她的丈夫和家人都把她的家务劳动看作她的天职,在家庭中没有平等对待她。她的夫兄甚至从不叫她的名字。在这个男性主导的家庭中,她就像一个无名的从属的家政工人一样。"角落"既是她通常停留的物理位置,也是父权文化强加给她的象征性的低等地位。当陈守一向她的夫兄夸奖她时,夫兄的本能反应是"她什么都不懂"。小说呈现了这种矛盾:李玉琴为家庭所承担的再生产劳动的重要性和其他家庭成员对她的蔑视和贬低。她的家人急切地要求她从工作岗位上回来帮忙做家务，因为他们不希望她的精力在公共领域被消耗掉。同时，他们又鄙视她，企图剥夺她的自主选择权。在李玉琴被聘为公共托儿所的保育员并享受国家提供的工资后，她终于摆脱了在家庭中"多一张嘴"的地位。小说描写她在与国家的新关系中重新定位自己的社会身份和家庭身份。她参加了公共工作，为"革命事业"做出了贡献。国家支付她工资并赋予她新的公共身份"李玉琴同志"。她觉得自己现在被平等地视为社会主义建设者，并被尊重为革命事业中不同但同样有价值的领域的"专家"。当她掌握了新的话语来保护自己不受父权制家庭的影响时，她新的公众身份就形成了。李玉琴相信"这份工作需要我"和"因为我自己要进步"，她开始摆脱亲属的压力，自由决定自己的生活安排。她以新获得的经济独立、社会认可和自主权，将自己重新想象成一个新的社会主体。

　　小说的高潮是两个男性之间的对抗，代表家庭内部男性权威的夫兄和代表国家权威的男性干部陈守一。两人之间的权力关系是前者最终屈服于后者。李玉琴最终从国家干部那里获得认可和支持，并挫败了她夫兄的权威。在李玉琴得到陈守一的支持之前，她已经借用了"工作需要"这一新的修辞来对抗她的家人。她与毛毛的父母平等交流，并耐心地教给他们照顾孩子的知识和技能。在这个过程中，她扮演了一个在儿童照料上的权威角色，而不是服从于任何权威。她告诉托儿所所长她家人的做法不对，她还回应陈说："我自己要进步。"她在改变自己的卑微处境方面发挥了积极作用，并以言行主张自己的权力。尽管李玉琴所从事的社会工作是往往由妇女承担的照顾性的劳动,但她作为保育员的公共劳动使她在经济上独立于家庭,并帮助她建构了新的自我意识。小说在对她照料工作的描述中传达出,这种劳动既不是没有技能的,也不是应当被低估的。文本在肯定妇女所从事的再生产劳动价值的同时,也没有将母职自然化和本质化。作品赞扬了女主人公挑战男性权威的独立人格,并展示了她实现自我转变的能力。这种对劳动的赞美与妇女解放的切实要求是紧密联系在一起的。

另外两个要讨论的小说文本都是由茹志鹃创作的。茹志鹃写了13部关于"社会主义新生活"的作品,其中10部作品以妇女生活为主题。盛英认为,茹志鹃通过对妇女生活的描写来颂扬社会主义时期。她将茹志鹃的作品主要分为两类:一类是"妇女解放的颂歌",如《如愿》和《在果树园里》;另一类是"妇女进步的颂歌",如《春暖时节》和《里程》。[14] 所有这些小说都被收《百合花》中。在《百合花》的后记中,茹志鹃谈到了她选择描绘的人的特点:

> 这些男男女女,老老少少,虽然不是"风口浪尖"上的风流人物,也不是高大完美、叱咤风云的英雄;但他们都是实实在在,从各自的起点迈步向前,努力跟上时代的步伐的。他们一不矫揉造作,二不自命不凡,是一些一步步走在革命队伍行列之中的人。

---

14 盛英:《二十世纪中国女性文学史》上卷,天津:天津人民出版社,1995年,第595—596页

　　我在写他们的时候，和他们同过甘苦，和他们一起爬越过各种障碍，一起面对过严峻的现实，也一起享受过前进的欢快。我相信他们，尊重他们，也热爱他们。过去如此，现在也如此。现在，我可以明明白白地说出：这就是我的思想，我的感情，我的世界观。我愿意他们存在下去，因为他们有存在的价值，同时，也可以作为日后的检验。[15]

　　她强调故事中主人公的"平凡"，关心她们在解放前后的生活变化。许多评论家如盛英和陈顺馨都认为与其他宏大主题和注重英雄的作品相比，这就是茹志鹃作品的价值所在。下面将以《如愿》和《在果树园里》为例，研究茹志鹃如何在小说中表现普通女性的解放经历。

　　《如愿》[16]是一篇写于1959年的短篇小说。主人公是何大妈，1949年前她曾经在纺织厂工作了二十八天，然后给一个有钱人家当女佣。1949年后，她在国营公司的玩具制造组担任组长，从工作中获得了极大的尊严和满足。小说一开始就描写了何大妈收到第一份工资时的"千头万绪"，她的工资被包裹在一个红封套里，上面有手写的"劳动光荣"四个字。当生产委员会的同志们敲锣打鼓给她送来这个红包时，她不禁泪流满面，因为她在50岁的时候还能拿到工资。她回忆起自

　　15　茹志鹃：《后记》，《百合花》，北京：人民文学出版社，2000年，第286—289页。

　　16　茹志鹃：《如愿》，《百合花》，北京：人民文学出版社，2000年，第106—116页。

己过去作为一个寡妇和单身母亲的苦难生活。她不得不把六岁的儿子独自留在家里,在工厂里艰苦地工作。当她即将拿到第一个月的工资时,有一天她不得不赶回家,把儿子从火中救出来,就被工厂解雇了,二十八天的辛苦工作没有得到任何回报。后来,她为一个家庭当女佣。她工作的唯一回报是她的儿子由他们喂养。这对她来说是一个很大的创伤。当何大妈拿着这个红包给她的儿子阿永和她的儿媳看时,他们都是工厂的好工人,他们都没有表示出兴趣或祝贺她。阿永甚至抱怨说:"家里也不是不宽裕,你这么大的年纪,这是为什么呢!"何大妈对他们的反应感到非常失望和难过。"儿子不了解自己,媳妇也不解自己,难道自己参加里弄组织的生产小组,就是为的钱吗?不是。何大妈觉得这里有一个十分十分重要的意思,但自己又说不清楚。"

何大妈想到的是她出去工作之前的生活。那时她的儿子儿媳都很忙但也很充实。他们经常在晚上被别人叫出去讨论重要紧急的事情。她为他们的工作感到骄傲,但同时也感到空虚,因为她从来没参加什么讨论,而总是被别人遗忘。有一天,她观看了劳动节游行,沉浸在快乐气氛中。她忘记了自己在做饭的事,把米饭烧煳了。她想:"她只有这么一个讨得到错、却永远讨不到好处的责任。"这就是为什么当她听到社区生产队成立的消息时,她决定去参与。现在她的愿望实现了。当她开始忙碌起来并不断地被别人联系讨论工作时,她非常惊讶地发现,"忽然发现自己竟还有一些能力","她活了五十年,第一次感觉到自己不是一个可有可无的人,自己做好做坏,和大家,甚至和国家都有了关系"。后来何大妈用自己的工资给孙女和儿子买了两个苹果，终于实现了自己二十五年前的愿望。当时，她总是承诺给儿子一个苹果，但从来没有机会为他买一个。当阿永看到这个苹果时，他突然想起了那个承诺，并理解了他的母亲。"苹果红艳艳的发着亮，这是妈妈用自己的钱买来的礼物，这是二十五前的诺言，这是一颗火热的母亲的心。"他像小时候一样抚摸着母亲的手，激动地对母亲说："妈妈，你带我们一起走，一起来建设祖国的大花园吧！"

小说描绘了女主人公在参加公共劳动前后的微妙的心理变化。艾米·杜丽观察到，"作为茹志鹃作品的典型，故事的趣味在于作者对人物的微妙描写和心理洞察，而不是错综复杂的情节发展"[17]。之前，虽然她按照儿子的要求留在家里享清闲，但实际上如她所抱怨的，她被家务所束缚。在儿子看来，她在旧社会受尽了苦头，在新社会应该不用再做苦工，在经济上应该依靠她的后代。但对何大妈来说，她在过去被剥夺了工作的成就和作为工人应有的尊严。因此，她急切地要求的是一种能够给予她认可和尊重的新的社会身份。造成主人公的内心变化有一个关键因素，那就是通过参与公共劳动获得了自我实现和集体身份。她可以把自己定位为社会主义建设中的一个新的社会和政治主体，而不是一个经济上处于依附地位的家庭妇女。批评家李子云最早注意到并讨论了普通妇女的这种特殊的"翻身感"，"她所写的'翻身感'并不是那种浅薄的对于得到物质上的某些改善的感谢，而是表现了被

17　Dooling, Amy, and Torgeson, Kristina, Eds. *Writing Women in Modern China：The Revolutionary Years*，*1936—1976*. Vol. 2. New York：Columbia University Press, 2005, p. 275.

压在最低层的群众,主要是妇女,从精神上的屈辱自卑中解放出来,认识到自己也可以直起腰来做一个大写的人"[18]。

小说还描写了何大妈因儿子的忽视和误解而产生的失落感。在她辛苦养大的儿子不愿理解她工作的非常重要的意义时,她感到失望和难过。她不满意自己困于家里,所以积极抓住这个工作的机会去追求经济独立。儿子最终理解了母亲真正的愿望,是希望以一个平等、独立的社会主体的身份向子女表达她的爱。他开始尊重她通过公共劳动和新社会建设建构的新的自我意识。对何大妈心理活动的描写隐含着对忽视妇女家务劳动价值的质疑。何大妈急切地寻求一个新的社会身份,也是由于当时社会主义妇女解放话语对家庭主妇劳动价值的承认不足。不过小说并没有进一步探讨何大妈即使参加了公共劳动,仍然可能遭受公共和家务劳动双重负担的问题。

《在果树园里》[19]是茹志鹃在1959年写的一个故事,讲述了一个童养媳小英,过去一直受到婆婆的剥削。她在了解了相关的生产政策后,抱着试试看的心态去公共果园劳动。"可我看见家里的那两扇大门,头脑子就嗡嗡的响,这已经惯了,想改也改不掉。我想我要能看个果园,离了家,自己挣工分自己吃,这不就是妇女解放,独立了吗?……"[20]她后来成为优秀的生产工人和团委书记。同时,她也不再受婆婆的苛待。她的

---

18 李子云:《再论茹志鹃》,《当代女作家散论》,香港:三联书店香港分店,1984年,第52页。

19 茹志鹃:《如愿》,《百合花》,北京:人民文学出版社,2000年,第106—116页。

20 茹志鹃:《在果树园里》,《茹志鹃小说选》,南昌:百花洲文艺出版社,1996年,第31—39页。

经济和政治地位增强了她的力量，帮助她实现了平等和谐的家庭关系。小说描写了女主人公改变自己生活状态上的能动性。

艾米·杜丽讨论了这个时代盛行的"爱劳动"的故事，如李准的《李双双的故事》，认为它"赞美那些通过为生产或为公社无私奉献而赢得男人尊重的女人"[21]。以上这三篇小说是否只是官方话语的传声筒，颂扬妇女参与劳动和国家建设？三个文本对妇女参加公共劳动带来的变化的描写有没有传达出更丰富、复杂的声音呢？这三篇作品描写了三个妇女解放的例子：一个依赖于夫兄一家生活的寡妇、一个中年女工和一个童养媳女孩，她们如何追求自我解放而不是"被解放"。在二十世纪七十年代的西方学术界，有学者研究了中国六七十年代的几篇有女性形象的小说，认为"无论在农村还是城市，无论是否从事生产劳动，妇女内在态度的改变或外在角色的改变从来都是在指涉更大目标的情况下描述的。个人对自我实现的寻求在最近的小说中几乎没有发挥任何作用"[22]。如果说对这一时期很多男性作家创作的文本中可以看到这种情况，但陈顺馨发现一些女性作家，如茹志鹃，在她的小说中更多展现了女性主人公所经历的精神和内心历程。对比赵树理等作家的妇女解放主题的作品，茹的作品"是源于女性的内部精神追求的解放观，解放对个人是有意义的。而对男性来说，大多

21　Dooling, Amy, and Torgeson, Kristina, eds. *Writing Women in Modern China: The Revolutionary Years*, *1936—1976*. Vol. 2. New York: Columbia University Press, 2005.

22　Eber, Irene. "Images of Women in Recent Chinese Fiction: Do Women Hold up Half the Sky?" *Signs: Journal of Women in Culture and Society* 2.1(1976):24–34.

只视之为社会整体解放的一个组成部分"[23]。考察以上三篇小说后会发现妇女个体对自我实现的寻求是所有三个文本的亮点。对于女主人公来说,在工作岗位上承担责任是她们自我实现的一个重要来源。钟雪萍认为:

> 尽管后毛泽东时代对毛泽东时代女性的"双重负担"以及女性作为"国家劳动力资源"进行了广泛的反思,不可否认的是,社会体制的变化使得"工作"对女性自身来说其实具有超越"工作"本身的意义。对很多人来说,它提供了一个她们以前从来没有机会去从事的工作岗位,提供了一个走出家庭、(有可能)获得独立意识的机会。对很多其他人来说,"工作"也开始不仅仅意味着只是一种谋生手段或者被生活所迫而为。它伴随着在整个社会层面上出现的男女平等的意识,提供了迈向构建新的(性别)"自我"意识的关键的第一步。换句话说,能够工作,是"妇女能顶半边天"口号得以实现并且具有文化意义的社会基础,尤其是对1949年以后中国(城市中)的普通妇女来说。[24]

三位主人公都积极抓住了参与公共劳动的新机会,追求

23　陈顺馨:《中国当代文学中的叙事和性别》,北京:北京大学出版社,1995年,第69页。

24　钟雪萍:《"妇女能顶半边天":一个有四种说法的故事》,任明译,《南开学报(哲学社会科学版)》4(2009):60。

独立和自决。她们对公共劳动的参与不仅给她们带来了社会地位的提高，更重要的是也带来了家庭中的民主和平等。林春认为："通过参与建国前后的对社会的革命改造，妇女也改变了自己在家庭内、外的地位。随着父系亲属关系的基础被打破，她们开始重新定义自身的性别角色，尽管这种改变并不容易，而且政党有时不得不向农民的保守主义屈服。"[25]

这些妇女被再现为主动调整她们的家庭角色和重新组织她们的家庭关系，在家庭内和公共领域之间有了更多的自由选择。她们积极参加公共劳动，并以在工作中获得的新的身份去改变家庭中的权力关系：李玉琴与她的夫兄和嫂子，何大妈与她的儿子，小英与她的婆婆。这些文本都强调了这些妇女在改变自己的处境和改变自己家庭中的性别关系方面的主动性。当女主人公在工作岗位和家庭生活中逐渐获得发言权时，她们的内心变化得到了强调。蔡翔指出："因为这一'集体劳动'的特别的制度创新，它既使妇女有可能'走出家庭'，获得经济独立（包括由此导致的身份独立），同时，它构成了对中国妇女解放的另一种途径的探索，即在家庭内部如何完成家庭的改造，这一改造包括对男权的颠覆和女性独立的政治诉求，而其最后的表征形态也正是女性尊严的完全确立。"[26]进入公共劳动成为女性在对抗性别化以及其他形式的暴力和压迫的一个必要条件。这些小说所颂扬的是一种在劳动过程中获

25　Lin, Chun. *The Transformation of Chinese Socialism*. Durham：Duke University Press, 2006, p. 114 页.

26　蔡翔：《革命/叙述：中国社会主义文学——文化想象（1949—1966）》，北京：北京大学出版社，2010 年，第 264 页.

得的自我实现和对性别压迫的抗争,而不仅仅是劳动本身。此外,社会主义制度所颂扬的对工人的尊重给这些女性赋权,让她们质疑和挑战她们所遭受的基于性别和社会阶级差异的压迫。

第二节 集体身份和"社会主义"的意义

本节将研究茹志鹃的两篇小说《阿舒》[27]和《里程》[28],作品讲述了妇女在进入公共领域的过程中如何建构其集体身份和对"社会主义"的认同。妇女对公共活动和社会主义现代化的无私奉献是社会主义文化文本的一个共同主题。上一章中已经介绍了一些学者对社会主义时期所谓"公共/国家父权制"的批评,认为社会主义妇女在走出家庭的父权束缚后被重新置于这种新的禁锢之下。就这一时期的文学作品而言,它们常常被批评为巩固党的权威,将国家利益置于妇女利益之上,压制女性气质和女性主体性。笔者在这里研究的两个文本挑战了那种认为妇女"从属于"革命和社会主义现代化的批评范式。这两个代表性文本通过描写妇女跨越个人/公共界限的复杂的性别经验,探讨了妇女自身利益和整个公共利益之间的关系。它们在描述两位女主人公逐渐形成的集体认同时并

27　茹志鹃:《阿舒》,《百合花》,北京:人民文学出版社,2000 年,第 204—219 页。

28　茹志鹃:《里程》,《百合花》,北京:人民文学出版社,2000 年,第 133—147 页。

没有淡化她们的性别个性。这些文本在表现社会主义妇女和社会主义国家、性别化的自我和国家/公共集体、个体性和集体性之间的历史特定关系时，丰富了关于"社会主义妇女主体性"的讨论。

写于1961年的《阿舒》讲述了一个17岁的天真女孩转变为一个致力于集体事业的成熟而负责任的公社成员的故事。阿舒是一个被宠坏的独生女，生活悠闲而无忧。她喜欢听有快乐结局的喜剧故事，而不是悲惨的故事。他们村的老党支部书记和阿舒的母亲，也就是生产队队长，焦急地讨论着因早收而导致的小麦减产问题。他们的讨论被阿舒大声朗读她的小学课本中关于中国的近代史所扰乱。阿舒的母亲抱怨阿舒"不懂人事不知愁"。有一天，阿舒被母亲要求尽快找到生产队养的丢失的鸭子。她一点也不着急，而是有自己快乐而有趣的寻找方式。她和解说员一起划着木船，一边寻找一边捡菱角。当她终于找到鸭子后，她已经享受了足够的美味。她认为，她的母亲总是有不必要的担心。当叙述者问及她的团队减产的问题时，她笑着回答说她对此无能为力。减产对她来说只是意味着推迟购买她想要的自行车，她所关心的只是自己的享受。后来，公社要在青年团员中召开动员大会。阿舒被选中参加会议，她感到非常兴奋。她为这次活动借来了漂亮的衣服。当她在回来的路上遇到老党委书记时，她很想和他分享她的快乐。但老书记却沉浸在对生产的担忧中。他把他们生产队的农场产量与其他队的产量进行比较。他说："人人都有一辈子，有人一辈子做的事，硬是有些人活几辈子也赶不上的，这是什么原故！"阿舒不明白这些话的意思。第二天,阿舒精心打扮自己,把自己的衣服、鞋子、发型和饰品都安排好。参加会议对她来说就像去逛庙会。在会议上,当她遇到一群来自富裕的生产队——易河大队的妇女,她们在生产上有很大的成就让她逐渐感到不自在。那些妇女的穿戴"很不一样",她们谦虚地与其他生产队的成员打招呼,但"掩饰不住自豪的感情"。后来,县委书记来问候与会人员。他认出了易河生产队的两名妇女,记住了她们的名字并向她们致意。然后他转向阿舒,问她是谁。阿舒对这个突如其来的问题感到惊讶,变得非常紧张。她羞涩地回答说她不是易河大队的。然后,阿舒在整个会议期间保持沉默。当她听到村里的老党委书记在会议上为他们的大队依赖邻居生产的食物而道歉时,她露出了严肃的表情。会议结束后,阿舒告诉叙述者,她现在明白了什么是"有人活得像一条龙"。阿舒开始关注生产。她组织了一个突击队为田地收集肥料,提出:"等别人生产出来给我们吃,给我们穿,我们不就成了田根公公说的那条虫了吗?这样生活着还有个什么意思。"阿舒带领其他四个女孩在河边捡拾菱藤做肥料,并告诉叙述者"这才真叫开心"。

这篇小说表现了一位年轻女性是如何逐渐形成集体认同,参与公社的集体事务并关心公共福利的。它并没有呈现出一个同质化的、完美的社会主义女英雄或男性化的铁姑娘的形象,而是描述了一个独具个性的少女的成长。它以现实主义的方式描述了阿舒在追求生产队经济独立和集体利益的过程中的自我实现。阿舒过去并不关心这些,她沉浸在无忧无虑的青春期,不喜欢听悲惨的故事。教科书上写的与中国现代化事业密切相关的近代史并不为她深入理解。村党支部书记关心的是成绩、荣誉和不同生产队之间的竞争，而阿舒只关心个人的满足，一辆新自行车和一个好看的外表。只有当她参加会议并与其他生产队的成员见面时，她才开始意识到，集体成就不是抽象的或看不见的东西。这种成就体现在妇女所表现出来的女性气质中，体现在公社成员的自豪感中，体现在一个可以被识别和欣赏的队名中。相比之下，阿舒认为她自己的大队依赖其他生产队的食物是羞愧的。她开始知道"活得像一条龙"意味着什么。村党支部书记所说的"龙"和"虫"其实是有关"进步/落后"和"荣誉/耻辱"来动员人们积极参与社会主义建设的话语。但对阿舒来说，她对"龙一样"的生活方式的追求，不仅仅是被国家在更大的社会利益方面的号召所刺激，也不仅仅是被成功的生产队头衔中所蕴含的象征意义所吸引。她见证了易河大队中个人与集体的互利关系：集体享有经济上的独立和成就，而个体成员则获得物质上的满足和成就感。阿舒积极为大队解决基肥问题，她在履行公共角色时获得了更强烈的成就感。文本对阿舒内心变化的描述强调了她把对个人利益（一辆新自行车、一件好衣服）的渴望和追求转化为对集体利益的追求，而个人利益是集体利益中不可或缺的一部分。在小说中，个人幸福的实现被想象为与整个公共利益的实现相结合。作者努力将妇女写进国家建设的社会主义事业中，虽然对妇女与社会关系的表述有一些理想主义的成分，但小说极大地肯定了妇女在社会主义社会中的合法地位和正当利益。

《里程》讲述了中年妇女王三娘在女儿阿贞的影响下，学会了关心公共事业和福利的故事。三娘为公社开了一家茶馆,每月从公社领取 12 元钱。阿贞是他们公社第四生产队(负责蔬菜)的组长。故事开始时,三娘听说蔬菜站要高价收购新黄瓜。她想让女儿尽快组织队员到她的队里去取黄瓜。阿贞以前经常责怪母亲不关心集体事业。近两三年来,三娘开始关心公共事务,特别是女儿生产队的事务。三娘和她女儿之间的关系"比一般的母女复杂得多,微妙得多"。三娘是一个坚强的单身母亲,在丰桥村经营一个小茶摊,独立抚养一女一子。她的女儿阿贞嫁给了一个贫农后,日子过得比母亲更艰难。三娘总是抱怨她的女儿不会过日子。她省吃俭用努力接济女儿。"阿贞很感激母亲;但在很多见解上,又不大买母亲的账,特别是在解放以后,两个人一谈就崩。"

1952 年,阿贞带领几个贫雇农搞合作化更辛苦了。三娘帮助她的女儿照看孩子。她反复向阿贞传授她的"人生哲学":"鸟看见一根树枝,也知道往自己窝里衔,何况于人。自己的肚子,只有自己知道是饥是饱,别人是不会为你打算的。"她反复向阿贞讲述自己作为一个寡妇带着两个孩子在丰桥村谋生的艰辛经历,希望阿贞能从她的经验中学习。但阿贞并不认同母亲的观点,她说:"我为大家的事忙,也是为了自己,为了你。"三娘对女儿的态度很不满意。但最近两年,她开始认为女儿比她"高明"。在旧社会独自奋斗的十年让她尝尽艰辛,她"学会了勇敢的面对生活,但也学会了一些钻营的本领"。她自己搭建浮桥收过桥费为女儿攒钱买新棉袄,被阿贞称为"剥削得来"。三娘想了想,接受了这个判断。两年后,三娘因为无法独自耕种她的土地,所以也加入了合作社。她从富农那里收集了一些闲置的牛绳，卖给合作社。阿贞卖掉自己的棉袄来给合作社买绳子，让三娘非常羞愧。三娘得知阿贞在暴雨中组织农民帮助其他生产队收割麦子，不能为自己的生产队捡拾黄瓜。她号召大家到菜园子里集合，去捡黄瓜。在去菜园的路上，他们过了桥。三娘又看到了她带到河边的那块大石头。她觉得很别扭。在园子里，三娘在摘黄瓜的时候，听到远处传来收麦子的比赛哨声。她似乎看到一面红旗在远处散发着光芒。这道光让她想起了阿贞在洪水泛滥的深夜里监视堤坝时拿的那盏夜灯。她对这道光感到不安。最终，她决定加入更紧迫的麦田收割工作，而不是为了更高的价格去采摘蔬菜。她对别人的嘲笑回应说，她改变主意不是为了自己，"我们是为了小麦，为了……为了社会主义"。

这篇小说是盛英认为的讴歌妇女进步作品的一个例子，它表现了女主人公三娘如何从爱她的女儿和她女儿领导的团队转变为爱整个农村公共事业并为之奉献。[29] 文中表现了三娘的自私自利，但同时也描绘了这种个性具体形成的环境。三娘从她过去的流浪和苦难经历中形成了她自力更生、以自我为中心的"人生哲学"。作为一个有两个孩子的寡妇，她在自食其力的经历中发现"勇敢"和"钻营"是一个贫困妇女最重要的谋生手段。小说对三娘的生活方式和思维方式表达了理解，颂扬了她作为一个贫穷的单身母亲的自立、勇气和能力。在表现她过去的艰苦生活时，叙述者有一种同情的语气，而不

29　盛英：《二十世纪中国女性文学史》上卷，天津：天津人民出版社，1995年，第595—596页。

是嘲讽或批评。作品还表现了三娘的母爱,她有意帮助和照顾她的女儿。三娘收取"过桥费"的目的主要是给阿贞买一件新棉袄。小说没有完全否定三娘对个人利益的追求,也没有用"落后"这种话语否认她过去的思维方式。小说最重要的地方在于,三娘的转变并没有被再现为一个突然的转折或过去与现在的强烈对比,而是基于一种一以贯之的母亲的情感。

小说对三娘心理转变的微妙过程做了现实主义的描写。她可以忍受别人对她追求私人利益的犀利眼光,但她对女儿的拒绝却深感沮丧和受伤。只有当她被自己的女儿指责为"剥削"时,她才开始反思自己的观念。当她得知,与合作社的集体事业相比,一件新棉袄对阿贞来说毫无意义时,她感到非常惊讶。阿贞告诉母亲,她为公共事业所做的工作是一种新的共同生产和共同享有的关系,与剥削和压迫不同。她推动母亲想象新社会中一种新的互助互利的人际关系,与不顾公共利益的自我实现形成鲜明对比。三娘开始思考她作为一个贫农的个体与"集体"的关系。她一个人种地很困难,所以她加入了合作社。她为公社经营茶馆,每月领取固定工资。她的大部分家具是在土地改革后分配给她的。她现在的富足生活并非全靠自己获得的,而是从农村的公共生产和运动中获益良多。这些细节解释了阿贞献身于更大的集体事业的动机。她说努力工作是为了所有人,包括她自己和母亲。三娘受女儿的影响,将自己在一个新社会中重新定位。在阿贞拒绝了新棉袄后,三娘被迫去思考为什么她以这种方式表达的母爱不再有效了。对她来说,"社会主义"将是和她的女儿站在一起,致力于解决社区中最紧迫的公共问题。这也是她女儿追求的超越个人舒适的东西。三娘在公共领域的参与也给她带来了更多的信心和力量，对集体关系有了新的认识。三娘没有被简单或刻板地表现为从"落后"到"进步"的典范，而是作为一个有能力、有思想、有想法的母亲，通过她爱的女儿反思自己，并试图成为像她一样的积极的社会主体。她过去以自我为中心的做法并没有被简单地鄙视为"落后"，她现在的"进步"也没有被教条地表述。小说努力将三娘的集体身份的建构置于具体的社会环境中。三娘没有被再现为将自己的利益屈从于公共利益，而是看到个体与集体之间的复杂关系。

1978 年，茹志鹃在重新出版的《百合花》的后记中写到了她对"共产主义"的看法。她写道，"早已站起来了的中国人民，还要壮大富强起来，也只有壮大富强了的人民，才能永远屹立，才能建设共产主义。否则，共产主义就永远处在地平线上，若隐若现，可望而不可及，等于一句空话"[30]。虽然这个想法是茹志鹃在 1978 年表达的，但它揭示了她对"共产主义"的理解是体现在人民的力量和财富上。在这两篇小说中，茹志鹃再现了两位女主人公对"社会主义"意义的理解。它是一种要求她们超越自我的东西，但也被设想为能够带来可见的具体利益。茹志鹃试图通过女性的性别经验来调解关于社会主义建设的叙述，并将女性写进社会主义事业。这两个文本在妇女利益和公共利益、妇女解放和社会解放、女性自我实现和社会成就之间提供了一种想象中的和谐而密切的关系。这类小说不能被简单否定为对官方话语的简单复制。第三世界国

30　茹志鹃：《后记》，《百合花》，北京：人民文学出版社，2000 年，第 289 页。

家的妇女运动是在现代化的社会中进行的,妇女条件的改善取决于整个国家和经济的发展。在这两部小说中,妇女的解放和福利被认为是在社会主义建设和经济发展的过程中实现的。尽管这种和谐的关系在某种程度上是以理想主义的方式表现出来的,但它还是为"社会主义现代性"提供了一种性别视角,以上这两部代表性作品都是很好的例证。

第三节 "同志"认同与女性主义言说

社会主义实践和男女平等的话语曾强有力地塑造了众多受过教育的城市妇女的主体性。这种两性平等与社会性别中性的国家话语,对超越男女二元对立的主/客思维模式,对冲破社会性别的本质主义认识有着巨大的作用。这在众多女性学者的自传性叙述中体现出来。学者陈晓梅认为,"文革"期间的"男性化的女性和女性化的男性之间的雌雄同体扮演"创造出了一个暧昧的空间,这个空间给了在她性别成长的过程中以平衡和自由的感觉。[31] 杨瑞(Rae Yang)在她的回忆录《吃蜘蛛的人》(*Spider Eaters*)里也表达了一种跟陈晓梅相似的经历,就是红卫兵的简单的制服给了她一种不受性别外表干扰的作为一个政治主体的自我的感觉;这些灰色和绿色和衣服的简单线条,对她来说并非一种对自然的女性气质的限制,反

---

31 Chen, Xiaomei. "Growing Up with Posters in the Mao Era". *Picturing Power in the People's Republic of China : Posters of the Cultural Revolution*. Eds. Harriet Evans and Stephanie Donald. Lanham: Rowman & Littlefield, 1999, p. 123.

而是给予了作为舞台演员的她一种跟其他同龄的男性女性平等的自信。在这些例子中，"'社会主义女性（妇女）'既非去女性化的实体也不是平等主义的革命规范中驯良的主体"[32]。在《我们的一部分：毛泽东时代成长起来的中国妇女》一书中，王政在她的回忆性文章《叫我"青年"，而不是"妇女"：对一个毛时代青年的回顾》中提到，作为一个受教育的城市女性，当"妇女"这词常常被等同于"家庭妇女"而被赋予传统的贤妻良母的屈从的性别角色时，社会主义国家话语中"青年"这个称呼和将"青年"等同于"改变社会的主人翁和社会主义事业的建设者"的内涵深深影响了城市女性的自我性别认同，对家庭妇女角色的拒斥也一定程度上协助了这些以"青年"做自我认同的女性对传统父权制下社会性别规范的对抗。对平等的社会主义建设者的认同，在一定程度上冲击了城市女性生活空间的次文化里传统性别规范，为社会主义女性的个人发展和对社会性别界限的跨越提供了动力。当然，这一时期的象征体系特别是文学、电影作品里，"青年""青春"的意义生产有"纯洁""贞洁""美好无暇"的内涵而有可能导致父权的复制和再现。[33] 但是，对社会主义女性来说，中性的"社会主义新人"的国家话语有其积极的意义，因为性别中性的话语给女性提供了一个相对自由的成长空间和机遇。

---

[32] Evans, Harriet. "The Impossibility of Gender in Narratives of China's Modernity." *Radical Philosophy* 146(2007)：27－39.

[33] 相关论述可见：Zhong, Xueping. "Long Live Youth and the Ironies of Youth and Gender in Chinese Films of the 1950s and 1960s." *Modern Chinese Literature and Culture* 11.2(1999)：150－185.

和"青年"这个时代称谓一样,"同志"也是革命话语和社会主义建设话语体系中的一个重要的身份认同,而且"同志关系"也是这一时期界定男女恋爱和婚姻标准的一个重要概念。在国家话语中,基于互相尊重、互相帮助的配偶之间的平等关系,也受到了"同志"这个新型关系指认的鼓励。"同志"也是一个社会性别中性的词语,可以指示男性或女性;配偶中的每一方都是这种同志关系中另一方的平等的伴侣,而且,这种平等的同志关系同时存在于私人空间和公共空间中。这个新的概念将性别平等的国家话语注入了婚姻关系中,对社会主义个体而言,它促使婚姻关系中的一方在心理上将自己的伴侣认同为抽象的"同志"而非传统意义上具有明确性别身份的夫妻。当然,私人领域里新型的同志关系被延伸为对新的社会主义婚姻家庭伦理价值的提倡,家庭被倡导成为建设社会主义事业的基本单位,社会主义公民被要求同时担当起对配偶、子女、家庭和整个社会的责任。通过这种方式,家庭和社会被紧密联结起来,私人生活被导向为公共事业做贡献。但是,当官方话语被内化到女性自我的社会角色和性别角色选择的过程中时,它对于妇女主体的建构也起了一定的作用。"同志之谊"的话语为社会主义女性超越二元对立的男女性别界定提供了资源,为新的主体性建构提供了基础。韦君宜二十世纪五十年代的小说《女人》[34]可以被看作一个范例。

《女人》中的主人公林云的丈夫宋诚是一个共产党的干部,宋诚及林云单位的领导要求她放弃自己的工作,调到丈夫

34　韦君宜:《女人》,《女人集》,成都:四川人民出版社,1980年,第228—249页。

的身边，专门照顾宋诚的生活。但是旁人的劝说、丈夫的不满都没有使林云放弃坚守自己工作岗位的想法，她始终对自己的工作岗位和作为一个女性参与社会公共事业保持着肯定和坚守。文本中显在的对父权制的批判体现为男性社会权威不尊重女性个人意志、代理女性的人生选择。官方权威对个体意志和选择的剥夺以及个人的反抗是这篇小说的叙述主线，很多研究者也就是从这一点上赞扬女主人公林云强烈的独立意识和自我意识。但是同时，小说也存在一个关于"怎样的女性角色、两性和婚姻关系最合理"的讨论。"十七年"女性文学的研究者常常批评这一时期的女性创作"女性意识"淡漠，例如有研究者提出："社会伦理秩序要求女作家在描写生活时将自己看作战士、革命者，而不是女性，任何在承认性别差异的前提下，对女性问题的提出与探讨，都无异于一种政治及文化上的反动。社会主义主流意识形态所推崇的'男女都一样'的无性差观念抹杀了女性性别意识，它要求女性完全向男性看齐，女性向男性的趋同成为男女平等实现的基础，其实质仍然是主流社会对女性的鄙视。女性不能正视自我性别，不能关注女性自身的成长，为自己是一个女人而羞愧，则反映出女性心灵深处对自身性别的自卑与回避。"[35]那么，林云这种对工作的要求是不是一种以男性标准要求自己，不承认性别差异，对"自身性别"的"真实状况"予以回避呢？

　　这一时期对于"性别差异"的认识体现为性别的社会分

　　35　谢纳：《"十七年"女性文学的伦理学思考》，《辽宁大学学报（哲学社会科学版）》33.2（2005）：35—39。

工,即女性既被要求参加社会工作,又被认定需要做家务劳动。这种基于社会性别的分工即传统性别规范的存留,又与二十世纪五十年代流行的囿于科学主义的恒定生理差异的社会性别话语有关,并且始终是被自然化。[36] 小说中的主人公林云也面对着这种性别分工给她带来的巨大负荷,叙述者从丈夫宋诚的视角看去:"结婚不到一年她就生了第一个孩子,第一个还不会走又是第二个,一连生了四个。那时候,山沟里条件不高,她就是工作一阵又停顿一阵:小孩找到托儿所了,她就工作一些时日,又生下小的了,就又停止工作。孩子大一些,有公务员可以帮忙了,又带着孩子工作一时期。同时又要照顾宋诚的生活,替他纳鞋底,补衣服,在孩子扰乱他工作的时候把孩子哄出去。这样干干歇歇就上十年。那时这样情形的当然不止她一个人,有的女同志常抱怨,抱怨归抱怨,工作可总也不可能做得太多。反正只要能工作,总在工作着。"对于这种负担,林云却并不介意,她要求工作的理由是:"自己确确实实不愿意调,因为自己并不觉得太累;因为自己愿意工作,愿意像别人一样。""我一定不来(指调动),我要像别人一样工作。""太清闲了不会有快乐,只能带来痛苦。"在林云的语言中,她始终要求跟"别人"一样,这个"别人"显然既包括男人也包括女人。她反驳持"女人真不如男人"论的马素:"是个女

36　相关论述可见:Evans, Harriet. *Women and Sexuality in China: Dominant Discourses of Female Sexuality and Gender Since* 1949, London: Blackwell, 1997; Jacka, Tamara. *Women's Work in Rural China: Change and Continuity in an Era of Reform.* Cambridge: Cambridge University Press, 1997; Jacka, Tamara. *Rural Women in Urban China: Gender, Migration, and Social Change,* Armonk. N. Y.: M. E. Sharpe, 2005.

人，就认输了吗？"她更排斥持"女人不行"论的母亲，曾赌誓："反正我是死也不能再回到你这条路上来了！"可以说，林云是拒绝这种生理性别差异论的，她对于妇女"能做男人所能做的一切"的政治话语是认同的。那么，林云对女性问题是回避的吗？她的"女性意识"是淡漠的吗？让我们看一下小说中对于"怎样的女性角色、两性和婚姻关系最合理"的讨论吧，观点的一方是宋诚和马素，另一方则是林云。丈夫宋诚显然意识到了双重的劳动给妻子带来的巨大压力，从他的视角看去："一把她和马素比起来，他就觉得见人都不好意思。这是自己多年同甘共苦的老婆啊！不是旁人，为什么不应该照顾照顾她，使她幸福呢？""到如今宋诚每抬头看见她眼角上的皱纹，想起她这样消磨了的青春，就觉得自己像对她欠了债似的，应该报偿。现在自己已经有了条件来照顾她、调动她、减轻她的疲劳了，他觉得她应该理解这点。"宋诚更认同那种男女生理差异的理论，认为女性在情感和性上都依赖于作为主动者的男性，但是"照顾"一说和他对林云个人选择的无视明显将丈夫/妻子的社会性别角色归于主动/被动、决定者/服从者的二元关系，这是一种男权意识的体现。这种男权观念在承认两性生理差异的基础上也对"女性角色、两性和婚姻关系"做出了相应的规约。

同样，接受了工作调离的马素在承认女人在身体和精力上较男性弱势的时候，更对这种"弱势"做了本质主义的言说："女人，到底是女人啊！""比不了啊！……谁叫咱们是个女人来？"比起来林云，马素可以说是更具有"女性性别意识"的，她注重衣着打扮，并向一切被指为布尔乔亚的"女性气质"看齐：

"凭什么这样？你真要叫她们那些资本家、商人、小市民的女人们笑咱们是土包子呀？我就最不信服这一条！见过世面比她们少？为什么要自认不如人啊？我倒要让她们看看，开风气的到底是谁？"至此，研究者似乎可以在马素身上欣喜地看到一个拒斥"雄化"而保持"女性意识"，始终注重自身性别角色的特别形象，或者可以成为"五四文化革命之后艰难地浮出历史地表的性别，如今却失落了其确认、表达或质疑自己性别的权力与可能"[37]的一个反证。但是，马素紧接着表达："你得照管老宋一些，给他炖点汤，弄点什么。你自己也该注意收拾收拾自己——人慢慢老上来了，老宋虽然规矩，不小心些，还怕……"原来，她努力经营的女性气质，不过是为了将自身客体化为一个男性主体的"他者"，她已经又无意识地落入了社会性别等级的窠臼里，她对"怎样的女性角色、两性和婚姻关系最合理"的观点是遵从本质主义的男/女、主/客二分对立的逻辑的。

而在这场讨论中，林云的主体立场是通过两次重要的表达体现出来的。林云说的"我不一定是娜拉，你倒有点像海尔茂"其实是对宋诚和马素立场的指认：一个是将妻子从属于自己的"海尔茂"，另一个则是甘愿成为这种从属的"玩偶"。正是他们那种本质主义的男/女、主/客、主动/被动、决定者/服从者二分对立性别观念，会让女性落入"弱势""顾家"的传统女性气质规定和"从属""恭顺"的女性性别角色的窠臼里，可见，受"五四"启蒙主义影响的独立人格意识是林云所继承下

---

37 戴锦华：《不可见的女性：当代中国电影中的女性与女性的电影》，《当代电影》6(1994)：37—45。

来的。但这并没有构成她主体性的全部。作者韦君宜曾经在《关于〈女人〉》中说："当然，一个妇女应当像男子一样的能独立，有事业心、有理想，这也是写此篇时想到过的，但并不是主要的。主要问题不在于男与女的区别，而在于不同的思想和情操。"[38]作者显然已经承认了"女性独立意识"在主体建构中的作用，但同时，她强调的却是一种超越男女区别的"思想和情操"，那么这种特别的东西是什么呢？林云以这样的表达进行了自己的抗争："希望领导上不要把我当作一个负责干部的老婆，而当我作同志……"

原来，对林云来说，形成她主体立场的最重要的社会性别话语反而是一个去性别化，或者说性别中立的指示社会主义新的人际关系的"同志"这个概念。同时，她赞同的女性角色其实是一种脱离了主客二元分立思维的、跟男性平等的"女同志"，她拥护的合理的两性婚姻关系也是基于这种"同志之爱"的，这构成了作者眼中的"情操"高下之分。"她没想事情会闹成这样。原是想谈自己调动工作的问题，怎么会扯到爱情和夫妇生活上来了？难道自己是因为不爱他了才不愿意调到他身边来！……自己的话是说得尖刻了一点，宋诚不是海尔茂，他是从少年时就一同走革命道路的爱人，是在共同的前进步伐里把心结合在一起的。可是，假如共同点慢慢在日常的尘雾里暗淡了下去，爱还行，而了解却少了，这没有了解的爱能够永远巩固下去吗？这样的情形应当改变！一定要改变，不

---

38 韦君宜：《关于〈女人〉》，《中国女作家小说选（上）》，尤敏、屈毓秀编，南京：江苏人民出版社，1981 年，第 362 页。

论明天会闹出什么新问题。"当宋诚把爱情和合理的夫妻关系建立在二元主客性别论上时,林云却因为采纳了"同志关系"这种主体立场而抛却了两性关系中明确的性别身份,这为打破传统的性别界限,为一种脱离本质主义的去性别化的性别主体的建立创造了空间。对国家话语(两性平等、同志关系)的认同参与到了女性主体的话语建构的过程中,这种去性别化的性别主体(林云)反而获得了一种对抗男权立场的性别话语(宋诚/马素)的力量。在对林云主体立场的剖析中,我们还要看到这种新型的同志式的性别立场和两性关系跟"五四"时代启蒙主义人道主义思想资源的内在联系。"五四"时期所接受的西方人文主义思想资源本身可以说是建立在其内在二元论基础上以男性为中心的,因此,当"五四"男性知识分子们努力将女性们纳入其"立人",建立现代独立人格的过程中时,并没能注意到删除这种两性权力关系的不平等。于是,"在中国五四启蒙语境中'成为一个人'其实是成为一个具有一切现代价值的'男人'。从这一视角来看,当代的中国女性并没有被建构成为男性的'他者',而是被号召成为跟男性的等同者"[39]。这样,当深受"五四"启蒙主义影响的女性知识分子如韦君宜,在"独立人格"话语立场上接受建国后国家话语中"男女平等""男女都一样""同志关系"的宣传时,会发现两者同样有利于突破本质主义的二元论的屏障,有助于脱离女性自身的"客体""他者"地位,促成她们面对性别不平等形成自身的能动

---

[39] Wang, Zheng. *Women in the Chinese Enlightment*. Berkeley and Los Angeles: University of California Press, 1999, p. 19.

性。而在《女人》这部小说里，林云的对立面宋诚和马素其实还是一种主客二分对立的立场，马素其实是一个放弃了经济独立和精神自立，又回归了家庭的"娜拉"。而当林云重新指认男性"海尔茂"的角色，再次认可需要出走的"娜拉"的立场，并且加上对"同志"国家话语立场认同时，她恰恰彰显了反抗女性被客体化的能动性。

深入剖析国家话语与妇女主体塑造之间的复杂关系，可以帮助我们深入解析中国妇女解放运动的历史中很多复杂的现象。钟雪萍在《错置的焦虑》一文这样说：

> 在所谓"自上而下"的妇女解放中形成的女性的独立向上的精神，遭到简单笼统的否认，被看作"雄性化"而遭到了丑化。……事实上，只要仔细观察一下比如说，概念笼统的所谓"国家意识形态"，在妇女解放运动中，在提高妇女个人的自我意识和觉悟上，其实是起了很大作用的。而那种"中国式"的提倡男女平等和提高女性的自我意识的行动，也无法简单地用"自下而上"或是"自上而下"去界定。如果武断地将其认定为"自上而下"，因而不予肯定或充分认识的话，那就不仅抹杀了中国妇女解放运动在提高女性觉悟上所取得的成就，同时也否认了妇女的觉悟在很大程度上得以提高这一事实，以及提高了觉悟的妇女本身的主观能动性。再比如，妇女解放、男女平等以及各类相关的具体政策，是不是因为与"国家意识形态"相牵连，就无论其历史效果如何，均应

一概予以否定？国家意识形态与其他意识形态的
关系是什么？在特定的历史条件下互相的作用是
什么？对妇女解放所起的作用是什么？这些其实
都是值得进一步研究的问题。与西方马克思主义
和其他批评流派相呼应的是，西方女性主义的意识
形态理论早已指出，意识形态不仅表现在国家机器
和政府的宣传中，更表现在社会和人们的日常生活
中，只是意识形态作用于后者这一情况，往往不为
人察觉。依据这种观念，简单地把国家和社会对立
起来，把国家与个人对立起来，是无法真正认识意
识形态的作用的，也无法真正认识个人与它的
关系。[40]

通过细读《女人》这篇女性作家探讨女性性别角色和两性
关系合理状态的小说，我们可以在深入探究国家的话语对妇
女主体建构的影响和作用之时，进一步认识到并没有普遍的
本质的"人"和"妇女"，有的只是具有差异性的和在多种情境
下形成的复杂的、多重的、甚至流动的社会身份及其认同，而
这些都是多种社会话语共同建构的结果。同时，不同女性会
形成关于性别的身份、分工、气质等方面的并非统一的认同、
疏离甚至反叛的立场。二十世纪五十至七十年代间，个人所
经历的社会性别可能性，相应的性别主体认同和个人的能动
性的情况是多元复杂的，为了避免将妇女受压迫的经历和原

40　钟雪萍：《错置的焦虑》，《读书》4(2003)：51—52。

因做单一的理解，避免把妇女的受压迫普遍化或将妇女看作普遍受到相同的性别压迫，这都需要我们对丰富复杂的妇女生活状况特别是它与中国国家话语的关系做历史语境化、情境化和具体化的探讨和处理，本节对女作家韦君宜的小说《女人》的细读就是这样一次试验性的分析。

本章研究了"十七年"时期由女作家创作的、为妇女与社会主义的关系提供了性别视角的作品，主要探讨了这些文本中表达出的对公共和家庭劳动的看法，社会主义建设过程中集体身份的形成，以及"十七年"女性文学实践中所揭示的妇女在新社会中对性别不平等逻辑的性别抗争。首先，就公共劳动与妇女解放之间的关系而言，第一节第一部分里的三部小说再现了公共劳动如何为妇女提供了一种手段，使她们既能获得经济独立，又能在自己的家庭中挑战性别歧视和男性统治的立场。它们并不是对官方只颂扬妇女参与劳动力和国家建设"妇女解放"言论的简单复制，这些作品更多关注一种如何在劳动过程中获得的自我实现和对不平等的性别权力关系的抗争，并强调了妇女在改变自身处境和改变家庭中的性别关系方面的主动性。其次，关于妇女的集体身份和"社会主义"对妇女个人的意义，茹志鹃的两篇小说描述了两位女主人公逐渐形成的集体身份，而没有淡化她们的性别个性和个人利益。在小说中，个人福祉的实现被想象为与整个公共利益的实现相结合。茹志鹃通过展示妇女在历史背景下的性别化经验，阐明了集体福祉对于妇女发展的必要性。这两个文本在妇女利益和公共利益之间、在妇女解放和社会解放之间、在女性自我实现和社会成就之间提供了一种想象中的和谐和密切的关系。尽管这种和谐是以一种理想主义的方式表现出来的,但它还是肯定了"社会主义现代性"的性别的维度。最后,本章研究了韦君宜的小说《女人》,讨论其中女性认同和性别斗争的文学表达。它挑战了社会主义秩序中持续存在的性别不平等的观念和逻辑。作者以一个批判性的"五四"文化文本作为参照,挪用了自由主义女性主义关于女性"独立人格"的论述来建构主体性,还采用了"同志"这种新社会主义话语和修辞,对性别的二元划分和女性的他者地位提出质疑。

从所有这些文本中可以看出,这里所再现的"妇女解放"并不是指随着新的社会主义政权的建立而已经实现的社会现实,而是指向在支持性的社会环境中希望建构的物质和文化条件,更多的是关于妇女如何为了自己的利益而挪用已有的社会话语和修辞,而不是仅仅重复官方语言或政府的政策宣传。这是一个动态的过程,妇女可以逐渐发展她们自己的主观意识,可以将自我解放与更广泛领域的社会解放相结合。它还指妇女追求自身权力和利益的过程,虽然这与社会义务和政治承诺密不可分。这些妇女写作不是简单的"男女平等"国家政策的宣传,它们积极揭露了各种性别歧视和不平等的现实,呼吁妇女通过自我赋权和自我解放进行积极反抗。在这些对中国妇女性别化的"解放"经验的阐述中,自我实现被认为是建构妇女主体性最重要的环节。在这些文学实践中,妇女被视为社会和政治主体,以及反对各种性别歧视和不平等的变革的推动者,而不是任何国家救援或帮助的被动受益者。同时,不同的社会主义官方话语如"社会主义""同志"等都被这些作者策略性地用于突出妇女利益和性别平等的意识。这些话语有助于从妇女角度建构社会主义妇女身份的有力定义。女作家对这些官方话语的重新阐释和重新定位,形成了她们自己的妇女解放语言,显示了她们在社会主义女性主义文学实践中的能动性。

第七章 "十七年"话剧文学
中的妇女解放

第一节 "十七年"话剧文学
中的性别话语研究

1949—1966"十七年"间的话剧文学是二十世纪中国戏剧文学的重要组成部分,其特点是作品和创作者数量多,时政性强,影响大。田汉在《建国十年文学创作选:戏剧》序言中提到,"这十年来,全国各地所创作的独幕剧本仅据《剧本》月刊统计,平均每年收到的小型剧本就有五六千之多……戏剧创作队伍空前壮大,据不完全的统计,目前专业戏剧创作干部约有五六百人……目下,全国工农业余剧团估计为二十八万三千个……",而其中"配合宣传婚姻法……的剧本《妇女代表》

《赵小兰》等，就曾经被全国数十万个业余剧团和大部分专业剧团广泛上演，并被移植、改编为很多地方戏曲，也被改编为电影剧本"[1]。

但是比起来其他时期的话剧文学，除了老舍、田汉的个别作品和"百花"时期的几个"第四类剧本"，二十世纪八十年代以来对"十七年"话剧文学的总体评价较低。这种文艺评论又往往和社会主义时期文化实践的整体评价密切相关。中西学界在八十年代之后对于中国社会主义实践"反现代性""归于失败"等负面评价深刻影响了对社会主义种种文化成果，包括话剧的评价。有研究者认为在 1949 年之后，"在阶级斗争、社会主义的旗号下渐渐割断了现代性一线，'真实性'与'人的戏剧'遭到贬斥"[2]；有研究者认为在新的国家意识形态的规约下，贯穿"十七年"始终的是"启蒙理性和现代意识从淡化到消解的变化过程，是戏剧在走向现代的征途上，以人为本的现代性诉求逐渐被以阶级斗争为主的政治理念压制的过程"[3]。除了老舍、田汉的个别剧本和百花时期的几个"第四类剧本"被认为"保留了现代性的内涵"，"十七年"时期的其他戏剧作品被认为是国家政治意识形态的反映和图解，"人的主体精神和独立个性的淡化以至消失"[4]，而更有学者直接断定"十七年"作品的"反现代性""突出地表现在反主体性、反

1　田汉：《建国十年文学创作选：戏剧》，北京：中国青年出版社，1961 年，第 1、3 页。

2　董健：《中国当代戏剧史稿》，北京：中国戏剧出版社，2008 年，第 4 页。

3　申燕：《十七年"社会主义戏剧"的发展阶段和历史特征》，《西南民族大学学报（人文社科版）》33.9（2012）：196。

4　申燕：《新生国家的形象抒写——十七年"社会主义戏剧"颂歌模式研究》，《戏剧（中央戏剧学院学报）》3（2012）：6。

理性、反个性、反人性"[5]。这种包含了对"现代性""主体性""国家政治意识形态"等概念的自由主义和本质主义理解的自由主义人文主义话语成为二十世纪八十年代以来戏剧研究中的主流话语。

有的研究肯定了"十七年"时期的话剧深入描写社会底层人民生活的价值,也肯定了一些作品对生活中的一些落后意识(如男尊女卑等)和不良作风(如官僚主义)的批判的意义,但认为这些作品是对建国之前的"平等、自由、个性等现代意识",对"'五四'以来的理性主义和批评精神"[6]的继承;并将《布谷鸟又叫了》等"第四种剧本"看作"五四"时期的"'易卜生主义'在'社会主义'时期的曲折表现"[7]。这样一种对于戏剧话语的分析是非历史的,将戏剧作品与其产生的具体历史、社会和文化语境分离,与当时复杂的政治和社会话语割裂开来。反封建的社会话语的确在"五四"时期形成一个高潮,但是反封建、反旧道德、反官僚主义等也是社会主义话语中的有机组成部分。

对"十七年"话剧作品中妇女形象和主题的现有研究也有着数量少、评价低的类似问题,它们将对相关戏剧作品的评价与对中国社会主义妇女解放运动的消极评价关联起来。而自由主义人文主义话语也成为二十世纪八十年代以来戏剧研究

---

5 阮南燕:《"十七年"教育剧:反现代的"现代戏"》,《中国现代文学论丛》1(2014):74。

6 申燕:《十七年"社会主义戏剧"的发展阶段和历史特征》,《西南民族大学学报(人文社科版)》33.9(2012):198。

7 董健:《中国当代戏剧史稿》,北京:中国戏剧出版社,2008年,第4页。

中的主流话语。这其中包括对于社会主义国家话语、"性别意识/自我意识""女性主体性"等概念的自由主义和本质主义的理解。"十七年"话剧中的性别议题被认为是"将女性的要求与一个关乎社会意识与国家建设的宏伟目标完全重叠在一起。……女性解放总在人的解放的时代总主题遮蔽下被忽略"。"女性性别意识即使没有消失在戏剧舞台,也已被置于社会、阶级等一系列国家意识形态建设需要的范畴内。"[8] "十七年"间女话剧作家们的作品被认为"与'娜拉'型女剧作者不同,缺乏明显的个性解放思想、自我意识及批判精神。在剧作中,她们过多地表现出对政治权威的自觉依附和屈从",而她们作品中的女性角色被认为是"从血缘父亲的女儿到党的女儿,女性在假想的性别平等中向新崛起的男性权威靠拢,迷失了性别属性,在崇高的口号指引下,始终未逃离男权社会的陷阱"[9]。女剧作家的性别意识和她们笔下女性角色的"性别属性"都被看作缺失的或依附的。

如前面两章所述,这种对"十七年"话剧作品的主流评判皆出于新启蒙式的自由主义话语,对于社会主义时期的"国家意识形态""国家话语"有着本质主义的理解,将其视为铁板一块的、从不变化的、控制一切的党的意识形态;将"主体性"或"人的主体意识"理解为有一个先在的、不受外在社会机制影响的,始终与外在意识形态/话语相对立、对抗的完全自治的

8　潘超青:《中国女性剧作主体性与悲剧审美的生成》,《厦门大学学报(哲学社会科学版)》2(2010):125—126。

9　苏琼:《性别的间离过程:"十七年"女性戏剧研究》,《戏剧艺术》3(2006):58—61。

主体,无论是"国家话语"概念还是对抗这种话语的"主体性"的概念都是超出当时当地的具体历史语境的。而对"十七年"话剧文学中的性别和妇女议题的研究,也因为关联着对中国社会主义妇女解放运动的负面评价而有失公正。那种以"被解放""被收编"观点为代表的对社会主义性别话语的研究并没有考察不同妇女主体在社会主义妇女解放运动中的历史处境和具体经验,更没有发掘她们对官方话语的理解、接受、使用的动态和能动的过程。这种研究话语中"女性主体性""性别意识/自我意识"等概念直接继承了二十世纪八十年代以来妇女学和女性文学研究的主流话语。这种话语对"女性主体性"的理解也是基于自由主义的对纯粹的自治主体的想象,把以个体、性别、性本质为中心的身份认同看作真正合法性的妇女主体认同的核心,既忽视了阶级、族裔、地域、职业等其他身份认同对建构主体性的影响,更缺乏政治经济的视角。贺桂梅曾提醒研究者们把女性的问题"放置在每个历史时期的社会结构和制度场域里"来分析,因为"女性的问题从来就没有独立过,女性的主体性实践总是不能脱离特定历史时期所属社会阶层的属性",而且,"女性的主体性议题源自她们在社会结构中的非主体性处境。对这种非主体性的社会结构和处境的分析、批判与反抗,构成性别政治的基本内涵"[10]。因此对社会主义妇女"主体性"或文化文本中主体塑造的考察应该将其放在社会主义时期具体的社会结构和语境中。

10　贺桂梅:《三个女性形象与当代中国社会性别制度的变迁》,《中国现代文学研究丛刊》5(2017):65。

在对社会主义妇女解放运动和社会主义时期不同文化实践的关系的研究中，目前已经有很多成果重估社会主义女权主义、社会主义妇女主体性在不同文化实践中的表达，它们在考察历史中具体的性别话语和身份认同的形成和变化时，采纳了历史化、反本质主义的方法探讨社会运动、国家话语、妇女自身的叙事修辞与主体塑造之间的复杂关系。妇女解放主题是"十七年"话剧文学非常重要的主题，而目前无论是戏剧研究界还是性别研究界都没有对这一类作品做出深入的考察。因此，本章尝试对"十七年"话剧中再现妇女解放主题的作品与社会主义妇女解放运动和话语的关系做一个语境化、历史化的研究。这些话剧文本是怎样塑造"社会主义妇女主体性"或主人翁精神的？剧本中的妇女特别是工农妇女是怎样认识和具体实现妇女解放的？在这些话剧剧作者的创作手记中，他们所理解和运用的社会主义妇女解放话语具体是怎样的，与社会主义时期不同的政治、社会话语有何关系？几个重点讨论的话剧文本是孙芋的《妇女代表》、金剑的《赵小兰》、蓝光的《汾水长流》、舒慧的《黄花岭》、北京人民艺术剧院下厂小组集体创作的《夫妻之间》、陈桂珍的《家务事》和杨履方的《布谷鸟又叫了》。

第二节 "妇女解放"题材话剧
中的妇女主体塑造

"十七年"话剧特别是独幕剧贡献了大量妇女解放的典型

形象,如方珍珠(《方珍珠》)、张桂容(《妇女代表》)、赵小兰(《赵小兰》)、刘莲英(《刘莲英》)、杜红莲(《汾水长流》)、宋二嫂(《黄花岭》)、李双双(《李双双》)、杨依兰(《洞箫横吹》)、刘芳纹(《同甘共苦》)、童亚男(《布谷鸟又叫了》)、张大嫂等工人家属们(《夫妻之间》和《家务事》)等等。有研究者在考察二十世纪五十年代独幕话剧的突出成就时发现,其中有"一类是在恋爱、婚姻、家庭的框架内表现新时代妇女的觉醒与成长,虽然是婚恋家庭剧,但其意义决不限于婚恋家庭本身,常常是借婚恋家庭作为故事的载体,塑造新社会的妇女形象,讴歌社会的进步和新时代的新风尚"[11]。同一时期的其他戏剧作品如歌剧《小二黑结婚》,地方戏曲如吕剧《李二嫂改嫁》、评剧《小女婿》和《刘巧儿》也是再现新时代青年妇女争取婚姻自由斗争的影响力非常大的作品。

对妇女特别是工农妇女的关注和典型人物的塑造也是"十七年"话剧文学的重要贡献。戏剧家欧阳予倩在 1949 年时说:"以前的文艺,总是在知识分子的小圈子打转,现在已经扩展到广大的农民、士兵和工人间。领域扩大,新的读者和新的观众、听众增多,他们要求新的内容,新的表现方法,要求更深入的生活体验,要求普及,同时也要求提高;这正是伟大的新时代赋予文艺工作者的使命。"[12]对女工、女农民和职业妇女这些社会主义劳动妇女的主体塑造正是"十七年"文艺新的表

---

11 胡德才:《论 1950 年代独幕话剧创作潮》,《海南师范大学学报(社会科学版)》18.4(2005):31。

12 欧阳予倩:《在新民主主义的旗帜下团结起来》,《新民报》1949 年 7 月 2 日,第 17 页。

现内容,这些妇女如何实现解放和平等并成为新的社会主义主体是这些作品的核心主题。

有论者认为"十七年"话剧作品中描写的女性独立并获得自由、平等、民主的现代意识的思想是对"五四"自由主义话语的继承。[13] 但是相比"五四"时期出现的大批表现女性婚姻自主、个性自由的剧作如胡适的《终身大事》、白薇的《打出幽灵塔》等,"十七年"话剧文学的重要特点在于它是社会主义政治和文化话语的有机组成部分,是社会主义妇女解放观的具体体现。社会主义妇女解放内在于社会主义革命之中,与阶级解放密不可分,往往与土地改革、经济建设或农村合作化运动等结合在一起;妇女解放不仅是作为个体的身份认同,更是作为一种集体身份认同而表现出来的;在妇女自我的精神觉醒之外,对她们在政治和经济上争取独立自主的再现是这些文本的重要主题。

首先,妇女新的主人翁地位的确立有着一整套社会制度的保障,她们有了平等的法律地位和公民权,可以平等地参与国家政治生活和社会生产劳动。在"十七年"妇女解放主题的话剧剧本中,女主人公们新的主体意识来自对新的社会环境里平等、民主的社会身份的认同,她们对妇女解放的制度保障有着清醒的认识和信心,常在独白或者对白中表达这种新的政治意识。而其中"自由""权利"和"民主"等作为关键词,关联着妇女对自身境遇的分析和觉悟,如工作和参政的自主权、

13　申燕:《新生国家的形象抒写——十七年"社会主义戏剧"颂歌模式研究》,《戏剧(中央戏剧学院学报)》3(2012):11。

婚姻自主权、家庭内部的平等和民主等。1953 年首演的《妇女代表》描写建国初期农村青年妇女张桂容带头参加生产劳动和社会活动,有男尊女卑思想的婆婆和丈夫认为她挑战了丈夫权威,逼她辞掉妇女主任职位。而张桂容坚决维护自己的自主权利,她反驳婆婆"你是他的人"的论断:"谁是他的人!? 这是我的自由!"青年妇女翠兰也反对张桂容丈夫王江的专断,说这"就是侵犯我们妇女的权利"[14]。很多话剧女主人公都用"民主"一词表达家庭成员平等参与和决定家庭事务的权利。当王江最终认错并让张桂容当家时,张桂容却说自己并不是"想拔尖",而是希望"有事商量着办,讲讲民主"[15];1952 年首演的《夫妻之间》讲了一个劳模工人张德山从看不起做家庭妇女的妻子到转变了错误思想的故事。张大嫂坚定地与丈夫争论家务劳动的意义,"你不让我说啊? 在家里也得讲民主"[16]。在 1953 年《新中国妇女》重新发表这一剧本时,这里加了一句"人民政府底下,谁都有说话的份儿"[17]。在"十七年"的话剧剧本里,女主角们很多都有这种对于保障妇女解放的法律和制度的认识。有研究者在考察延安时期革命与家庭题材的文学作品时,发现很多文本都涉及革命是否能够改变传统的家庭权力结构的问题,在以不同方式探讨"'妇女解放'是否只能落在公共领域内却无法改变婚姻家庭生活内通行的

---

14 田汉:《建国十年文学创作选:戏剧》,北京:中国青年出版社,1961 年,第 84、89 页。

15 田汉:《建国十年文学创作选:戏剧》,北京:中国青年出版社,1961 年,第 96 页。

16 田汉:《建国十年文学创作选:戏剧》,北京:中国青年出版社,1961 年,第 48 页。

17 北京人民艺术剧院下厂组:《夫妻之间》(独幕喜剧),《新中国妇女》2(1953):35。

'男尊女卑'的传统法则"[18]。"十七年"妇女解放主题的很多话剧剧本涉及家庭内部的矛盾及其解决，特别是传统家长制在新社会受到的冲击和挑战。很多剧本都讲述了妇女被新的社会制度赋权而有明确的权利意识，去努力追求家庭内部的民主和平等的故事。有研究者评论《妇女代表》中张桂容形象的成功塑造："妇女只有走出家庭圈子，在政治、经济上取得独立自主，才能取得彻底的解放，建立家庭民主平等的新生活。"[19]

妇女实现婚姻自主是社会主义妇女解放最重要的内容，而反对包办婚姻、争取恋爱自由和婚姻自主也是"十七年"话剧作品最重要的主题之一。1950年首演的《赵小兰》描写农村妇女生产组长赵小兰和劳模周永刚反对封建包办买卖婚姻的故事。赵小兰反对关于妇女命运的"宿命论"，用新的"理儿"替代了旧的"理儿"，因为在新的社会中，妇女可以经济独立，她们的命运从此掌握在自己而不是别人手上。赵小兰对婚姻、职业、人生道路都有着强烈的自主意识。"共产党把咱们女人这条锁链砸开，叫咱开会、学习、生产，把咱妇女地位提高了。妈！咱们的命就在我爹一句话上吗？爹说我嫁给姓魏的我就嫁给姓魏的，这就是命吗？"她认为"结婚也得自愿两合，不自愿就得两离"[20]；1957年发表的《布谷鸟又叫了》讲突击队的姑娘童亚男摆脱自私自利的王必好的控制而选择自己

18　董丽敏：《延安经验：从"妇女主义"到"家庭统一战线"——兼论"革命中国"妇女解放理论的生成问题》，《妇女研究论丛》6(2016)：22。

19　高文升：《中国当代戏剧文学史》，南宁：广西人民出版社，1990年，第189页。

20　田汉：《建国十年文学创作选：戏剧》，北京：中国青年出版社，1961年，第20、22页。

的生活道路的故事。其中童亚男与石秀娥的对话肯定了新社会里一个妇女"当然""有权利挑选自己的幸福"[21]。而这一时期婚恋主题的话剧与"五四"或其他时期的文本不同之处在于社会主义青年的理想恋人和爱情关系与对社会主义的理想紧密联系在一起。崔德志的《刘莲英》是二十世纪五十年代描写工人爱情和工作生活的一部非常重要的独幕剧。细纱女工、党小组长刘莲英因为恋人张德玉改变了自私自利的态度,认同了集体利益的重要而加深了感情。剧作深入刻画了女主人公细腻的恋爱心理,并没有生硬的政治化话语,"将爱情与社会主义劳动竞赛中集体主义与个人主义的矛盾冲突结合起来描写,以突出新时代纺织女工的社会主义觉悟和集体主义精神,是该剧在戏剧结构和人物表现上的突出特点"[22]。《布谷鸟又叫了》中的童亚男与王必好分手的根本原因是王身上隐藏的封建思想和私有观念,而她和申小甲的感情是建立在共同的生活理想和劳动观念的基础上的。

除了婚姻自主权,"十七年"妇女解放主题的话剧特别强调妇女对于财产权的明确的认识。《妇女代表》中张桂容在冲突达到高潮时拿出地契维护自己的权益:"两张地照我有一张,三间房子有我一头,这是共产党和人民政府分给我的,我的地照我拿走,房子不住我拆了它!……我有两只手,怎么那么没有志气,赖在这儿!"[23]1955 年发表的剧本《黄花岭》中,贫

21　杨履方:《布谷鸟又叫了》,《剧本》1(1957):58。

22　胡德才:《论 1950 年代独幕话剧创作潮》,《海南师范大学学报(社会科学版)》18.4(2005):33。

23　田汉:《建国十年文学创作选:戏剧》,北京:中国青年出版社,1961 年,第 86 页。

农宋二嫂的兄嫂想用封建礼法去霸占宋二嫂的梨园并千方百计阻止她加入村里的合作社,而合作社的主任李洪奎带领社员帮助了宋二嫂抢收梨子。宋二嫂在认清兄嫂真面目和合作社的正确政策后觉醒了:"我愿意把鞋给热心为大伙儿办事的! 就是不给你个黑心贼! 财产是我的! ……你那篇理儿,不时兴啦! ……"[24]而改编自同名小说的关于农村合作社的话剧《汾水长流》(1963)中,青年团员杜红莲在反驳继父对她的包办婚姻时说:"我可没白吃你的饭,我在家里也没少动弹,不要说我还带了五亩地,你想算饭钱的话,我也要算算工钱呐。"[25]相比同时期的其他文学作品,妇女对土地、房子等财产所属权的清醒认识尤其表现在话剧文本里,并常常将戏剧冲突推向高潮,是对社会主义妇女主体意识的鲜明刻画。

其次,"十七年"妇女解放主题的话剧另一个重大贡献是对"劳动"与妇女解放、妇女主体意识之间关系的再现,这其中既包括妇女参与公共劳动与经济独立、家庭民主的关系,还有对家务劳动和"家属"的赋值,对自然化的性别分工的反思。

在马克思主义妇女解放理论中,"劳动"特别是参加社会生产劳动是妇女解放的先决条件。恩格斯在《家庭、私有制和国家的起源》中强调"妇女解放的第一个先决条件就是一切女性重新回到公共的劳动中去"[26]。1948 年在《中国共产党中央

24　田汉:《建国十年文学创作选·戏剧》,北京:中国青年出版社,1961 年,第 206 页。

25　蓝光:《汾水长流》,《剧本》10—11(1963):147。

26　恩格斯:《家庭、私有制和国家的起源》,北京:人民出版社,1972 年,第 128 页。

委员会关于目前解放区农村妇女工作的决定》中就指出:"只有妇女积极起来劳动,逐渐做到在经济上能够独立,并不依靠别人,才会被公婆丈夫和社会所敬重,才会更增加家庭的和睦与团结,才会更容易提高和巩固妇女们在社会上和政治上的地位,也才会使男女平等的各项法律有充分实现的强固基础。"[27] 参加公共生产劳动使妇女获得与男性平等的经济权利,是她们获得新的社会主义主体身份的首要条件。"劳动妇女"既是一个新的社会身份,也是一个政治性的身份。在塑造以劳动获得解放和新的主体意识的诸多文化文本中,"十七年"话剧是除了小说之外最重要的组成部分。大量"十七年"话剧文学中的女主人公们都在用"劳动光荣"、劳动让妇女自立这样的话语为自己赋权,对抗那种关于妇女的从属、依附性的观念。赵籍身根据李准同名小说改编的话剧文本《李双双》中,劳动的双手是李双双自我认同中非常重要的一部分,"长着劳动的手一双。咱这手也会长棉花,咱这手也会长米粮"[28];《赵小兰》中姐妹俩分别说"我有两只手,我自己能劳动,谁我也不靠","有两只手能劳动,共产党的天下走到哪也饿不死"[29];《布谷鸟又叫了》中的童亚男说"咱们有了合作社,妇女自己劳动,养活自己,不像从前,嫁汉嫁汉,穿衣吃饭;现在,你还怕什么"[30]。如果说"五四"时代女性主体意识的核心表达是"娜拉"

---

27 揭爱花:《国家、组织与妇女:中国妇女解放实践的运作机制研究》,上海:学林出版社,2012年,第155页。

28 赵籍身:《李双双》,《剧本》6(1963):24。

29 田汉:《建国十年文学创作选:戏剧》,北京:中国青年出版社,1961年,第7、33页。

30 杨履方:《布谷鸟又叫了》,《剧本》1(1957):52。

式的个体觉醒和人格独立,如胡适的《终身大事》中田亚梅"这是孩儿的终身大事,孩儿该自己决断",或者鲁迅的《伤逝》中的子君"我是我自己的,他们谁也没有干涉我的权利",那么"十七年"话剧文学中的妇女主体意识除了人格独立自主,还有清醒的"财产有我一份""自己劳动谁也不靠"的经济独立意识。经济独立是个人独立的基础,而要经济独立,参加社会劳动是首要的途径。"劳动光荣"的观念里还有对社会主义制度和社会生产事业的认同,因为与男性一样共同参与了集体的劳动而获得了同等的权利,并且在参与公共事业的过程中被赋权。《妇女代表》中的张桂容认为参加生产是获得平等自由社会地位的基础:"不学文化,不参加生产,就是手腕子给人家攥着,那我们还争什么平等?哪来的自由?"[31]《汾水长流》中杜红莲积极参加合作社,她说:"我是为我自己,我要参加农业社,走社会主义的路,坚决和我后爹斗争!……到了农业社跟你们在一块劳动,心里舒坦,手上有劲!"[32]她劝解自己的母亲摆脱继父对她们的控制:"娘不用发愁,实在过不下去了,就跟上我走,凭我一个人的劳动也能养活了你。往后咱村里人都参加了农业社,将来还要成立高级社,在实行了机械化、电气化,娘,到那时候,我还要教你好活几天呢。"[33]对杜红莲来说,参加农业社集体劳动的过程同时也是获得自主权对抗继父对她的经济和精神控制的过程。有研究者在研究赵树理小说中的妇女劳动时发现,这种妇女劳动既包含"通过劳动方式(主

---

31 田汉:《建国十年文学创作选:戏剧》,北京:中国青年出版社,1961年,69。

32 蓝光:《汾水长流》,《剧本》10—11(1963):140页。

33 蓝光:《汾水长流》,《剧本》10—11(1963):145页。

要劳动)、劳动场合(公共场合)的变革而实现了对传统的妇女劳动的超越和更替",也包括"通过参加合作化运动而建构劳动共同体,进而培育出为'集体'劳动的观念"[34]。而以上讨论的话剧作品中,参加劳动是获得经济独立的方式,更是作为平等的主体参与社会主义革命和建设事业并在其中受益的过程。可以说,这些话剧文学作品都是社会主义妇女解放观具体而生动的体现。

在对于公共劳动和妇女主体意识的描写之外,"十七年"妇女解放主题的话剧文学贡献还在于对妇女和家务劳动主题的探讨和呈现。有的话剧运用社会主义话语为家务劳动和"家属"赋值,对性别分工的"自然性"做出反思。在传统观念中,家务劳动被视为无足轻重的非生产性劳动,这导致了家务劳动价值和从事家务劳动的妇女地位被贬低。而社会主义时期虽然有家务劳动社会化的一些实践,但也并没有实现充分的社会化。有学者认为集体主义时期,为追求经济超速发展实行高积累低消费"以生产为中心"的发展策略,性别化分工被保留并编织进大生产体制,由妇女无酬承担起绝大部分的再生产职责。[35] 而社会主义时期文艺作品如茹志鹃的小说《春暖时节》就涉及了主要承担再生产活动的家庭主妇的身份认同的主题,"这个故事含蓄地提醒读者,仅仅是鼓励性的解放话语是不够的,需要具体的措施来使新中国的妇女转变其传

---

34 董丽敏:《劳动:妇女解放及其限度——以赵树理小说为个案》,《性别、语境与书写的政治》,北京:人民文学出版社,2012年,第155页。

35 宋少鹏:《从彰显到消失:集体主义时期的家庭劳动(1949—1966)》,《江苏社会科学》1(2012):116页。

统的从属地位，履行现在对他们的期望的公共角色"[36]。而在"十七年"的话剧文学中有两个影响力非常大的作品揭露了家庭内部存留的性别分工和男性特权的问题，并运用社会主义"反封建""反大男子主义"等话语予以讽刺和批评。

《夫妻之间》是二十世纪五十年代初北京人民艺术剧院下厂小组集体创作的一个独幕剧。工人模范张德山作为家里的经济支柱，认为家务劳动与妇女"天然"地联系在一起。他享受着妻子张大嫂为他创造的自由时间，但同时也认为他妻子的家务劳动比起他自己的工作来价值低。他不愿意与妻子分享他的专业工作或教她新知识，与此同时他贬低她"没有受过教育"和"落后"。张大嫂勇敢地与丈夫争辩："好！你什么都能干，不信把这摊儿扔给你，我出去劳动去，你看我能活不能活？毛主席把你解放了，也把我解放了，你为人民服务，我也为人民服务，你凭什么瞧不起我呀？"[37]女主人公用"解放""为人民服务"这些新的词语强调平等的公民身份、尊严和妇女对社会的平等贡献。她并不认为性别分工是自然的或规范性的，她认为如果和丈夫交换，自己有能力做好丈夫的工作，但丈夫却不一定有能力做好家庭劳动。剧中还有对"妇女解放"的真正内涵的激烈讨论。对张大哥来说，"妇女解放"意味着她们不再受虐待或从属于丈夫，"妇女翻身就是不受压迫，我就没压迫过她，我没打过她，也没骂过她"，但"妇女解放"不能

36　Dooling, Amy D., and Kristina Torgeson, Eds. *Writing Women in Modern China*: *The Revolutionary Years, 1936—1976*. Vol. 2. New York: Columbia University Press, 2005, p. 28.

37　田汉:《建国十年文学创作选:戏剧》，北京:中国青年出版社,1961 年,第48 页。

挑战丈夫的特权:"我看妇女翻身都翻上天去了!"[38]他认为性别关系中有一个必要的"秩序",丈夫是"天",而妻子并没有相同的地位。剧中的正面形象兰英和老孙明确反对张大哥的做法,用"封建"一词来命名张大哥的性别偏见,说夫妻之间应该"互相帮助",而不是"丈夫领导妻子"[39]。在这部喜剧的最后,张大嫂被选为爱国卫生工作模范,而张大哥也反思了自己,开始主动参与家务劳动。该剧揭示了妇女"无偿"的家务劳动受到的歧视,质疑了那种妇女与家务劳动的"天然的"关系,通过女主角之口提出公共劳动和家务劳动只不过是分工不同,但是对于社会主义建设有着同样的价值。虽然这部剧没能进一步涉及家务劳动社会化的主题,但是它有力挑战了"自然的性别分工"的合法性。

《新中国妇女》重发此剧时的编者在按中说:"这个剧本已经在北京公演,得到了各界观众的好评。该剧反映潜在人们思想意识中的封建残余思想,是带有普遍性的,因而这个剧的演出是有着普遍的教育意义,现将该剧本在本刊发表,供各地在宣传贯彻《婚姻法》运动中采用。"[40]当时《人民日报》的文化简讯上也称《夫妻之间》"表现出残存在他身上的轻视妇女的封建的男权思想。随后剧本又用事实来批判了这种思想。这种思想残余是普遍存在着的,从剧场里的观众反应来看,会使人感觉到有不少人是被打中了要害的"[41]。话剧原文和杂志报

---

38 田汉:《建国十年文学创作选:戏剧》,北京:中国青年出版社,1961年,第48、52页。

39 田汉:《建国十年文学创作选:戏剧》,北京:中国青年出版社,1961年,第52页。

40 北京人民艺术剧院下厂组:《夫妻之间》(独幕喜剧),《新中国妇女》2(1953):37页。

41 高音:《舞台上的新中国》,北京:中国戏剧出版社,2013年,第39页。

纸的编辑们都使用"封建"一词来命名和批评男性沙文主义和性别歧视的旧思想。该剧通过角色之间的对话去揭示"妇女解放"的真实含义:对妇女的"压迫"不仅包括打骂这种言语和身体暴力,还包括人们对男性特权、优越感的无意识认同,对于妇女投入的家务劳动的贬低。

《家庭事》是由业余女剧作家陈桂珍在二十世纪五十年代撰写的独幕剧本。陈桂珍是一位哈尔滨铁路职工家属工作干部,五个孩子的母亲。她在长期的家属工作中发现有些人职工工作挺好,但不管家庭事务,有的家属则眼界狭窄、不求上进。当她听到"要职工加强对家属的教育工作"的建议时,便想写一个剧本,"目的是向男职工敲一下警钟:别只在外边教育别人,回家时要注意教育你身边的人;也警告家属:你要努力学习,别落在男人后边"[42]。这部话剧的故事情节与《夫妻之间》相似,也是反映工人孙玉林和他的妻子吴玉珍之间的冲突和和解。工会主席孙玉林专注于他的工作,业余时间独自去工人俱乐部娱乐。他认为自己的生产工作比"看看孩子,做做饭,缝缝连连,扫当院"的家务劳动更重要,他不帮助妻子做家务,又不愿意让他的妻子参与社交活动,同时又贬低她"死落后","老围着小家庭打圈子,一点也看不到社会远景"[43]。该剧还描绘了家庭主妇吴玉珍"落后的一面",不信任丈夫、在教育孩子和对待婆婆上有自私自利的问题。但是该剧试图在特定背景中理解妇女的这些缺点,没有将其视为内在的或不可改

---

42 方励:《介绍〈家务事〉作者陈桂珍》,《新中国妇女》2(1956):26。

43 田汉:《建国十年文学创作选:戏剧》,北京:中国青年出版社,1961年,第374—376页。

变的女性本质,而将其归咎于丈夫对妻子"瞧不起"、不关心和不帮助。其他工人也参与调解夫妻之间的纠纷,批评孙玉林的歧视和冷漠。最后,孙玉林在关于"工人家属的工作是保证生产的重要工作"的官方话语的影响下开始了自我批评和反思:"不重视家属工作,就等于对工人利益不关心,又说我还存在大男子主义、封建残余思想,看起来,我对玉珍态度是有毛病啊。"[44]吴玉珍也改变了自己的做法,争取像苏联电影《卡塔琳的婚姻》里的女主角一样积极努力参与公共生产和活动。

该剧提醒人们重视"家属工作",认为这与工人生产和社会主义建设休戚相关,解释了妇女思想"落后"背后的原因,并讽刺了家庭中男性中心主义的思想。此剧演出后受到群众们的极大欢迎,很多人都认为它"真实地反映了现实生活",但是有几个干部就认为剧不好,"污蔑工人家属,不准上演"[45]。剧作者认为,因为这一剧本讽刺了一些干部的男性特权,所以让他们感到不安。在剧中,妻子争辩说如果她没有负担家务和照看孩子,她就可以出去找工作。这种表述也含蓄地表达了家庭分工不是天然的,不是不可以改变的。《家务事》和《夫妻之间》都揭示了家庭主妇的问题,引起人们对家务劳动及其价值和贡献的关注,并坚决反对了男性中心主义的思想。这两个话剧文本成为讨论社会主义时期家务劳动问题的代表文艺作品,是对妇女参与公共劳动话语的重要补充,也是再现"劳动"与社会主义妇女主体塑造关系的重要文本。

---

44 田汉:《建国十年文学创作选:戏剧》,北京:中国青年出版社,1961 年,第398 页。

45 陈桂珍:《谈谈我是怎样创作讽刺剧〈家务事〉的》,《剧本》5(1956):68—69。

以上讨论的"十七年"以妇女解放为题的话剧作品都再现了鲜明的社会主义妇女主体形象，她们大都勇敢坚定，或者由弱变强。女主人公们鲜明的人物性格往往在她们与阻碍妇女解放的思想的斗争中，在激烈的戏剧冲突中展现出来，其明确的自主意识在对白或者独白中表达出来。她们在政治、经济、社会文化身份上都积极争取独立自主，在公共劳动和家庭劳动上都表达了社会主义妇女解放的观念和思想，是传播社会主义妇女解放话语的重要戏剧形象。

第三节　创作论中的社会主义妇女解放话语

有研究者认为"十七年"话剧特别是"第四种剧本"是对"五四"精神的继承或易卜生主义的曲折表现。但是细读这些话剧写作者们的创作论，可以看出种种社会主义革命和政治话语的深刻影响，如物质和精神的辩证法、生产关系和人与人的关系、"矛盾论"、社会主义道德观、社会主义优越性等等，这些都是他们剧本创作背后丰富的社会主义妇女解放的话语资源。很多话剧作家在写作之前，都深入农村进行了很长时间的观察和体验，考察各种重大的社会变革和人民改变了的精神面貌。他们在深入生活的过程中酝酿和修改自己的手稿，积极反映现实生活，也努力推动现实生活的改变。他们对妇女解放经验的再现既是对现实生活的反映，也是为了唤起读者、观众对这个问题的关注和投入，以产生更大的教育和社会意义。

《妇女代表》的作者孙芋建国后在东北农村考察了很久，

为层出不穷的新的妇女形象而鼓舞,他想写出一个作品歌颂这种新的人物,但不是笼统地歌颂新的认识,他更希望去了解新事物的出现背后"经过了什么样的新旧冲突",不要"漠视了生活冲突,否认了这中间的矛盾,实际就等于没有体验到生活"[46]。他在学习了毛主席的《矛盾论》和赖若愚写的《毛泽东同志的〈矛盾论〉是解决实际工作问题的钥匙》后明白了农村新的经济基础和残余的封建上层建筑之间的矛盾,"残余的封建上层建筑(封建的婚姻制度、家庭关系、风俗习惯、道德观念等等)对于新的经济基础起着消极的反作用。因此,在广大农村中,努力扶植新生的上层建筑(新的婚姻关系、民主和睦家庭等等),宣传这些新的典型,发展文化科学教育,是一个不可无视的任务"[47]。在这种理论武器的启发下,孙芋确定了他的《妇女代表》的主题,就是"把残存在人们头脑中的封建思想对于新事物的阻碍和反抗,提到原则高度,作为残余的封建上层建筑和新的经济基础之间的矛盾来看待……对于描写正面人物,必须从他的斗争中,从他克服生活矛盾的过程中来描写"[48]。矛盾论和辩证法因此成为作者有力的理论武器,让他去揭示男权思想和家长制的危害,努力宣传新的特别是妇女解放的思想。

"第四种剧本"的代表作《布谷鸟又叫了》的作者杨履方在写这部作品之前,也回江苏农村考察了很久的合作化运动。他看到了热火朝天的新的农村生活,但又觉得没有能够深入了解农民们的"精神生活、感情生活",于是他继续深入体验,

---

46　孙芋:《〈妇女代表〉的写作经过》,《剧本》6(1953):89。

47　孙芋:《〈妇女代表〉的写作经过》,《剧本》6(1953):89。

48　孙芋:《〈妇女代表〉的写作经过》,《剧本》6(1953):89。

决定写一写自己印象最深刻的几个妇女的经历。他自述：

> 　　我从气象千万、纷繁复杂的生活现象中，体会到
> 一个问题，就是由于生产关系的改变（生产资料的私
> 有制转变为集体所有制），人与人的关系也在改变，
> 农民的物质生活精神生活都起了变化，物质生活的
> 变化是容易看得出来的，而精神生活的变化真是细
> 致、复杂、丰富、多采。一方面，也是主要的一方面，
> 随着社会主义社会制度的实现，很多新的人物、新的
> 思想正在不断地涌现，成长和壮大，成为生活中的主
> 流，成为不可抗拒的力量；另一方面，也是在逐渐消
> 灭的一方面，有些人的社会意识落后于社会制度，就
> 是旧社会遗留下来的污点还残留在一些人的身上，
> 如封建残余，私有观念等，表现在对合作社、工作、爱
> 人、妻子、儿女等关系上。这些东西还会妨碍着生产
> 和进步。合作社的巩固和发展，除了生产而外，还需
> 要社会主义思想的强大和发展；合作化的优越性，不
> 光表现在新的生产力的高涨，还表现在人与人之间
> 新的关系的形成。这样，农民不单在物质生活上，也
> 在精神生活上都获得了最大的幸福。[49]

　　他发现原来自己印象最深刻的几个妇女的经历，如女青
年团员与自私狭隘的男朋友分手、童养媳入社后获得经济独
立等都有一个共同点，"那就是封建残余和私有观念在家庭、

　　49　杨履方：《关于〈布谷鸟又叫了〉的一些创作情况》，《剧本》5(1958)：89。

爱情和劳动关系上的反映。由于合作化制度由集体劳动唤醒了人的尊严,提高了人的地位。因此,妇女在经济上、思想上得到了最后的、最彻底的解放,使她们获得了真正的幸福"[50]。他还从一个苏联戏剧专家那里学习到,"改变人的精神生活是戏剧的基础……真实地写出人物内心转变过程,才是对观众有教育意义的"[51]。因此他决定去写出这些事情的教育意义和社会意义,写出落后的"社会意识"对于社会主义建设的阻碍,去推动农民"精神生活"的人与人关系上的革新。在这里,"物质"与"精神"的辩证关系,"人与人之间新的关系"的重要性这些理论,都成为作者抨击性别关系上的旧思想、宣传社会主义妇女解放新思想的重要话语资源。

将文艺作品包括戏剧作为"思想教育"的重要工具也是社会主义文艺创作的理念之一。《家务事》的作者剧作家陈桂珍就是这样认为的,"她仔细观察现实生活中的每一个问题,并经常分析她周围人的想法"[52]。她在《谈谈我是怎样创作讽刺剧〈家务事〉的》一文中写道:"我写剧的目的是要解决一下现在工人当中的生活问题,通过这个剧本告诉他们不但要把工作做好,也要把家庭搞好,干部们也要这样。……我以后一定继续从事业余创作,坚持从生活出发,大胆反映现实生活,写出更多的剧本来。"[53]作者因此揭示了家务劳动和家庭妇女被贬低、歧视的社会现实,去探讨什么是社会主义建设中应该有

---

50 杨履方:《关于〈布谷鸟又叫了〉的一些创作情况》,《剧本》5(1958):96。

51 杨履方:《关于〈布谷鸟又叫了〉的一些创作情况》,《剧本》5(1958):97。

52 方励:《介绍〈家务事〉作者陈桂珍》,《新中国妇女》2(1956):26。

53 陈桂珍:《谈谈我是怎样创作讽刺剧〈家务事〉的》,《剧本》5(1956):68。

的家庭关系和劳动观念。

话剧《夫妻之间》在人民群众中产生了非常大的影响,当时《中国青年》的主编、女作家韦君宜也在《中国青年》上发表题为《青年团员应该怎样对待妇女》的文章评论这个剧本:

> 我们固然反对贤妻良母主义,不主张把妇女束缚在厨房里,而要鼓励她们出来参加工作,但是也要看到在当前的中国有许多条件还有困难,就进步总是要一步一步地走。有许多妇女因孩子多家务重或缺乏工作机会而留在家庭里,她们安顿好家务,保证丈夫安心工作,自己努力学习,参加社会活动,力求进步,这样的妇女就绝不能说她们是落后。最近北京人民艺术剧院创作了一个戏《夫妻之间》,批评一个劳动很好的工人却无视自己妻子的进步,这个戏就写得很好。[54]

她认为歧视妇女的态度"就不是以同志、以平等的人来看待"她们,"不是给以同情和帮助,反而把她们因受旧制度压迫束缚而留下的痛苦创痕当作自己虐待、轻视她们的借口"[55]。跟《家务事》的剧作者追溯吴玉珍"落后"的原因一样,韦君宜没有将妇女的不足看作她们内在的不变的缺点过错,而是将其进行了历史化的解释,看到"旧的社会、旧的制度"对她们造成的影响,因此质疑了那种本质主义的关于妇女"落后"的性

54　韦君宜:《青年团员应该怎样对待妇女》,《中国青年》4(1953):7。

55　韦君宜:《青年团员应该怎样对待妇女》,《中国青年》4(1953):7。

别歧视。"同志间的"社会主义的平等、尊重的道德原则被用作有力的修辞来对抗性别不平等和男性优越感。

从以上这些话剧作者们的创作论中可以发现社会主义妇女解放话语丰富的思想资源,如利用马克思主义唯物史观、"经济基础和上层建筑"的辩证关系、毛泽东思想"矛盾论"等,去解释妇女受压迫、"妇女落后"的社会制度和经济根源、封建思想意识产生的原因和带来的后果;同时超越个体解放,从对社会的贡献中理解妇女解放,讨论公共生产和家务劳动的意义和价值。各种当时的革命话语和修辞如"反封建""反大男子主义""男女平等""共产主义道德观"等都被有效地调动起来作为推进性别平等和妇女解放的话语资源。

另外,"社会主义现实主义"作为社会主义时期文艺创作的核心理念,也是"十七年"话剧创作的重要思想指导。真实深入地反映现实作品并非是公式化、概念化或者颂歌式的。有研究者认为"十七年"话剧中"政治对'人'学内涵的压抑,主要表现为二元对立逻辑、批判精神的失落、主体性被僭越三方面。非此即彼的二元对立思维,将一切的价值评判简单化。人物塑造方面,简单地划定为好人和坏人、英雄和敌人。好人和英雄身上积聚了几乎所有的优点,从来没有悲伤和痛苦,没有动摇和软弱"[56]。但是笔者考察"十七年"话剧的很多作品,发现这种结论非常片面。《刘莲英》的剧作者崔德志努力写出女主人公同爱人意见分歧时的复杂的感情,他说"为了把刘莲

56　申燕:《戏剧现代性与戏剧精神:十七年"社会主义戏剧"的反思与批判》,《西南民族大学学报(人文社科版)》295.3(2016):207。

英这个人物写得真实亲切，我同时表现了她个人生活的一方面，一个先进人物不仅积极工作，他们还要生活。他们和常人一样也有自己的喜怒哀乐"[57]。孙芋在塑造张桂容时也谈道：

> 对人处事，都要把她写成合乎常情的人，不然光有斗争和原则，光有强烈的行动，而看不见纤细的情感，就可能成为概念化的人物，使人感到不真实。……她是这个环境里生长出来的真实人物，有高出普通的农村妇女的地方，但仍然是一个普通的农村妇女。[58]

杨履方也努力将童亚男"内心变化的曲折性和复杂性，更真实地、合乎逻辑地予以表现"[59]；舒慧在创作《黄花岭》时，也选择了自己深入农村合作化运动后最熟悉的一些人物：

> 像宋二嫂这样的人，我见过不止一个，通过合作化运动我亲眼见到她由软弱中成长起来了。她入社以后从内心里高兴，在劳动上非常起劲，妇女劳动手册上的工分她数头一名。这只有在我们这样的崭新的社会制度下，宋二嫂才会变得坚强和幸福。……宋二嫂是胜利者。我写到这里的时候，我是想为宋二嫂鸣不平，同时也想对我们的新社会新制度以歌颂。[60]

57　崔德志：《〈刘莲英〉的写作过程》，《剧本》1956(2)：55。
58　孙芋：《〈妇女代表〉的写作经过》，《剧本》1953(6)：93。
59　杨履方：《关于〈布谷鸟又叫了〉的一些创作情况》，《剧本》5(1958)：97。
60　舒慧：《习作〈黄花岭〉的一点体会》，《剧本》4(1956)：97。

但是在写作过程中,作者却并没有"把正面人物(农业生产合作社主任李洪奎)放在主导地位,在结构上放在从属地位"[61]。可以说,在创作手法上,社会主义现实主义注重典型性,但强调真实感的原则也让这些作品表现出了复杂变化、鲜明生动的人性形象,并非如后来研究者所判定的全部都是图解政治的公式化、概念化的作品。这个核心理念推动了话剧作者们去再现妇女解放的经历、经验,同时又塑造出典型的人物形象唤起更大的教育和社会意义,更好地传播社会主义妇女解放的思想。

本章首先梳理了目前关于"十七年"话剧研究中占主导地位的自由主义人文主义话语。主流的戏剧研究中对于社会主义时期的"国家意识形态""国家话语"有着本质主义的理解,将其视为铁板一块的、从不变化的、控制一切的党的意识形态,将"主体性"和"女性主体性"理解为有一个先在的、不受外在社会机制影响的纯粹的自治主体的想象,并没有对主体意识产生的具体历史时期的社会结构、制度和对主体与不同话语的复杂关系进行分析。而本章尝试从"十七年"代表性的话剧作品切入"社会主义妇女主体性",考察妇女解放运动、国家话语与文化实践中妇女主体塑造之间的复杂关系。

妇女解放是"十七年"话剧文学的重要主题,这些文本以鲜明的戏剧主人公形象再现了社会主义新人的主体意识和主人翁精神。呈现在这些话剧剧本里的妇女解放被再现为社会主义革命不可或缺的组成部分,得到社会制度的保障和政治

61　舒慧:《习作〈黄花岭〉的一点体会》,《剧本》4(1956):97。

支持，男女平等、家庭民主等是新的社会主义平等、自由、民主价值观的一部分；妇女的独立自主既包括文化、精神上的，也包括政治上和经济上的，参与公共劳动是妇女解放的首要条件，"劳动光荣"的话语极大改变了妇女对自身身份的认知和价值感。而家庭主妇的家务劳动被认为创造了同等的价值，也被建构为社会主义劳动妇女身份认同的基础；公共和私人领域存留的男权思想被归于"封建思想"，是性别平等和妇女解放的对立面，在这些话剧剧本中受到了讽刺和批评。这些作品强调了妇女在妇女解放过程中的积极性和能动性，生动地呈现了他们所获得的新的政治觉悟、权利意识、劳动观念、集体精神等，主动对抗封建男权思想，实现妇女解放，而并未将其塑造成新社会体系的被动的受益者。

"十七年"话剧创作中的社会主义妇女解放话语的重要特点在于它本身是社会主义政治和文化话语的有机组成部分。马克思主义、毛泽东思想对社会政治经济制度和思想意识的分析都被这些剧作家用作重要的思想资源，以揭示现存的社会问题特别是性别不平等的问题，关注妇女利益，挑战性别偏见，积极推进性别化的社会变革。丰富的社会主义妇女解放话语资源鼓舞这些话剧创作者们关注妇女新的主体意识、政治身份和劳动身份，批评种种存留的封建男权思想，积极传播妇女解放思想，为社会主义妇女的家务劳动赋值，甚至挑战了性别化分工。这些话剧作品通过呈现社会主义妇女和社会主义国家、性别自我与集体/公共身份、阶级和性别在历史中的复杂关系而建构出丰富的社会主义妇女的主体性。

第三部分

改革开放时期文学研究

第八章 当代文学中的家政工故事

第一节 当代传媒中的"打工妹"形象

"打工妹"或城市里的"农家女""外来妹",指的是年轻的女性农民工,是改革开放后因市场经济对劳动力的需求从农村进入城市打工的农民工中的一个群体。她们往往进入了低收入、不稳定的劳动力市场,流动性强,是城市发展重要贡献者,又是不具有充分的城市居民权利的外来者。"打工"指的是职业身份,"妹"指的是性别和年龄身份。"打工",意味着为全球资本主义市场中的老板进行商品化的、替代性强和收入低的工作。打工者不再是社会主义时期在政治话语中具有很高的社会地位的"工人阶级",不是具有稳定的"单位"的职工,也很难变为具有较全面的社会福利保障的城市居民。从"工人阶级"到"打工妹"的背后勾连着改革开放后一系列社会不平等的出现，包括社会阶级、城市/乡村、脑力劳动/体力劳动、教育等方面。"妹"指的是年轻、社会经验少的女性，她们比起男性农民工更容易被劳动力密集工厂雇佣，或者承担保姆、家政工作，或成为地位更低、更易受到伤害的性工作者。这些年轻女性不同于社会主义时期另一群年轻女性如"铁姑娘"，因为"铁姑娘"们可以与男性一样平等地参与生产性劳动和进入公共领域，是"社会主义现代性"的一个积极的象征。"打工妹"不同于也很难变成城市的中产职业女性。这个名称则勾连着改革开放后另一系列社会不平等：社会性别、年龄、能力。总之，这个名称及其代表的这部分群体的经历本身成为改革开放前后巨大的社会变革，或者"后社会主义"现代性的一个缩影。美国学者艾米·杜丽（Amy Dooling）也认为"打工妹"这个明显污名化的标签，它反映了当代市场改革所带来的差异话语的复苏，这种话语有助于以经济发展的名义使城乡、穷富、老板与工人、男女等不平等合法化。[1]

如果说"打工妹"和"外来妹"很多时候成为一种污名化的标签，那么不同的群体或机构如政府，还有这些年轻女农民工自己和一些关心这个群体的权益的知识分子都在回避或挑战这个名称，用一些中性的名称如"流动女工""外来女农民工""流动工人""进城务工人员"等。有学者曾以近三十年《人民日报》的新闻话语为例看国家对农民工群体的意识形态重构

1　Dooling, Amy. "Representing Dagongmei（Female Migrant Workers）in Contemporary China." *Frontiers of Literary Studies in China* 11.1(2017):133 - 156.

如何从"盲流"到"新工人阶级"。[2] 国务院在 2003 年就提出进城务工人员是"产业工人的重要组成部分"。还有一些知识分子和打工主体自己用"新工人"这个词来提高这部分群体的政治地位,挪用"工人阶级"这个社会主义话语挑战被人习以为常的污名化的称呼。

二十世纪九十年代以来,在不同传媒介质上有一些非常重要的再现打工妹故事、塑造打工妹形象的文化文本。九十年代到 2000 年以后中国妇联下的中国妇女报社曾经创办过两个专门面向农村妇女和进城务工妇女的杂志《农家女百事通》(《农家女》杂志的前身)和《蓝铃(打工妹)》。"农家女"后来发展成为一个"集扶贫与发展、传媒与出版、研究与推广"一体的支持这些妇女的社会公益组织。澳洲的学者杰华曾经做过对《农家女》这本杂志的研究。[3] 如果考察这两本杂志从九十年代到 2000 年以后封面的变化,会发现杂志出于市场营销的考量,逐渐在封面上从采用农村妇女或打工妇女的照片到刊登更漂亮的年轻女性或女明星的照片。封面上的一些故事标题如《我要的就是一个机会》《跌倒了就再爬起来》《成功没有捷径,只有脚踏实地》等也主要宣扬的是一些励志或成功的故事,鼓励农村妇女或打工妹抓住机会改变自身命运。

在影视方面,1991 年广东电视台制作了一部影响很大的 10 集电视剧《外来妹》,描述六个从北方穷山沟到广东打工的

2　黄典林:《从"盲流"到"新工人阶级"——近三十年〈人民日报〉新闻话语对农民工群体的意识形态重构》,《现代传播》35.9(2013):42—48。

3　杰华:《都市里的农家女:性别、流动与社会变迁》,吴小英译,南京:江苏人民出版社,2006 年。

女性的不同命运和悲欢离合。几年后有人伤残返乡,有人出卖肉体,有人留在广东生活,有人回家结婚。而一个打工妹赵小云最后当上了新的玩具厂的厂长,开始了新生活和新事业。虽然这个电视剧是打工妹不同命运的写照,但还是重点塑造了赵小云这个成功者的形象。在一张此剧的宣传图片上写着"写照打工者之悲欢离合,启迪后来者寻觅成功之路",说明这个电视剧主要也是对打工者"改变命运"的肯定和鼓励。在电影领域,有两部批判现实主义的以打工妹为主角的剧情片,一个是贾樟柯的《世界》,还有一个是李玉的《苹果》。2004年的《世界》讲述的是以北京世界公园的舞蹈演员赵小桃与其男友保安成太生为中心的一群打工者的生活。表面欢乐光鲜、歌舞升平的工作环境却无法给这群打工者提供任何物质的保障和精神上的价值感和归属感。城市的冷酷、诱惑、唯利主义最终成为这群打工者寻求自由之路的牢笼。而2007年的《苹果》讲述足疗馆里的打工妹刘苹果被富商强奸后在他和自己丈夫两人的协商下为富商代孕、生下孩子后做家政工的故事。打工妹的身体经历了各种性剥削,然后被有钱人收买,市场经济之后重现的阶级和性别不平等从刘苹果的性别化经验中体现出来。在纪录片领域,中央电视台的《半边天》节目组曾拍摄过一部《繁花——中国打工妹实录》,相对客观地展示了为中国创造了巨大财富却又被轻视和边缘化的社会群体的迷惘、挣扎和抗争。另外一位美国的纪录片导演米莎·佩莱德(Micha X. Peled)拍摄的《中国正蓝》(*China Blue*)讲述了资本全球化背景下中国牛仔裤工厂里的女工被剥削的现实情况。

在口述史和非虚构写作领域,也有很多如实再现打工妹经历和思想的文本,如《失语者的呼声——中国打工妹口述》《怒放的地丁花——家政工口述史》《我是一朵飘零的花——东莞打工妹生存实录》。同时,有一部所谓的非虚构作品,美国记者张彤禾的《打工女孩》引起了很大的争议。张彤禾不愿再写打工女性作为受害者的悲惨经历,她专注于写一个能动的女孩的故事,抓住"机遇"改变自身命运并最终实现自己的梦想。这部非虚构作品往往被用来跟潘毅《中国女工》和吕途的《中国新工人》三部曲作对比,被认为悬置了对很多压迫性的机制的质问,有学者认为它塑造了在现存制度下努力更好生存的主体,而非反抗现存制度以及创造新社会的主体。[4]

　　在虚构文学领域,新世纪之后就有以城市贫民和打工群体为主要表现对象的"底层文学"。在这些作品中,很多打工妹的形象基本上都是城市化和市场化过程中的受害者形象。一些女作家也参与到底层文学的写作中来,老一代的作家张抗抗、"个体化写作"的代表作家之一林白和一直以农村题材为主的东北作家孙惠芬都有过很多描写流动妇女的艰辛生活的重要作品。自己就曾做过打工妹的作家盛可以有一部很重要的描写打工妹的小说《北妹》,曾经获得过华语文学传媒大奖。此外很多流动女性自己也书写过自己的故事,其中很有名的是打工诗人郑小琼,近几年一位影响很大的作家范雨素,她的作品也是对自身流动经历的一个自我再现。近些年科幻写作蔚为大观,除了刘慈欣式的硬科幻,还有很多作家的作品

　　4　宋少鹏:《能动的主体和刚性的制度:路在何方?——〈打工女孩〉和〈中国女工〉的不同出路》,《开放时代》5(2013):219—224。

是软科幻,更多涉及社会议题,如同二十世纪八十年代中国文学领域中的"魔幻现实主义",用"科幻现实主义"去再现和批判社会现实。其中,80后科幻作家陈楸帆是一个代表,他的作品涉及方方面面的社会议题和不同社会群体的生活。他的短篇小说《沙嘴之花》描写深圳出租屋里的性工作者,可以让人想起同一题材的更早作品——曹征路的《霓虹》。陈楸帆的代表作是2013年发表的《荒潮》,这是中国第一部以打工妹作为女主角的科幻作品。对以上这些作品的分析研究将在本章和接下来两章中展开。

第二节　城市现代性话语中的家政女工故事

当代文学中有很多关于家政服务人员的书写,这些家政工人往往由年轻的女性农民工与城市底层妇女构成。家政工作作为一种商品化和阶级化了的性别劳动,也勾连着改革开放后一系列社会不平等现象。很多小说都通过讲述家政工或保姆的故事讨论了当代中国社会再生产劳动的问题,也常常以家政工的经历来折射中国城市中产家庭中的各种问题,例如家务劳动、子女照料、亲子关系、养老、婚姻和性等问题。二十世纪八十年代很多著名作家就写过保姆的故事,例如王安忆的《富萍》《流逝》和贾平凹的《废都》。九十年代以来,有很多职业和业余作家讲述家政工的各种经历,如张抗抗的《芝麻》、刘庆邦的《找不到北:保姆在北京》、须一瓜的《保姆大人》、孙惠芬的《保姆》、李兰的《我是保姆》等等。很多保姆和家政工的故事被用于再现城乡、阶级、性别等各种社会不平等现象,但是关于家政工内心世界或者自主意识的作品相对较少。同时,即使有些作品有关于家政女工能动性的描写,也有可能变成并不质疑社会现状的高度中介性(mediated)的文本,接下来本章将以张抗抗的中篇小说《芝麻》为例,讨论其中城市现代性话语的表达。

21世纪之初,著名女作家张抗抗以进城当保姆的农家女为题材创作了一篇中篇小说《芝麻》[5]。本节将探讨这个文本是如何在与现代性、城乡分割、社会阶层和性别话语的互动中形塑并编码进城打工女性的主体经验和认同的。作者身为一个城市知识分子女性,在她再现女主人公"芝麻"这个底层农村女性的流动和打工经验时,运用了怎样的叙事策略、文本政治并勾连起相应的社会话语呢? 学者周蕾曾经在她的《社会性别与表现》一文中谈及再现(representation)的"立法的和政治的定义",她提出再现的立法和政治定义一旦同社会性别问题放在一起,就可能出现一个代理人的问题,即"包括所有权力政治,涉及在正式法律法规之外的场合代表别人说话的能力";她认为:

> 我们需要质问的不是妇女如何被表现或她们如何被当作某些思想的代表,而是谁在从事这些代表工作,他们的动机是什么。比如,在以特定的方式"表现"女性时,表现者是描述性的(descriptive)还是

5　本章小说原文皆引自张抗抗:《芝麻》,《请带我走》,北京:华艺出版社,2003年。

> 指令性的（prescriptive）？他们是客观地描写事物还
> 是将某些先入为主的成见强加于读者？他们是否不
> 顾妇女自己的观点如何，只是代替她们说话？[6]

因此，本节将考察作者在《芝麻》中是如何为这些乡村女性代言，再现她们的打工生活特别是寻求现代主体体验的过程的，也即审视这种代言中是否潜隐着作者的某些关于现代性发展方案、城乡分割和社会性别等先在的假定和观念。

乡土社会和农民问题一直是二十世纪中国文学中现代性和民族国家话语所借重的中心题材和话语本身的构成框架之一。中国农村或者在部分"五四"启蒙作家那里被描绘成阻碍并威胁着国家实现现代化的死地，或者在社会主义革命文学中被想象和赞颂为提供了国家重建和民族复兴的动力的摇篮和基地；相应地，农民也交替地被塑造成等待被拯救和启蒙的落后、蒙昧、无助的"他者"或者善良、正直、有德性的中国传统精神的化身和代表。在全球化、现代化、城市化的背景下，乡土中国经历着更深的现代性演进，变化中的农村、农民特别是流动的进城务工人员在当代文学创作中继续成为重要的资源。

伴随着中国努力发展市场经济并加入全球化进程，从农村到城市的流动大规模增加。自二十世纪八十年代以来，关于农民进城务工、返乡题材的叙事日渐增多，其中，变化中的

6　周蕾：《社会性别与表现》，《西方女性主义文学文化译文集》，马元曦、康宏锦主编，桂林：广西师范大学出版社，2008年，第31页。

乡村女性的生存处境和精神状态成为这些书写显著的关
切点：

> 从 1980 年代前期的伤痕反思小说、寻根小说到
> 1980 年代后期、1990 年代的新写实、新历史小说，实
> 际上都在各自的立场上叙述着乡村女性，到了 1990
> 年代中期以后乡土叙事、底层叙事的相继兴盛，乡村
> 女性的形象更是缤纷出场。文学对"乡村女性"的叙
> 述已然成为现代性叙事（包括对现代性反思）的重要
> 符号资源。[7]

她们往往在农村中被严重边缘化，成为当代社会中底层
中的底层。对留守或流动的农村女性的描写大都是悲剧故
事，成为转型期"社会危机"的表现和症候。比起城市里中产
职业女性，农村进城务工女性更容易成为不平等权力关系的
受害者。在对她们的艰辛、不幸和创伤的大量现实主义记录
之外，还有一些文本积极探讨了这些农村女性逐步觉醒的对
抗地域、城乡、性别和阶级不平等的自主意识。它们询问这些
女性是否有可能从后毛泽东时代重构的社会不平等和性别不
平等中解放出来，并在对这些不平等的揭露和反抗中展示自
身的能动性。

澳大利亚学者杰华在她的《都市里的农家女》一书中谈
到，学者们曾经考察过中国的农民、女性和少数民族的"他者

7　王宇：《现代性与被叙述的"乡村女性"》，《扬子江评论》5(2007)：91—97。

化"如何交叉作用和贡献于现代性和国家认同的精英或主流话语。她通过研究讲述农家女故事的媒体和农家女自述发现：

> 打工妹的形象是另一种"他者化"的标志，围绕着她使占主导地位的国家认同理念得以构成和延续。用朱迪斯·巴特勒的话说，她代表着一种威胁国家的现代性计划并决定其面貌的"被抛弃者"。同时她也是人们同情、娱乐和感兴趣的对象，还是为了保证现代性计划的成功必须让她加入其中并使其正常运转的主体。[8]

现代性观念和话语紧密关联着那些城乡、阶层/阶级和社会性别差异的话语，而《芝麻》的写作正是在这些差异性符号系统中展开的。那么文本对底层女性流动经验的再现有着怎样的潜在意识形态和文本运作方式，有没有突破常见的对农村女性的"他者化"编码呢？

创作于 2003 年的《芝麻》再现了进城当家政工的河南乡村女性郭芝麻性别化的流动和打工经历。郭芝麻一家因为超生被施以重罚，芝麻为此来北京做家政工以期赚钱还债。因为严格的计划生育政策，芝麻需要每月去医院做孕检以证明她在外没有超生。芝麻的流动经验让她认识到城乡巨大的差

8　杰华：《都市里的农家女：性别、流动与社会变迁》，吴小英译，南京：江苏人民出版社，2006 年，第 31 页。

别：物质生活、精神面貌、家庭人际关系、生活方式、生育观和
女性地位及自我意识。在这种巨大的对比下，芝麻被迫去追
问何为有意义的生活，女性有意义的生活选择到底是什么。
她亲身感受到了"北京人不待见河南人"的事实，她不习惯城
里处处要讲"规矩"、浪费奢侈的生活方式，看到了居高临下的
城里人雇佣家政工时的"不讲理"，并质疑城乡"高低贵贱"的
等级分化的合法性。但是同时，她也因为城乡的巨大差异，一
直反思着家乡穷困生活的根源。她逐渐认同了城市人把农村
居民视为"落后""不文明""不现代"的观念，对她来说，农村和
农业生活无意义且无出路，而农村社会革新的关键在于农民
能否塑造一种"现代主体认同"。当芝麻被乡亲要求去替准备
超生的杏儿做 B 超检查时，她虽然受到了来自乡村的"人情就
是法"的巨大压力，但她最终将家乡多年穷困、偷盗成风、教育
落后的沉重现实归因于落后的生育观的阻碍并拒绝了"做假
证"。"不管咋说，芝麻可不想给农村人丢脸。她不愿让刘伯
伯一家人瞧不起河南人。这一回，她偏要跟赵庄的人较较劲
儿。她好歹在北京待了五年，她知道自己该咋办。"芝麻用这
一举动证明了她对"农民精神/心态"的抛弃和现代主体意识
的获取。由于农村到城市的大规模流动在现代性话语中被视
为从"贫穷""落后"和现代化的"边缘"到"富裕""文明"和现代
化"中心"的一场运动，她的经历便被文本编码为乡村女性追
求城市现代性别个体认同的代表。从通过来城市打工追求生
活条件的改善到通过摒弃乡土价值观获取现代主体认同，芝
麻地理上从乡村到城市的位移最终促成了她精神上对城市现
代性的拥护。

张抗抗在谈及这部小说的创作时说,这是对当代生活的一种即兴反映,她希望能把像"芝麻"这样的从农村出来打工的妇女的生活状态从"城市的缝隙里面拍出来"。她说:

> 我们只看到农民进城这种现象,但我们没有看到改革开放二十年,出来务工的农村人带回去了多少打工挣的钱,盖了房子,买了电视机,买了农具,他们开始一点一点改变了,最重要的是大量的进城务工的人毕竟还是学到了很多现代的文化和观念,比如说本来他的儿子十八岁就要定亲了,但是现在他觉得十八岁定亲太早了吧,他应该学技术或到外面去打工,他们的观念是在潜移默化地改变的,这就是社会的进步。《芝麻》真正想写的也就是这些进城务工人员成长性的生活。[9]

后来在《请带我走》一书签售之后,张抗抗也再次谈到这篇小说,她说《芝麻》写的是当下农村妇女进城打工的经历,她比较有意识地用"女性视角"观察和表现底层女性的生活形态。[10]

作者这些主观意识再次确认了小说主题是芝麻如何作为一个乡村女性个体被现代化,并获得现代性别个体认同的。与此同时,小说用大量的笔墨揭露了以芝麻为代表的农村女

9　张抗抗:《写作与生活的关系》,在中国现代文学馆的演讲,http://www.china.com.cn/chinese/RS/470018.htm,2003 年 12 月 21 日。

10　张抗抗:《谈创作:注重性别走出圈眼》,《中国妇女报》2003 年 11 月 21 日。

性进城打工时所遭遇的种种基于地域、城乡、社会性别和社会阶级地位的歧视和不平等现象，那么"成长性的生活"对芝麻来说究竟意味着什么，它有没有指向一种从阶级、性别等不平等关系中自我解放出来的反抗意识呢？文本在叙述芝麻的故事中，表现出怎样的有关城乡差别、性别关系和认同，还有以市场经济、城市化为表征的后毛泽东时代现代性的观念和话语呢？

小说在展现进城家政工的生活时触及了社会阶层的重新划分或者说是阶级分化的问题。芝麻和她的同乡们给城市家庭做家政工，遭到了种种基于地域、性别和社会地位的歧视和剥削。她们每天包揽了卫生、采购、做饭、看护老幼等全面的家务劳动，但他们被很多雇主看作社会地位低一等的家庭佣人，经常遭遇不信任、不关心甚至无理的责骂。芝麻说："出门在外，是个城里人就能训你。"朋友凤儿抱怨："城里的活儿再难也能学会，受气也不怕，看人脸色也惯了，就是吃不饱饭。那样有钱的一家人，三天两头给孩子买个玩具就好几百块，咋就不让人吃饱饭呢？"除了被要求对家政工作全心全意投入外，雇主们对这些家政工们最期待的品质就是听话、顺从、易驯服。有些雇主随意地使唤家政工仅仅是为了展示自己对于她们的权力。芝麻这群家政工从农村到城市出卖自身的劳动力并没有给她们带来真正的自由，城市里非农业的家政工作没有赋予她们劳动者的尊严和别人对她们劳动的尊重，在雇主/被雇者的权力关系中，她们处于附属和次要的地位。在芝麻遇到刘丹妮这家人之前，很多雇主都是不"讲理"的，她向丈夫抱怨说："出来打工的人，一个个就跟要饭的差不多。"她质疑了城乡分化和等级化的合理性："这城里人和农村人，不都一样是人么？咋就有个高低贵贱呢？"

芝麻被刻画为一个朴素、善良、诚实、节俭的农村妇女，她无法完全接受并融入城市生活方式。她珍惜粮食，不能接受雇主刘丹妮扔掉剩饭，雇主却认为她的节省"太农民了"。芝麻生活方式的节约和对粮食的珍惜来自她跟农业生产和劳动的密切关系，她常常回忆起农业生产、农村生活的种种情景，天灾、饥荒、劳作，以及粮食丰收的喜悦。芝麻的个人回忆和感受见证了从集体所有制到改革后家庭联产承包责任制实行后粮食产量增长和生活质量提高，流露出对农村改革的认可。芝麻经常回忆起并且梦到自己从小围绕着粮食、土地、劳作生活的成长过程。她在对过去的叙述中维护了农民的尊严，肯定了体力、农业劳动的价值，然而在以城市发展为重心的市场经济时代，对农民和农业劳动的偏见和低估已然愈演愈盛。芝麻雇主家的刘伯伯是一个退休的老干部，他对芝麻的态度跟其他家庭成员谨慎提防的态度不同。"刘伯伯是个老干部，说话办事可讲道理，他从不说农村如何如何，只说'基层'如何如何。"他对女儿说芝麻的工作不叫家政工，叫"家庭服务员"。"家里来了客人，刘伯伯给人介绍说：这是小郭同志。来人还伸出胳膊要跟芝麻握手。"刘伯伯作为一个老干部或老知识分子，他对芝麻和农村的称呼和命名保留了毛泽东时代的社会主义修辞和话语。这种话语认可农业生产对于国家建设的巨大意义，将农村"基层"看作工业发展的基础，宣扬各种职业特别是体力劳动和脑力劳动对于社会主义事业贡献的同等价值，甚至农民的职业在一段时间中优于知识分子的脑力劳动。

这种留存下来的社会主义话语与当下优先发展城市、工业和市场经济的现代性话语形成了鲜明的对比。在这种新的话语的影响下,芝麻的体力劳动逐渐在她自己看来也是低等、无价值和无前途的了。芝麻认识到城里人都有自己的事业:"人家这一辈子不白活。你说咱家的刚和燕,能把书念下来么? 将来别像咱这么活,好歹也有个事业啥的。"她唯一的期望就是自己的两个孩子都有一天读完书,有自己的"事业"。在芝麻逐渐改变了的"进步的"现代观念中,一个值得称颂并且有意义的"事业"其实指的是城市里白领的脑力劳动。农业生产和农村生活对于这些农村的孩子们已不再被认为能成为一项有意义的职业。

芝麻为什么会认为"算来算去,还是到城里打工,比在老家待着强"呢? 小说交代了农村结束集体所有制后经济发展和个人收入提高的事实,但是也不经意间揭示了农村经济在市场经济深入后逐渐停滞。"芝麻到现在也想不明白,为啥打从嫁到喜树家,农村的日子就越来越难过。粮食打再多,卖完了刨去成本,就管了自个儿家的几张嘴。打下粮食挣不下钱,花钱还得指着用粮食去换。"随着改革开放逐步深入,农村在国家经济结构调整和城乡关系调控中失去了原来的重要位置。社会学家严海蓉在《空虚的农村和虚空的主体》一文中谈道:

> 九十年代后期以来我们主流媒体和学术界从目前的农村劳动力流动看到的是解放和发展,尤其是农村青年一代的自我追求,看不到这是无奈的出走,

> 而背后是城市对现代性的垄断和农村的虚空化。……在改革时代，国家现代性的标志是转轨和接轨，使中国加入到全球资本主义市场经济中去。大量的外资涌入中国，中国商品越来越多地打入国际市场，国内服务行业的兴起，所有这些都靠着大量的流动的廉价劳动力的支撑。这个重大世界观调整和随之而来的社会政治经济结构的调整引发了一个以农村虚空化为代价，以城市发展为目的的发展方向。这个双方面的过程从经济、意识形态和文化几个层面展开。[11]

尽管芝麻在城市里是一个边缘人物，忍受着看别人脸色和高低贵贱的阶级划分和歧视，但是芝麻逐渐还是接受了这种城乡等级分割以及相应的脑力/体力劳动的优劣划分。严海蓉在研究后毛泽东时代家务劳动雇佣关系时认为，"劳力和劳心或体力劳动和脑力劳动是社会分工，但是在阶级社会中，这种分工体现了阶级关系"，她认为当下的中国社会中作为雇主的知识分子及其他白领和作为出卖劳动力的家政工之间具有某些阶级关系的特点，[12]芝麻渴望子女脱离体力劳动从事脑力劳动的想法从一个侧面反映了与城乡分割紧密相连的阶级和脑体划分，而认可这种划分也成为芝麻"现代个体认同"的一部分。

11　严海蓉：《空虚的农村和虚空的主体》，《读书》7(2005)：79—80。

12　严海蓉：《"知识分子负担"与家务劳动——劳心与劳力、性别与阶级之一》，《开放时代》6(2010)：105。

在城里,芝麻看到了城市居民对待农村来的家政工的冷漠和不关心也发生在城市居民之间。芝麻看不惯城里人"机器"式的生活状态,"一家家那么些电器,把人都变得像个机器似的。芝麻也快成机器了"。她需要整天向机器一样服从和干活,几乎没有任何自由支配的时间。相比之下,芝麻经常怀念农村相对自由的生活。"兜儿里没钱是没钱,可日子过得自在着哩。喜树你是不知道,住人家看人脸色是啥滋味儿。"通过呈现芝麻的抱怨,小说潜隐地质疑了芝麻"商品化"自身劳动力所失去的对于身体的自主权。然而,尽管小说展示并探讨了城乡等级分化,它最终还是认同了中国改革开放后重组的城乡关系、现代化方案中以城市为重心的现代性话语。在故事的开始,芝麻很厌恶城里人对农村人那种话语权力和暴力,她问为什么"是个城里人就能训你"。但是在故事的结尾,芝麻却开始接受了城里人的话语。在芝麻看来,城乡差距不仅仅在于物质条件,更在于生活观念和个人选择。她逐渐认识到真正的"现代生活"应该是怎样的,并把她的农村生活看成不文明和落后的代表。虽然城市有种冷漠的面貌,但相比农村仍是"富足""文明""健康"的指征。她在雇主家学会了各种现代性的社会、文化、性别话语和词汇:"高科技""信息技术""法律""歧视""家庭暴力"甚至"正当防卫"。她学着获得现代认同,希望孩子将来有完全不同于农村生活的人生道路。这种心态正是作者所要刻画的"拥有现代观念的成长性生活":

城市目的论不断地把农村包围到以城市为中心

的意义表述体系中，城市的"文明"和"现代"建立在把农村作为封闭没落的他者之上，使农村除了作为城市的对立面外，除了是空洞的"传统"和"落后"的代名词外，不再有什么其他的意义。这是意识形态上农村的虚空化。今天在城市里，"农民"成了愚昧、无知和不文明的代名词。……农村虚空化的过程使农业生产没落了，使农村生活萧条了，使农村的脊梁给抽掉了。这个过程夺走了农村从经济到文化到意识形态上所有的价值。[13]

芝麻把农村看作落后和缺乏文明的代表所反映的正是现代性话语中的"城市目的论"，进城打工女性的对"在农村没有出路"的说辞其实反映的是农民没有通往现代性之路。

芝麻拒斥农村、认同城市的一个最重要的原因就是家乡偷盗成风/道德沦丧的现象。"可老家没有电器，那日子又咋样呢？外头啥事儿不知道，吃了睡睡了吃，没吃的了就去偷，虽说不是个机器，可也跟个牲畜差不多少。"芝麻试图把自己跟那些人划清界限，并把农村的停滞不前和落后归因于这种道德败坏、不学新知识、缺乏现代教育为表现的"农民性"。而这种"农民性"或者"农民精神状态"正是现代文明的对立面。她急于打破她旧的价值体系和思维方式，特别是以多子多福为代表的旧的生育和家庭观念。小说安排她在进城后亲身经历"中国人有那么多"并引导她把农村的贫困和苦难的原因归

13　严海蓉：《空虚的农村和虚空的主体》，《读书》7(2005)：82—83。

结于农民违反计划生育国家政策的愚昧的超生。普遍的偷窃和超生现象本应作为乡土社会艰苦生活和农业生产低水平发展的症候和结果,但在芝麻的逻辑中,她却倒置因果,把道德败坏和落后的生育观看作艰难停滞的农村生活的原因。

芝麻的逻辑和观念背后是一种改革开放后逐步增强的"素质论"的现代性话语。杰华认为在二十世纪八十年代之后,"素质"在中国已经成为有关现代性和国家治理的各种话语中的核心要素,"对中国作为一个民族的素质的渴望与忧虑,与家庭和个体的素质竞争相融合,形成了一种基于自我规制和自我发展压力的强有力的政府治理形式,这些由政府自上而下强加的压力,已经在普通人当中得到内化"[14]。素质论和发展主义的观念是密不可分的。"素质一词或许兴起于八十年代早期'优生优育'优生学话语语境中。广大农村人口成为政治和知识分子精英强烈焦虑的对象并成为严格的人口控制计划的主要目标。在这种情况下,数量庞大但素质低下的胆怯的农村人口阻碍了国家以改革开放与全球资本接轨的努力。太多的子嗣令农村家庭凄惨、绝望、穷困的形象愈加深重,不仅标示着农村人口的低素质、难以管教和缺乏现代文明和训导,而且更重要的是标示了他们缺少后毛泽东时代的中国急需培育的一种发展的意识(a consciousness of development)。"[15]

14　杰华:《都市里的农家女:性别、流动与社会变迁》,吴小英译,南京:江苏人民出版社,2006年,第42页。

15　Yan, Hairong. "Neoliberal Governmentality and Neohumanism: Organizing Suzhi/Value Flow through Labor Recruitment." *Cultural Anthropology* 18.4(2003): 493–523.

芝麻看到了城乡发展巨大的不平等，但是她期望以提升农民素质的方式解决农村的穷苦和不发展。素质论的特点在于它关注个体的缺陷和弱点远远大于揭示社会政治经济结构上的不平等。"'素质'配置的另一个重要特征是它集中关注人类的属性以及如何改善它们，将注意力从源自政府创造或认可的机构、制度和实践的缺陷和不平等中转移开。"[16]素质论逐渐支配了芝麻的观念并搁置了她之前对于城乡差异的质疑。芝麻把低素质看作由无知的生育观造成人口过多的后果，认为超生导致了农村人缺乏教育，生活窘迫却不思上进：

> 就是这么些个人，年年月月，除了种下那一亩三分地，成天不是打牌就是蹲墙根，连个广播都懒得听，活该受穷哩。芝麻恨恨地想。还一个劲地生生生，生下这么些人，一辈子啥见识没有、啥奔头没有、啥好日子没过上，生下个人来，这人究竟为啥活呢？……芝麻下辈子假如能重新活一回，肯定就不这么活了。至少不能像村里人活的那个样。

尽管芝麻回忆了执行计划生育政策的官员们种种暴力不人道的行为，但最终她把国家对人口的控制监管看作解决农村人口低素质的关键。她的逻辑是若城乡的素质差距能减小，那么社会阶层的分化也会随之打破，阶级的不平等也会被

16　杰华：《都市里的农家女：性别、流动与社会变迁》，吴小英译，南京：江苏人民出版社，2006年。第67页。

消除。"实现人口现代化""控制人口增长,提高人口素质"等官方人口话语占据了芝麻的头脑,遮蔽乃至消弭了她之前对城乡等级分化的抵触和抗拒。

人口控制是后毛泽东时代的关于"进步"和"发展"的现代性话语的重要组成部分。"发展是政府理性的一种方式,是这样一种国家逻辑:它以人口为对象,以社会的规范化为目的,而这种规范化就是以优化人口的健康福利和有用性为名义。"[17]通过把农村穷困、匮乏和不发达仅仅归结于人口的过度繁衍,小说最终认同了以推崇"进步、发展"和"素质"为特征的城市现代性话语。《芝麻》这部涉及计划生育题材的作品获得了"第十二届全国人口文化奖小说金奖"。尽管文本通过芝麻的个人经历生动鲜明地曝光和揭露了城乡的巨大差别和不平等,但它却提供了一个城乡差距的想象性解决的方案——严格遵守计划生育,提高农村居民素质,而并没有触碰农村超生、贫困的深层的复杂的社会经济原因。

第三节　对农村妇女"自主性"的书写

当农村女性流动到城市里打工之时,她们通常被认为拓宽了眼界,并且地理位置的变动和新观念思想方式的活动使她们有被赋权的可能,促使她们从家乡的父权权威下解放出

17　Greenhalgh, Susan. "Planned Births, Unplanned Persons: 'Population' in the Making of Chinese Modernity." *American Ethnologist* 30.2(2003):196 – 215.

来。作者曾谈到她在《芝麻》中有意识地用"女性视角"观察和表现底层女性的生活形态，关注芝麻性别认同和性别意识方面的变化。芝麻从她的流动打工经历中不仅仅获得了个人经济独立，提高了家庭地位和决定能力，更重要的是她意识到了维护女性自身权利和性别平等观念的重要性。空间上和夫家的距离，新获得的法律知识和话语权力，都鼓励着芝麻反抗自己家庭中的压抑性的男权思想和做法。女性的自主性也是作者表现新时期中国农民观念的变化和新农民的成长问题的一个关键点。逐渐生长的"女性自我"促使芝麻反对家庭暴力，争取在家庭事务中的平等决定权，同时去反思农村生育观念中的性别歧视。

在叙事中，芝麻的性别主体性最关键的体现是她认识到女性应该拥有生育权，即自由选择的权利和充分的自主。芝麻在第二胎的生育上完全被夫家所决定，自己的意见被无视不予采纳。当芝麻在雇主家中向大家抱怨自己家庭因为超生遭受的过分的惩罚时，李阿姨说这事怨不得别人，只怨芝麻自己。这促使芝麻去思考女性权利的问题。最后，芝麻拒绝帮助同乡杏儿孕检帮她作弊，并且埋怨了杏儿被强迫在生育上一味屈从，没有任何自主性和自决权：

> 杏儿咋这么没主意呢，你男人让你生你就生啊？芝麻在心里骂杏儿。你就是把孩子生下来，又是个闺女你咋办？孩子生下来，好几万块钱的罚款，你拿啥还哩？孩子要吃要穿将来还要上学，养活三个孩子，以后受苦的还不是你自个儿？生生生，农村的人

就知道生，生那些孩子有啥用？……一个村儿的人
都这么稀里糊涂地过，还想生，生你个×！

　　但是从芝麻的言论中可以看出，她在生育上性别意识的
觉醒又是跟她对超生造成农村贫困的观念分不开的。当芝麻
的河南同乡们取笑村里那些进城打工的家政工们通过服侍城
里人赚钱时，芝麻非常生气，但是在她对他们"一辈子啥见识
没有、啥奔头没有"的谴责中，我们看到的是素质论的影子。
芝麻的男性村民们问芝麻当家政工时是否"受气"，并且取笑
村里其他做家政工的人"天天给人洗屁股挣下的钱"。这些村
民并不认可村里的女人们通过做家政工给家庭收入做出的贡
献，把她们的在城里的家政工作看作不恰当的、耻辱的和不可
忍受的。这些轻视的态度或许因为村民认为村里的女人去伺
候其他外族的(男)人形成了对夫权的一种挑战，这是一种男
性中心的性别歧视的文化。然而还有一种可能就是村民看到
女人去服侍城里人，如果把家政工这种职业跟"旧社会"的仆
人联系起来，似乎形成了一种潜在的城乡阶级关系，那么他们
的嘲笑和不屑或许也可以看成是他们对服侍更高的社会阶层
的劣势地位的一种排斥。
　　可以看出芝麻的回应完全没有看到其中或许隐含的对
"阶级地位不平等"的不满，她的厌恶部分出于作为一个女性
对男村民的这种歧视性态度的反对，但更多的是把他们不尊
重归结于他们"素质"的低下。在此，芝麻这个女性流动者的
"成长性生活"以她对现代性话语的完全肯定为标志，这导致
她最终对人口控制和监管的国家政策的完全拥护。可以说，

芝麻的这种把男性歧视理解为没素质、缺乏教育、人口泛滥的想法在社会性别和阶级/社会阶层的视角上是不充分或者说是盲目的。与其说芝麻没有顶替别人孕检是对女性生育自决权的认识，不如说是对多子造成农村孩子素质低下的忧心，对严格的计生惩罚制度的恐惧，还有对以"优生优育"为特征的城市现代性的向往和靠拢。性别间、城乡间不平等的权力关系在叙述中并没有被充分地追问和质疑。

在农村贫困的问题上，文本不仅无法公正全面地探讨，更是遮蔽了从毛泽东时代到后毛泽东时代转变过程中城乡发展方案的变化，还有深层的经济和意识形态原因。根据学者葛苏珊（Susan Greenhalgh）的研究，中国农村"多子多福"这种生育观念或许并不仅仅是传统父权制文化的产物。她认为，通过把求多子尤其是多儿子这种偏好标明为源于'过时的'和'封建'的思想，这种话语取消了探讨有可能不经意地造成了这些观念的各种当代力量的可能性。重要的、形成这种生育决定的社会文化和政治经济结构在官方话语中被漠视了。[18] 把乡村的不发展仅仅归因于过量人口既表面化又武断。

文本建构的芝麻的"自主性"在文本结尾更加可疑。当芝麻不愿帮人作弊在公婆、乡亲的极大压力下挣扎时，是芝麻的丈夫喜树突然间对芝麻的赞同和支持帮她抗衡来自乡村家长制的压力。丈夫的允许在文本中极大地弥补了叙事上的紧张。可以说，芝麻抗争的成功靠的是摒弃农村落后观念而向

18　Greenhalgh, Susan. "Planned Births, Unplanned Persons：'Population' in the Making of Chinese Modernity." *American Ethnologist* 30.2(2003)：196 – 215.

城市生活方式靠拢,并最后得益于丈夫的允许。

总之,在乡村父权家庭里的多子要求和国家以"素质论"为基础的人口控制政策之间,女性并没有在生育上拥有真正发言的机会和选择的权利。《芝麻》中的社会性别话语跟现代性和发展主义话语紧紧纠缠在一起,而作者的"女性意识"和性别视角可以说被更深层的现代性意识形态和相应的文本策略深深地遮蔽了。

很多学者注意到,不仅仅是阶级或城乡分割,社会性别"也成为现代性被想象和渴望所借助的核心形态之一"[19]。对农村女性流动经验的再现正是在现存的社会性别话语、城乡差异话语和它们与现代性的交缠关系中展开。作为一个他者化的重要符号,乡村女性成为"为了保证现代性计划的成功必须让她加入其中并使其正常运转的主体"[20]。通过追溯芝麻从河南乡村到北京的流动打工经历,小说揭示了芝麻以及和她一样的进城家政工们在家乡和城市遭遇的性别和阶级上的歧视和不平等。芝麻在小说开始对她过去的农村生活既怀念又疏离的态度让她有了一种"中间人"心态,这种心态也就成为了社会转型和危机的表征。然而随着叙事深入,芝麻开始积极锻造其现代性别主体认同,她再次回望河南农村和农民的眼光,被加入了对素质论、发展论和城市优越论的认可。芝麻的转变和"个人成长"以她最终对农村落后、愚昧、被动的反

19　Rofel, Lisa. *Other Modernities*: *Gendered Yearnings in China after Socialism*. Berkeley: University of California Press, 1999, p. 99.

20　杰华:《都市里的农家女:性别、流动与社会变迁》,吴小英译,南京:江苏人民出版社,2006 年,第 31 页。

面——城市现代性的拥护为标志。

可以说,芝麻这个主人公并没能逃离被他者化、符号化以"保证现代性计划成功"的命运。把农村、农民看作蒙昧、不文明的他者的先在观念在文本中并没有被有意识地充分审视或质疑,因为文本其实无法在后毛泽东时代现代性方案之外给农村社会想象出一个别样的未来。文本一开始对城乡差别的本质区分所做出的揭露和质疑随着叙事深入最终让位于重写、增强、本质化这种城乡差别的素质和人口话语。

作者有意识地从女性性别视角去书写芝麻面对性别不平等和乡村家长制时自主性的女性自我生长的过程,但是文本对官方人口话语的认同最终抑制了其女性主义视角。女性打工者们所经历的社会转型期所有阶级/阶层和社会性别等问题都在控制人口数量和提高农民素质上找到了它们想象性的解决方法。如何让农村在城乡、阶级、社会性别关系上平等均衡而不是在等级化、权力分化的基础上实现富足和繁荣是《芝麻》在无意中回避的问题。无论是乡村社会还是城市,深层的制度化和结构化的社会阶层/阶级、性别不平等的权力关系的层叠交织远没有被彻底地揭示或审问。

对于困在乡村和城市之间,在乡村父权制下牺牲和在市场经济中把自身劳动力商品化之间的进城打工女性来说,他们对女性自我的追寻必定成为一个艰难的过程。学者邵明在考察当代小说"农民工"书写后发现:

在市场经济推动的社会现代进程的普适性价值
日益获致广泛认可的总体历史背景中,任何现代性之外的社会建构想象都已无法获致合法性意义。……文学话语便与社会现代话语达成高度的同质性，并在参与建构社会个体市场意识的过程中具备特定意识形态表述的内在本质和局限性。[21]

可以说，《芝麻》对进城家政工经验的再现经过了作者先在的社会文化观念的调节和过滤，文本最终被证明，不是质问而是强化了后毛泽东时代以城市化和市场经济为标志的现代性话语。

21　邵明：《伤痛中的现代渴望——近期小说"农民工"书写的意识建构功能》，《理论与创作》5(2006):37,40。

第九章　当代底层文学中的身体叙述

　　"身体写作"曾是二十世纪九十年代中国当代文学创作和批评界的一个焦点话题,这一文学景观的创作主体常常被认为是前后几代的城市、中产女作家,即陈染、林白、卫慧、棉棉、九丹、春树和木子美等,而作品主题也以表达城市、中产、小资的年轻女性的情感和欲望为主。然而在当代文学的创作中,有一部分作品特别是女作家作品极力呈现了农村的、流动(打工)的底层妇女在城乡急剧变迁的社会语境中的身体经验。比起来主流"身体写作"作品中大胆而肯定的身体话语和对城市年轻女性主体意识的表达,呈现底层妇女情欲、性经验的文本并不多,而赋以女性主义视角的作品更是少之又少。关注这个主题的几位重要女作家有孙惠芬、盛可以、林白,以及底层女诗人郑小琼和余秀华等。本章要讨论的是当代女作家在二十一世纪之初创作的几部小说,即孙惠芬的《一树槐香》

（2005）、盛可以的《北妹》（2003）和林白的《妇女闲聊录》
（2005）。这三篇小说以当代中国社会中底层妇女的身体经验
为描写对象，刻画了经受着性别、阶级和城乡等不平等关系的
女性怎样能动地表达自己的身体欲望，积极建立自己的性别
和性认同，以不同于城市中产女性们的方式追寻身体自由和
女性自主。对这些不一样的"身体写作"作品已经有一些讨
论，但并不充分，本章尝试对这几篇作品中的性别话语做深入
讨论，并且考察这些作品的评论中呈现出的文学批评界对底
层文学、女性写作以及当代中国社会的不同看法。

　　谈及"底层"，以中国现代化和城市化过程中底层经验为
写作对象的"底层文学"中充满了种种受害受辱的农村的和进
城打工的男男女女。创伤的身体经验常常被塑造为巨大的社
会转变带来的后果的象征。"作为农村中最严重的边缘人，当
代社会底层中的底层，大量的对留守或流动的农村女性的描
写都是被作为转型期'社会危机'的表现和症候的悲剧故
事。"[1]本章所要探讨的话题则是创伤的身体经验如何在当代
文学作品中被性别化地予以刻画。所选三篇小说描写了底层
妇女们情欲的实现与无法实现，性别抗争及主体性的追寻，并
艺术化地传达了作家们的性别化的"底层意识"、女权主义与
对当代中国社会整体的看法。本章通过考察女作家们面对其
笔下写作对象的不同立场，发掘她们对底层妇女身体经验描
写中不同的性别和文本政治。对底层妇女身体和情欲的描写

　　1　刘希：《现代性话语中的保姆故事——小说〈芝麻〉分析》，《妇女研究论丛》4
（2013）：96。

是否仍然用以转喻当代中国社会？对底层妇女的叙述是否是
女性作家们建构自身主体立场中重要的部分？这些作品在何
种意义上可以被界定为女权主义的或后女权主义的？在对底
层妇女形象的构建中，性别、阶级、城乡问题是否彼此勾连？这
些都是本章要展开探讨的问题。本章认为这些重要的文本形成
了一种当代新"问题小说"，丰富和延伸了以中产阶级趣味为主
的女性主义写作，同时也赋予底层文学以不同的性别视角。

第一节 "身体写作"的创作景观和批评史

对"身体写作"这个兴盛于二十世纪九十年代和二十一世
纪初的文学现象的考察，必须将它放回改革开放后至新世纪的
新启蒙主义继而新自由主义的历史语境中。八十年代逐渐兴起
的"女性文学"思潮与批判、告别社会主义革命的新启蒙主义式
的"人性论""欲望论"密切相关，或者说女性文学本身成为承担
去革命、去政治化任务的重要文化阵地。九十年代以陈染、林白
为代表的个体化、私人化写作因其走出集体、公众、政治领域，去
肯定个体和自我而具有了对抗宏大叙事的先锋姿态。有欲望的
有性身体被作为颠覆革命时代"禁欲的""无性的"（被认为取消
了性别差异的）身体的强劲的话语场。贺桂梅认为，女性书写成
为某种不断地与政治议题分离的"回归"过程：从"政治"回到"自
然"，从"社会"回到"自我"，从"集体"回到"个人"。[2]

2　贺桂梅：《当代女性文学批评的三种资源》，《文艺研究》6(2003)：12—19。

　　但是,对有性身体的建构却在二十世纪九十年代市场体制中参与到了对本质主义的性别差异的建构中,并且被市场收编和利用。本质化的性别差异使得女性身体被凸显,被客体化,成为差异的最终表征。"身体写作作为一种文化现象,在批评语言和接受视野中逐渐被简化、定型化为女性写作、女性性经验和欲望写作。"[3]文学批评界对"身体写作"的批评主要就集中于它在大众消费文化中将身体,特别是女性的身体的客体化、商品化、景观化。钟雪萍曾谈到二十世纪八十年代开始的"向文化转移",在"女性特质"领域中追寻"真正的"女人,将"女人"的含义狭隘化,导致了对女性的性别特征"自然而然"地被所谓女性气质(femininity)和"性存在"(sexuality)所界定,到了消费主义时代,被 90 年代的文化逻辑推向极致。[4]宓瑞新也在对"身体写作"做学理总结的文章《"身体写作"在中国的旅行及反思》一文中提出:"这个本来就存在理论缺陷的西方女性主义身体写作理论也因为与中国女性个体化/身体写作的似是而非的联系,以及被市场、媒体和批评话语任意引申、挪用而显得空洞和浮泛化了。"[5]这些评论都将"身体写作"及其诞生的母体——八九十年代女性文学所产生的社会历史和文化语境做了剖析,梳理出这样一条线索:首先以身体作为批判性武器反"异化",继而在消费文化中身体符号的政治对抗性被市场收编,失却了其最初的批判性和先锋意义。

　　3　宓瑞新:《身体写作女性化探讨》,《妇女研究论丛》2(2006):124。

　　4　钟雪萍:《谁是女权主义者?:由〈上海宝贝〉和"身体写作"引发的对中国女权主义矛盾立场的思考(上)》,冯芄芄译,《励耘学刊(文学卷)》2(2007):44—63。

　　5　宓瑞新:《"身体写作"在中国的旅行及反思》,《妇女研究论丛》4(2010):73。

在这一过程中,本质化的"女性特质"的言说、对女性身体的消费构成了改革开放后新的男权话语,因此在以(自由主义)女性主义为旗帜的女性文学兴盛之后,新的"身体"和"美女"写作促成了消费资本主义和复活的男性中心主义共谋。

本章正是在这一历史线索和创作景观中考察几篇不一样的"身体写作"是如何刻画底层妇女的身体、欲望和性存在的,从中表达对于城乡变动中的女性命运、女性自我与主体性的观念。同时,本章也梳理批评界对这些欲望身体叙事的评论,追溯其中或褒扬或忧心或矛盾的态度显示出的对当代文学与当代社会关系的整体思考。也就是说,围绕着"底层妇女身体叙事"的创作、批评及背后理论的话语场究竟是怎样的?

第二节　对底层妇女身体的书写

当代东北女作家孙惠芬的乡土题材小说里充满了对乡村女性性爱心理和性爱体验的描写,如《歇马山庄》《歇马山庄的两个女人》《天窗》和《一树槐香》等。而其中短篇小说《一树槐香》[6]有对农村女性情欲的大胆描写,并从女主角二妹子的视角对其性爱心理有着细微和浪漫化的表现。孙惠芬将二妹子对美好性爱的追寻放置在农村以男性为中心的、女性的情感和身体欲求被贬抑的家庭关系和性文化中,对比了二妹子"子

6　小说原文皆引自孙惠芬:《一树槐香》,《民工》,北京:作家出版社,2005年。

宫都在动"的美好记忆与嫂子"一辈子也没有尝到女人的滋味"的心酸记忆。作者书写了农村女性的情感和身体欲求被压抑的普遍气氛,对二妹子因曾经的美好性爱体验而尊重自己的情感身体需求给予了理解和肯定;同时又从歇马山庄人的视角,描写了这种大胆找寻美好性爱的女性如何在保守压抑的山村被视为异端。小说在两种叙事视角和语言中展开,一方面是二妹子对美好性爱经历的回忆和新的性爱体验的细致入微的刻画,从二妹子的视角去描写身体的舒展和欢乐,语调温柔、浪漫而感人,如"二妹子渐渐酥松开来,蓬勃开来,使二妹子身体的芳香一汪水似的从骨缝里流出,流遍了山野,如同那些不知名的花开遍山野"。在二妹子自己看来,"身体只是身体,与嫁人无关,也与道德无关"。这里的"道德"其实是强迫女性守贞的封建道德。

另外一层的叙事视角和语言则是以嫂子和李所长为代表的歇马山庄人眼中的二妹子的故事。在嫂子眼中,二妹子小馆只要开一天就是耸在歇马山庄眼里的"脊梁骨",而在李所长眼中,二妹子就是她哥哥用以交换实际利益的工具,是有着可以随意被占有的身体的妓女。不是恪守男权贞操标准的贞女节妇,就是满足男性欲望的妓女荡妇,两种角色之间,女人自身的情感欲求被完全剥夺和压抑。于是"关于二妹子命运的猜想,关于二妹子当鸡的故事,关于二妹子身体的故事,就如同苍蝇一样,在歇马山庄一带四处飞舞",二妹子的故事成为一部身体堕落的肮脏历史。《一树槐香》中的两种叙述,女性视角话语和男权话语交替出现,最后以歇马山庄人嘲讽鄙夷的叙述和视角作结("露着白白的胸脯和白白的大腿,要多妖气有多妖气"），表明了二妹子寻求身体自由的反叛话语最终不敌男性中心主义话语的倾轧，如同在现实生活中底层妇女表达自我意识的努力不仅难以得到认同，而且往往被误解乃至否定。《一树槐香》作为一个女权主义文学文本的意义就在于它用两层叙事的交汇和抗争表现男权社会造成的女性身体压抑及其批判。

对于《一树槐香》的主题和意义，论者往往以二妹子这类乡村女性在"封建礼教观念"里的挣扎和困境喻示"乡土世界走向现代的艰难历程"，"用乡村女性性爱心理的镜像折射着中国农村现代化的文明进程"[7]。这种对底层妇女命运的解读表现出一种对"现代化"特别是农村现代化的焦虑，却没有对这一过程中不公的性别秩序为何延续做出评论或思考。对于二妹子自身的身体情欲的呈现，有类评论惯例援引了张京媛主编的论文集《当代女性主义文学批评》中埃莱娜·西苏（Helene Cixous）的文章用以肯定《一树槐香》中的身体叙事，如"美杜莎的笑声""从潜意识场景到历史场景"中"身体写作"的概念。同时，有论者也借用新启蒙主义话语肯定对底层妇女的自主意识的表现，如"底层特别是农村妇女，因为与土地有更为密切的关系"，他们那种身体、情感、欲望的潜流，更有可能形成"一种侵蚀甚至是颠覆革命时代乌托邦性别话语的力量"[8]。因此这类评论基本上是借助之前"身体写作"潮流的

7　郑晓明：《农村女性性爱心理的压抑与彰显——孙惠芬〈天窗〉与〈一树槐香〉的比较阅读》，《名作欣赏》14（2014）：120—121。

8　马春花：《被缚与反抗：中国当代女性文学思潮论》，济南：齐鲁书社，2008年，第56页。

积极意义来解读《一树槐香》。

但是对于二妹子不畏污名化,如此大胆而坚定地追寻情欲自主,一些评论在认可以上的女性主义批评话语的情况下还是表达了对于所谓"过度的身体自由"的忧心,如"身体觉醒了的二妹子最终成了身体的奴隶","身体和心终于相连后,却由于出了'丑事',感受到了身体里的黑暗,最后真的成了一只'鸡'"的论述。[9] 这种对于女性身体自由的忧心会在对盛可以的小说《北妹》的评论中更加清晰地表露出来。

盛可以的处女作《北妹》[10]在对当代底层妇女命运的记录中具有重要地位。作品还原了打工妹们进入城市的艰辛道路和城市对她们的冷酷无情,呈现了一部父权社会性别和资本主义压迫下底层妇女身体的受难史。打工妹们或成为现代企业工厂里被压榨的廉价劳动力,或进入服务行业里做女性做的最多的职业,如发廊技师、私企陪酒、歌厅陪唱、宾馆前台、宠物保姆,以及出卖肉体的性工作者。她们在不同行业里随时随地面临着劳动力剥削以及基于阶级、性别、年龄的歧视乃至侮辱。在《北妹》里,女性的身体和对身体的使用必须完全服从男权制度的安排,对女性性魅力的期待与其顺从的要求同时存在,不仅身体生育功能的使用和关闭完全不由女性参与决定,也常常成为被随意榨取的性资源。对钱小红"荡妇"

9　相关评论如:苏日娜:《试论孙惠芬笔下的乡村女性形象》,内蒙古师范大学硕士学位论文,2011 年;韩春燕:《墨色槐香:女性心灵与身体的告白》,《电影文学》10(2007):33—34。

10　小说原文皆引自盛可以:《北妹》,天津:天津人民出版社,2011 年。小说原载于《钟山》2003 年增刊秋冬卷。

性唤起的期待和对其性魅力恐惧、侮辱的厌女症同时存在。总之，她们成为男性主体建构的必然的次等的"他者"。如果说《一树槐香》主要塑造的是农村封建男权秩序为主，市场秩序将女性身体商品化为辅的男权文化，那么《北妹》则主要刻画了资本主义（新自由主义）社会里资本的力量、商品经济与男权性别秩序的结合对女性特别是出卖劳动力的打工女性带来的巨大倾轧。

《北妹》正是在彻底揭露城市里商品经济和市场逻辑，性别秩序和性观念的基础上描写底层妇女艰难地追寻女性独立、自决和性自主。盛可以在《北妹》再版后记中说，她塑造的是钱小红强劲的生命力，"对虚妄生活的透察和对自身欲望的尊重"，并在接受《羊城晚报》访谈时说"一个大胆自我、追求性自由的小姑娘，在上个世纪九十年代初期的偏僻农村，这是大逆不道。但她善良活泼、热情侠义，视性为天然。某种意义上，她其实是一个'思想的革命家'"[11]。因此在各式各样的男性霸权的威吓中，女主角钱小红仍然正直、自尊自立，尊重女性自由表达身体欲望却不让欲望被任何权力、金钱关系所操控，在性关系中拒绝被动和弱势，嘲弄男权对"贞操"的规定，用自己的身体力量反拨解构了"贱"这个对女性的污名。钱小红的巨大的乳房是全书一个重要的意象和象征，它的寓意究竟为何？盛可以曾经在澳大利亚一次作家工作坊的访谈中说："乳房是女人这个第二性的性别的象征，我给了女主人公

11　何晶：《专访盛可以：绝不许对自己说还有很多个明天》，《羊城晚报（人文周刊）》2013 年 02 月 24 日（B3）。

这个外在的符号去象征她们迁移入城市过程中的担忧和焦虑。钱小红的巨乳对她来说是个麻烦,同时也带来了好处。她喜欢她的身体,却从来没有拿去做任何交易。从这种意义上来说,这就是一个反叛。"[12]因此,钱小红们在深圳这座资本主义城市中即使遭遇阶级、性别的巨大不平等和伤害也没有屈从,拒绝将自己的身体商品化和客体化,在污名化女性性愉悦的男权机制中没有放弃自己的性权利和身体欲望。《北妹》就是这样塑造了底层妇女的主体性。对比《一树槐香》中二妹子的那句"身体只是身体,与嫁人无关,也与道德无关",《北妹》所描绘的其实是在这样一个"不道德"的社会中一个底层打工妹如何抗拒各种"男权道德"的规约而保持了"自己的道德"。底层妇女的身体是诸种不平等关系施加威力的地方,在小说中却也成为个体反抗的最终战场。

对于《北妹》这部描写底层妇女身体经验的作品,很多评论将其跟之前以城市中产女性为创作主体的身体写作予以对比,肯定其记录底层妇女经验的现实主义价值。[13]但是,在对《北妹》的评论中影响力很大的一篇是马策的《身体批判的时代——评盛可以长篇小说〈北妹〉》。文章认为"《北妹》事涉身体的自由秩序,但更为重要的是揭示出身体自由的危机"。马

12　The Writer's Workshop, Freya Dumas: "Interview with Sheng Keyi", 2012 年 6 月 6 日, http://lipmag.com/arts/books-arts/lit-lit-qa-sheng-keyi/comment-page-1/#comment-17595.

13　周婷:《新世纪女性写作的异质性——盛可以小说创作》,《小说评论》2(2013):38—40;孟繁华:《〈北妹〉:底层女性生死书》,《北京青年周刊》,2004 年 6 月 15 日;童献纲:《关于另一类身体写作》,《长春大学学报(社会科学版)》1(2012):40—42。

策回溯了身体写作的历史，认为盛可以这篇作品的具体价值在于为私小说和"美女作家"时期画上了句号，"中国女性写作身体批判的时代来临了"。钱小红"咬着牙，低着头，拖着两袋泥沙一样的乳房，爬出了脚的包围，爬下了天桥，爬进了拥挤的街道"这个象征被马策解读为身体自由所付出的代价和危险，并得出结论说："盛可以将身体的批判，落脚于对作为一种制度的自由秩序的反思，在此意义上，《北妹》堪称女性文本的高峰之作，并且大大的超越了中国女性写作的美学边界。"[14]同样，有论者也仅仅围绕《北妹》结尾处钱小红"被无限膨大的乳房压垮"的描写去讨论以身体自由和欲望去反抗现实性别秩序怎样陷入新的焦虑，认为"建立在欲望享乐上的反抗意识很难说是独立的女性意识，它形成了某种虚妄的女性主体，不仅难以对男权文化造成真实、有力的冲击，在现实层面上，则表现为女性更严重地陷入男性文化的控制之下"，"狭隘地将情欲的率性表达等同于身体自由的实现。钱小红放逐'爱'与男性一起性狂欢，完全放弃对灵魂、精神的思考和寻找，将女性'性自由'高举成现代女性意识的标志。……这种性自由一旦与社会政治、思想精神的追求无涉，就会成为女性重新'异化'的原因"[15]。

围绕"身体自由危机"的这两篇评论确实涉及了《北妹》文本内外的一些问题，如有论者认为"钱小红是在性的焦虑中产

14　马策：《身体批判的时代——评盛可以长篇小说〈北妹〉》，转载自盛可以新浪博客，http://blog.sina.com.cn/s/blog_4c61481f0100ke9d.html。

15　马玲丽：《身体自由：欲望与反抗的双重沉沦——以盛可以的〈北妹〉为例反观当下底层女性文学写作》，《名作欣赏》15(2010)：36。

生了乳房的变异。女性的性问题并没有随着女性身体自主权的获得而迎刃而解，这是盛可以、乔叶、孙惠芬均意识到的并且在各自的作品中试图展现的主题"[16]。但是这些评论将文本中呈现出的底层妇女的现实困境主要归结于女性身体自由内在的问题，而非外在的社会转型和市场体制，这就遮蔽了很多并非"自由放任过度"或者"欲望享乐"能解释的问题，并且对女性身体自主权的限制，对"与思想精神无涉的性自由"的指责，有对于女性身体再道德化的危险。如前面所讨论的，钱小红绝非享受纯粹的"性狂欢"，而是以身体为战场争取女性的性自主和进行性别抗争，即使异常艰难并且常常被污名化她也没有放弃，因为这是她最后唯一可以自主选择的抗争方式。如同《中国女工》中打工妹的梦魇和呓语成为抗争的"次文体"[17]，北妹钱小红自由的情欲表达则成为身体对于来自性别和资本的双重压迫不屈从的方式。

这些忧心的评论所触及的问题不在于自由"过度"，而是自由远不足以对抗当下传统封建男权和资本主义市场的新男权（将女性身体客体化商品化进行交易）结合起来的残酷现实，正当的自由无法实现。或者说，应该探讨的是如果当代"女性主体性"的建构仍然基于一种性别本质主义的、以性存在为主要向度的"主体性"是否有问题，如宋少鹏所说，对个体主体性的关注"悬置了对当下资本制度对于妇女压迫的质问……因为资本制度和市场社会被看成了妇女主体性和自由

16　童献纲:《关于另一类身体写作》,《长春大学学报（社会科学版）》1(2012):40—42。

17　潘毅:《中国女工——新兴打工阶级的呼唤》,香港:明报出版社,2007年。

的制度性保障"[18]。对《北妹》这部小说来说，以一个追寻自由的女性的艰辛之路揭露现实资本制度和性别秩序的残酷正是作品女权主义社会批判的重要议题。目前底层妇女所拥有的自由绝非过多，反而因被污名化而远远不足。在这种情况下，以马策为代表的呼吁对"自由限定"和对"身体批判"的评论，触碰到了个体仅仅靠身体自主权远不足以对抗一个男权社会特别是新自由主义社会的重要问题，但将这种对身体抗争局限性的思考和对新自由主义的社会现实的焦虑不恰当地推导出了"女性性自由会导致危机/异化"这样的观点。钱小红为"身体自由所付出的代价"的问题绝不在于她追寻身体自主和自由，而在于一方面贬斥女性性自主，另一方面将"身体"商品化资本化的男权社会。这些忧心于"自由"的评论以其模糊不明的批判"自由"的说辞有再道德化和对身体再压抑的危险，并且无法正视以《北妹》为代表的打工妹的艰难抗争史，特别是在"性"这个最为保守的领域展开的对男权社会的批判力量。

第三节　女性知识分子与底层写作

相比《一树槐香》和《北妹》，林白的《妇女闲聊录》及姊妹篇《万物花开》受到了文学界极大的关注和肯定。作为曾经的

18　严海蓉,林春,何高潮等:《社会主义实践的现代性》,《开放时代》11(2012):16。

"个体化写作"和女性主义文学的代表作家,林白在写作对象、主题和手法上发生了巨大的转变,因而这两篇代表作品也被赋予了"个体化写作"在新世纪寻求突围,以及女性主义文学发展新方向的意义。《妇女闲聊录》[19](以下简称《妇》)以湖北王榨农村一种"无政府主义式"的群体生活样态和民风民俗为描写对象,以农村妇女木珍这个底层妇女的回溯和记忆为叙事视角,语言采纳了"粗糙、拖沓、重复、单调,同时也生动朴素,眉飞色舞"的民间口语。林白自己非常高调地将它标榜为打开了她"和世界之间的通道"的,"最朴素、最具现实感、最口语、与人世的痛痒最有关联,并且也最有趣味的一部作品,它有着另一种文学伦理和另一种小说观"[20]。众多评论家纷纷认可和赞赏林白"低于大地""跟他者平等"的姿态。[21] 如某文学奖授奖词赞颂《妇》这部作品为:"有意以闲聊和回述的方式,让小说人物直接说话,把面对辽阔大地上的种种生命情状作为新的叙事伦理,把耐心倾听、敬畏生活作为基本的写作精神,从而使中国最为普通的乡村生活开始发出自己的声音。"[22]一些评论家通过对《妇》中农民的"主体意识"和"心灵世界"的肯定而反思知识分子的自满与面对农民或隔阂冷漠或高高在

19　小说原文皆引自林白:《妇女闲聊录》,北京:新星出版社,2008 年。

20　林白:《低于大地——关于〈妇女闲聊录〉》,《当代作家评论》1(2005):48—49。

21　陈思和:《"后"革命时期的精神漫游——略谈林白的两部长篇新作》,《西部》10(2007):4—9;张新颖:《如果文学不是"上升"的艺术,而是"下降"的艺术——谈〈妇女闲聊录〉》,《当代作家评论》6(2004):157—157;贺绍俊:《叙述革命中的民间世界观》,《长篇小说选刊》1(2005):262—262;施战军:《让他者的声息切近我们的心灵生活——林白〈妇女闲聊录〉与今日文学的一种路向》,《当代作家评论》1(2005):44—47。

22　《第三届"华语文学传媒大奖"专辑》,《当代作家评论》3(2005)。

上的启蒙、优越姿态,赞赏林白"能在这个世界面前保持一种低姿态,尽量过滤掉自己的主观性"[23]。

《妇》中一个重要的主题是湖北王榨乡村开放、自由的两性关系,以及叙述者传达出的对这种性自由特别是多元关系的女主角们的理解和宽容。如木珍对王榨的各种奔放的村妇如双红等甚至是自己丈夫的相好冬梅的理解,莲儿和香桂的超越"情敌"的关系,木匠妈妈对小儿媳妇说的"你闲着也是闲着,他大哥也不用给别人钱"的另类态度。叙述者欣赏的是冬梅那种"从来不议论别人的风流事,她不象线儿火,自己是歪的,还老议论别人,冬梅不干"的"人生哲学",与"都说这种事,只要是女的在一起,都说,不管年纪大的年纪小的,都说,只要不是姑娘就行"的宽松的女性空间。这种宽松的气氛与《一树槐香》中保守、压抑的气氛截然相反。王榨的这种另类道德样态成为作者林白从底层生活,所谓"辽阔光明的世界"和"活泼的生命"中寻找到的新的思想资源和写作对象,它可以说继承了其之前"个人化"写作中对女性世界的关注和对个体的自由自主的认可,王榨农村女性在身体和性方面的流动性和自主性比之知识女性的追求目标来说似乎已成为现实,同时,这种自由的状态又是来自不同于私人化写作孤芳自赏的小天地的"民间"和"底层",因此这部作品就成为评论者对女性主义写作的新的题材、写作手法和发展方向的肯定。

---

23 张新颖,刘志荣:《打开我们的文学理解和打开文学的生活视野——从〈妇女闲聊录〉反省"文学性"》,《当代作家评论》1(2005):42。

荒林曾提及《妇》因"到更深入的内心世界""写出人的史意"而"体现了女性主义写作的历史性成长"[24]，并认为其价值在于"女性主义对于妇女和弱势群体的赋权，正是话语权的赋予"，在书写"本土经验"即"中国农村在时代巨大变迁中的生动经验"上为"中国女性主义提供了丰富的诗学资源"[25]。其他几位从女性主义书写转变的视角讨论《妇》的重要评论者包括寿静心、王宇和董丽敏。寿静心看到了《妇》与林白之前的女性写作一样依然是对抗宏大叙事和主流话语，表达对个体自由不懈追求的文本。[26] 王宇认为包括《妇》在内的女性写作的乡土转向并非放弃女性主义立场，她认为林白对鸡零狗碎的乡间生活的记录"价值立场含混"，从而"最大限度地祛除了表述（话语）中所隐含的权力机制"。[27] 董丽敏的讨论[28]更复杂些，她看到了《妇》中表达出来的价值空间的混沌"大多数时候甚至是颠覆和消解已有的女性主义价值观念的"这一点，但认为这种对底层生活的描述更加"真实"，"标识着其女性立场的深化。至少，她开始让有可能蕴蓄着中国本土经验的女性生存状态无拘无束地呈现出来，在此基础上，探索属于中国女性主义的言说方式"。董文的讨论建立在她对"西方意味十足"

24　荒林：《〈妇女闲聊录〉的史意》，《文学自由谈》6（2005）：137。

25　荒林：《重构自我与历史：1995年以后中国女性主义写作的诗学贡献——论〈无字〉、〈长恨歌〉、〈妇女闲聊录〉》，《文艺研究》5（2006）：12。

26　寿静心：《林白：从〈一个人的战争〉到〈妇女闲聊录〉》，《河南社会科学》15.3（2007）：119—121。

27　王宇：《新世纪女性乡土叙事潮流的崛起及其意义》，《南开学报（哲学社会科学版）》2（2013）：90。

28　董丽敏：《个人言说、底层经验与女性叙事——以林白为个案》，《社会科学》5（2006）：186—192。

的中国女性文学话语的反思和批判的基础上,她认为《妇》中女性主义的"本土性"在于超越了"原本立足于'个人言说'的'现代性话语'前提下的中国女性文学"的那种"自恋乃至自我封闭的倾向",虽然《妇》的实验包含的这种反思超越意识模糊、未成型,但董相信它可以成为"中国女性文学乃至中国当代文学本土言说的开始"。

以上几位评论者或者肯定林白一以贯之的"个人化"立场(无论是知识女性私人生活的个人化还是对抗主流宏大叙事的民间立场和姿态的个人化)是女性主义视角的延续,或者赞扬《妇》包含的"本土女性主义"可能性,认为它是对受到西方女性主义影响的、"局限于"个人言说的女性文学的纠偏和"清算",总体都是肯定《妇》是"女性主义"的。但是问题在于,《妇》这个作品作为一部有着"粉碎世界的整体性"的"后现代精神"[29]的作品,其提供的对底层民间世界的批判性和反思性有几何? 它究竟在何种程度和意义上可以被界定为是女性主义的呢?

作者赋底层妇女以自我表现的权力,她们的轻松活泼的语言再现了王榨农村在"性"上的自由态度,在性以及谈论性上的自主意识。这样一种题材和写作姿态与女性主义文本反对性的压抑、肯定女性的身体欲求的追求的确是一致的。木珍正是在她大胆自如的言说过程之中确立起她作为一个底层妇女的主体性的。农村女性从自己口中说出农妇们自己生活中的种种细枝末节,有着乐观、积极的生活态度,这种底层妇

29　贺绍俊:《叙述革命中的民间世界观》,《长篇小说选刊》1(2005):262。

女能动的自我言说和表达是《妇》的巨大贡献。《妇》还通过木珍之口表现了农村中诸多性别不平等的状况,诸种封建思想的存留以及城市化过程中的性别不平等:冬梅年轻的女儿以及更多年轻女孩被富人包作二奶;王榨的大男子主义男人们家暴严重,福贵"把他老婆打得死过去了",三岁这个人对妻女的辱骂;外出的打工妹们因怀孕影响了人生;学生们特别是女孩子辍学打工;新娘的女伴们遭到严重的性骚扰;种种"女儿沤粪"的可怜状况,如生育的性别筛选,小莲的父母对她的虐待,等等。可以说,在对于性的相对宽松的气氛之外,女性在转型的乡村社会中的遭遇依然没有享有足够的自主权。这种纪实文学式的对妇女生存现实的揭露也被一些论者认为是"林白见证农村女性的残酷生存和韧性的一部激进作品",因而具有"女权主义性质"[30]。在《妇》这部勾画了支离破碎的农村生活世界的,具有"后现代精神"的作品中,作者林白的立场其实并不明晰。可是她在小说的副文本——两篇后记中却清楚卓然地昭示了一种亲近赞颂底层、"敬畏生活"的姿态。如果说在"性"的方面,作者自身的立场隐含于木珍的立场背后其实也是一种对木珍的认同,那么,在《妇》中其他对农村中诸多性别不平等状况的呈现中,作者声音的隐没则与小说后记中的姿态不相协调。

作者的隐身正是林白在《妇》中追求的目标和新的"伦理观和文艺观"的表现,她刻意取消知识分子的立场和介入,让

---

[30] Schaffer, Kay, and Song, Xianlin. *Women Writers in Postsocialist China*. New York: Routledge, 2013, p. 16.

底层自己说话。如果说林白的个人化写作是尽力抵制和清除国家公共话语和宏大叙事对个人生活再现的影响,那么林白在《妇》上的努力则更是对知识分子精英话语的反思和摒弃,让底层在自然自由的话语空间下呈现他们自己眼中的流动性的生活。但是《妇》还呈现了农村生活中诸种性别歧视和压迫,木珍除了在叙述计生办对她捡到女儿的不支持、表达出不满和可惜之外,在叙述其他女性的遭遇时基本上跟谈论王榨的喜闻乐见的偷情一样平静而自然,仿佛这些都属于乡间的各种鸡零狗碎而"见惯不惯",无法改变。仔细通读小说,木珍对王榨的诸种悲惨女性状况的描述有着一种自然发生、无能为力的语气,并不能完全被林白在后记中所描述的那种对"辽阔大地上的种种生命情状"的"眉飞色舞"的语调所概括。《妇》里"乡村"的形象其实和木珍自我言说中的"底层立场"一样驳杂多面,其中甚至包含着对女性悲惨遭遇和对城乡共存的男权思想和行为自然而平静的接受。在这些时候,作者的沉默不语则与其赞颂乡土底层生命活力的意图形成了紧张不和谐的对照。有评论者注意到:

> 当林白试图呈示一个原生态的"真实乡村"时,她看见的只能是杂乱无序、缺乏声色的乡村,……这样的乡村明显缺乏诗意,它只能驻留在素材层面,无法为林白的写作带来精神价值和审美趣味。然而,发掘盎然多姿的民间生命力,营构一个别有意味的美学地图,又是林白念念以求的乡村叙事目标。这就导致了无法调和写实与写意之间冲突的写作难

题，最终的结果是林白的乡村写作遭到极大破坏。[31]

如果说"写意"背后有着作者肯定女性身体自主的女性主义立场和赞颂底层的意图，"写实"对底层生活中诸多社会不平等和性别不公正的现象的揭露其实已然颠覆了"底层"的可亲近感，《妇》中"狂欢化"的语言所呈现的既有女性自由，也有非理想化的底层妇女的艰难生存状况。"《妇女闲聊录》所呈现的价值空间显然是以前的林白难以想象的，她原本已经很明晰的女性书写者的形象也在这样的混沌中受到了挑战，变得难以归类。"[32]这种"难以归类"是林白刻意告别自己曾经的女性主义作家身份的结果，这种"混沌的价值空间"也使得对《妇》在多大意义上可以被界定为是女性/权主义的文本的问题可继续讨论。对知识分子的女性主义所沾染的中产、精英气息的反思的结果是林白试图退到对"民间世界观/意识形态"的一种不经中介(unmediated)的再现之中，但作者在《妇》的副文本(后记)中所表达的立场却是赞颂和敬畏。《妇》排除了由作者经由文本政治的介入可以达成的批判或反思(或者说把这种价值判断的工作全盘转交给读者)，直接让底层自我表达，但这种自我表达所再现出的底层世界其实有很多驳杂甚至是自相矛盾的面向，并非一个可供"敬畏"和膜拜的范型。如果说《妇》"最大限度地祛除了表述(话语)中所隐含的权力

31　谢刚：《分裂的乡村叙事及无效的成长忆述——林白近年写作的衰退兼及女性主义写作之困》，《文艺争鸣》12(2009)：72。

32　董丽敏：《个人言说、底层经验与女性叙事——以林白为个案》，《社会科学》5(2006)：190。

机制"，那么对于农村妇女生活中存留的压抑性结构和文化中的"权力机制"，小说叙事则呈现出某种暧昧的"低姿态"。可以说，《妇》在成为"与人世的痛痒最有关联"的文本上非常成功，但作者通过完全隐身和退场而反拨女性主义精英姿态的做法是否可以使得《妇》成为"女性主义写作的历史性成长""女性立场的深化""本土女性主义言说开端"的标志文本则值得继续商榷。

孙惠芬的《一树槐香》和盛可以的《北妹》艺术化地表现了底层妇女们的性别抗争及主体性建构，从思想内涵和文本形式上都是女权主义文本。它们通过对底层妇女身体经验的困境刻画和主体塑造，揭露了转型社会中底层妇女面临的危机是由新旧两种不平等社会性别秩序、将女性劳动和身体商品化的资本制度和市场社会造成的。从商品化浪潮刚刚开始的农村到卷入全球资本主义中的南方沿海城市，农村和打工底层妇女都遭遇了父权制度文化的威压，以及市场和资本的侵袭。两位女主人公，二妹子和钱小红，都不惧对女性自由的不容忍和污名化而追寻身体自主权，在艰难地争取经济自由之时，将被性别、阶级和城乡不平等重重压迫的身体作为最后的战场，以身体自主的不让步成为底层妇女最后的坚守。这种关于底层妇女创伤经历的"身体写作"成为考察当下城乡社会中诸多互相交叉的不平等问题的切入点。两位女作家性别化的"底层意识"和女权主义以相应的文本和叙事策略很好地表达了出来。而这两篇作品的评论中表露出的对这种"身体自由"的忧心和焦虑，则反映出背后隐藏的一个问题，即面对强大的资本和男权机制，什么样的主体性可以或者仅仅是个体本身可否具有真正有力的对抗性和政治性。

林白的《妇女闲聊录》对于王榨农村妇女在性以及谈论性上的自主权的书写和肯定,延续了作者主张自由自主的女性主义立场,通过鼓励底层妇女自我言说,塑造了底层妇女的主体性。并且,对底层生活的重视和相应的隐藏作者态度的语录记载式写作方式出自林白对醉心于个人言说的女性文学和知识分子精英立场的反拨。对底层世界特别是女性的叙述因此成为林白构建其"后身体写作时代"作家立场的重要部分。但是作者通过叙述者的隐身和退场来对抗女性主义的中产、精英姿态,这个认同底层的先验立场会否削弱在性别议题上的批判性?这使得这个"后女性主义"文本值得被继续讨论和辨析。

但是,以《一树槐香》《北妹》和《妇女闲聊录》为代表的当代女作家的文本形成了一种当代的新的"问题小说",丰富和延伸了以中产阶级趣味为主的女性主义写作,同时也赋予底层文学以不同的性别视角。评论界对三部作品都曾赋予他们之前的女性"身体写作"对抗主流话语的先锋意义,也看到了其书写被压迫的底层妇女身体的现实主义价值,但对这种开放自由的身体的反叛意义则意见不一。如果说二十世纪九十年代的"身体写作"既有其先锋性、批判性,也有着误区,可能被市场和消费主义所收编,那么新世纪里这些"另类身体写作"以底层妇女的受创却不屈的身体揭示了当下社会里的性别、阶级、城乡等不平等,呈现了对自由的抗争和追寻,也促使我们去追问面对父权和资本的合力侵袭,何为真正具有反抗性的妇女"主体性"的问题。

第十章　当代中国科幻中的科技和性别叙事

当代中国科幻中有大量的"科幻现实主义"作品，如杨庆祥指出，"21世纪的中国科幻文学提供了一种方法论"，它不能被简单地归类为一种类型文学，而更应该被视为一种肩负了各种问题的"普遍的体裁"[1]。从某种意义上来说，当代中国科幻作品中涉及的性别、阶级、城乡等社会问题是现代化、城市化背景下生活状态的真实写照。芮塔·菲尔斯基（Rita Felski）认为，"如果性别政治在塑造现代化进程中发挥了核心作用，那么这些进程反过来又有助于启动正在进行的对性别

1　杨庆祥:《作为历史、现实和方法的科幻文学》(前言)，《后人类时代》，陈楸帆著，作家出版社，2018年，第7页。

的重构和重新想象"[2],因此她提醒我们去探讨性别和现代性之间不同的表现形式。正如性别是想象"现代性"的一个关键修辞一样,它也是当代中国科幻小说中刻画人性和"后人类"的一个重要的手法。在科幻书写中性别议题和话语的特点和作用是一个值得研究的问题,因为它对于再现各种现代化过程中的社会问题以及追求诗性正义有着特别的作用。

当代中国科幻贡献了很多对性别议题的探讨。陈楸帆的《太空大葱》和廖舒波的《地图师》探讨了年轻的女孩怎样打破束缚、追寻自由,发挥自身的潜能,最终成为太空农业专家和星际旅行者。这两个作品通过科幻的形式探讨女性如何打破传统性别期待和刻板印象,挑战与之相关的权力关系以实现自我。

韩松的《美女狩猎指南》讨论生物克隆技术被用于延续男性霸权、女性继续成为权力追逐对象的可能。吴楚的《幸福的尤刚》讨论当新技术仅仅解决生育问题,而并没有帮我们打破传统封建思想的时候,我们该怎么做。郝景芳的《北京折叠》在阶级分化之外,也探讨了不同社会阶级的女性是否都要服从于男性权力。这三部作品的关注点从个体延伸到群体,探讨根深蒂固的性别等级和不平等制度可能会延续到对新科学技术的应用中。因此科学进步与思想解放必须同步,才能打造更美好的未来。

赵海虹的《伊俄卡斯达》探讨女性可以为科学探索做出什么特别的贡献,她们的共情和爱心与科学和理性的关系是什

2　Rita Felski. *The Gender of Modernity*. Cambridge: Harvard University Press, 1995, p. 22.

么。一般我们认为，冷静、理性这些都是典型的男性气质，对科学研究最重要。但这个作品讨论了关怀、共情、联系这些价值与科学探索的关系，在性别议题上打破了情感/理性、关怀/超然这些被等级化了又被性别化了价值体系。

当然，当代中国科幻中的性别议题不仅仅是女性的困境和反抗，它是关于所有性别群体的。赵海虹的《宝贝宝贝我爱你》探讨了一个开发虚拟养娃游戏的男性怎样慢慢成长为一个真正的父亲，讨论"父亲"身份和"母亲"身份一样不是天然的而是社会建构的，因此需要承认亲职和养育过程中的困难、付出和意义。阿缺的《宋秀云》讨论了一个男工程师怎样借助科技向家人隐藏自己不同的性身份，他设计了一个假的人工智能替他去面对家人和外界，而把真正的自我关在地下室里。这个作品讨论了怎样打破压抑性的对男性气质的要求，也探讨了科技进步与性别平等的关系。陈楸帆的《这一刻我们是快乐的》想象了全新的家庭关系和繁衍模式。以上这些作品探讨性别议题的方式就是借用科幻的想象，挑战大家可能习焉不察的、隐藏在个体身份和社会制度中的关于性别的期待、规范、偏见，以寻求更平等、更多元、更包容的身份和关系，同时关注新的科技在这其中所发挥的作用。

同时，对性别问题的探讨其实可以让我们对一系列非此即彼、二元对立的思维模式本身进行反思：性别的差异和等级，与阶层、种族、地域、能力、物种的差异和等级是一样的，被看作价值更低的除了女人、穷人、少数族裔、残障人士，还有可能是非人类的生命体或无机体，如动物、植物、自然、技术。所以女性主义除了反思传统的、以各种他者为对立面的"大写的人",还反思人类中心主义对自然、对其他物种的等级化和剥削。所以女性主义的目标不仅仅是性别平等,而是建立一个生态公正的、去阶级化的、反种族主义的社会。

而当代中国科幻中也有些重要的作品,从以上这些多元维度去想象更好的世界。陈楸帆的《荒潮》里有中国科幻历史上第一个女性赛博格,这个作品探讨了机器和有机体之间的边界可以怎样被打破,追问社会平等和生态公正如何同时实现。赵海虹的《桦树的眼睛》想象了人与植物的平等和共情可能怎样实现正义的目标,对人的暴力和压迫与对植物的暴力和压迫是否是同构性的。迟卉的《虫巢》打破了人类中心主义的束缚,设计了一个没有父权制的外星世界、基于性别平等想象和谐共生的物种关系。这三部作品都是当代中国很重要的生态主题科幻。

本章将以陈楸帆的《荒潮》[3]为例讨论探讨中国科幻作品对于性别、科技和后人类等议题的独特贡献。

在《三体》之后,新生代作家、世界华人科幻协会会长陈楸帆的《荒潮》是当代中国科幻界最有影响力的小说之一。这部被科幻界翘楚刘慈欣称为"近未来科幻的巅峰之作"的作品在2013年10月获得全球华语科幻星云奖最佳长篇小说金奖,并在问世以来受到了中外科幻研究界、"后人类"思潮研究者们的极大关注。[4]《荒潮》由《三体》著名译者、科幻作家刘宇昆(Ken Liu)翻译成英文,在2019年4月由北美最大的幻想文学

---

3 小说原文皆引自陈楸帆:《荒潮》,长江文艺出版社,2013年。

4 何平、陈楸帆:《访谈:"它是面向未来的一种文学"》,《花城》6(2017):122。

出版社 TOR 出版,并已卖出英国电影版权。作为"科幻现实主义"的主要倡导者,陈楸帆将这部小说作为一个重要的思想实验,在科学幻想中注入对全球化背景下诸多国际和社会问题的讨论和批判,也通过一个极具冲击力的"赛博格"形象小米表达了对科技、人性、"后人类"等问题的思考。

对科技、性别、社会与文化之间复杂关系的呈现是《荒潮》的最大贡献。小米作为一个基于女性身体的"赛博格"是当代中国科幻中非常重要的"后人类"主体形象。这个与科技结合的新型身体能否逃离阶级、地域、性别等权力机制的宰制呢?被精彩刻画的"人机融合"与"赛博/后人类女性主义"所期待的可以打破自然/人工、有机体/机器、身体/心灵、男/女等二元对立的"赛博格"是什么关系呢?性别又在新的生物技术和人工智能所带来的"后人类"主体的想象中起到了什么作用?同时,小说中尖锐的性别现实批判与正面描绘的女性形象是否挑战了传统中国科幻的理性中心和男性中心,实现对科学、科技等议题的多元思考呢?在小说的具体文本政治上,女性形象有没有摆脱被符号化、他者化的命运而展示出积极的主体性和能动性呢?目前对《荒潮》的研究并没有充分讨论这些问题,而本章将通过分析试着给出解答。

第一节 反思现代性和全球化的科幻故事

经过几十年剧烈的社会变革和全球化,中国的现代化进程取得了巨大的成果,但也伴随着不同的社会问题和矛盾出现。中国大陆社会的种种问题在当代科幻如王晋康、韩松、陈楸帆、郝景芳等人的作品中被再现并予以尖锐批判。王晋康和韩松所书写的经济高速发展背后的人力成本问题、对权力的警惕,陈楸帆小说中科技发展带来的人的异化,郝景芳笔下新技术服务于社会分割和阶级固化,都是当代中国科幻直指社会现实的力作。

　　完成于 2012 年的《荒潮》是一部关于近未来的科幻小说,背景设定在科技和信息高速发展的 2025 年,但是每个故事情节都直指当下中国大陆社会的种种问题:环境污染、生态灾难、资本侵入、社会割裂、阶级分化和性别压迫等等。小说中"硅屿"的原型就是陈楸帆故乡广东汕头附近的"贵屿"。这个小镇在二十世纪九十年代后发展出回收处理全世界电子垃圾的大小企业和家庭作坊,成为全球最大的电子垃圾处理场之一,但同时也成为广东污染最严重的地区之一。

　　以电子垃圾回收产业为切入点,小说描写了本地宗族企业对外来打工群体的压迫,"硅屿人"与"垃圾人"(打工者)两个阶级之间的对立,也揭示了跨国的科技和环保企业以为第三世界国家可持续地发展经济、增加就业、治理污染为名,进行资本输出赚取更大利益,同时攫取稀有资源。男主人公、跨国企业惠睿公司雇用的华裔翻译陈开宗原本对公司有着"消除全球化带来的负面影响,拯救他们(岛民)于水深火热"式的迷思,但随着故事进展,陈开宗发现这个公司在发展中国家建立工业园除了盈利,还要从消费类电子垃圾中回收稀土元素作为军事用途:

他们为当地政府描绘美好愿景：两位数的经济增长速度与大量就业岗位，以及他们最为关心的，社会稳定。他们为人民带来工业园、发电站、清洁水源及机场，骗取他们的信任，继而成群结队走入厂房，在恶劣环境中如奴隶般长时间机械劳作，换取比他们父辈更为微薄的薪酬。

跨国大企业与本地垃圾回收宗族企业形成巨大竞争，故事就在这两股势力与"垃圾人"的层层对抗关系中展开。《荒潮》批判了本地垃圾产业与政府的勾结，触及权力腐败的问题，但在权力批判的背后，还深刻揭示出中外企业对原材料和人力资源的争夺是跨国资本主义和本地新式宗族资本主义的利益冲突。

由垃圾回收产业所支撑的硅屿是中国城市化进程的一个真实写照。有研究者在梳理西方科幻小说传统时提出，"在赫伯特·乔治·威尔斯（Herbert George Wells）之后，对于工业化、技术化的城市的负面印象一直是科幻小说当中的重要母题：大工业生产模式下，城市中的两极分化，城市自身的无限制扩张，以及对传统历史乃至人性本身的消解"[5]。当代中国科幻作家特别是韩松、陈楸帆和郝景芳都在作品中涉及了城市化带来的分裂和异化。《荒潮》中"硅屿人"与"垃圾人"之间的冲突和阶级不平等正是中国大陆急剧城市化进程中城市居民与打工者社会分化的缩影。无论是宗族、本地资本的壮大

5　　姜振宇：《赛博朋克与数字时代的生活经验》，《山东文学》9（2016）：105。

还是外来的跨国资本的争夺都是以对廉价的外来打工者的剥削为基础的,并且在经济剥削之外形成政治、文化上的压迫。小说中有着精彩的描写:

> 城市功能分化是不可逆转的大趋势,但在这些国家里似乎演变成一种痼疾:被分化的不仅仅是功能,还有政治、经济、文化、科技、民族、宗教、社会地位,甚至尊严。城市人自觉地被划分为市民与流民,享受着截然不同的待遇,彼此排斥、仇视、畏惧,地理版图被认为添加上一个虚拟的意识形态图层。

《荒潮》还涉及城市化、科技化背景之下的中国传统文化的走向。作者看到了传统文化在"经济发展""科技进步"的现代化进程中受到的冲击,但也注意到有些传统和宗教信仰并没有完全崩解消失,而是被强化以抵消现代化、城市化进程所带来的巨大冲击和负面影响。如以保护同族的名义聚拢在一起的传统宗族,传统的节日如盂兰盆节、民间驱邪法事的保留,还有祈祷用的电子香炉的产生,都有抵御现代化过程中的脱位或者安抚心灵的作用。在《神经漫游者》的吉布森(William Ford Gibson)之后,很多西方"赛博朋克"(cyberpunk)的科幻作家都会涉及全球化这个主题。而《荒潮》以中国为例,描绘的是现代性和全球化浪潮中各种"意识形态图层",即各种压迫性的势力和话语:其中既有对中国传统宗族势力以及官商结合、权力腐败的揭示,也有对全球资本主义的批判;既有对现代性的批评,也有对延续的地方传统文化的审视；既有对宗教激进主义的质疑，也有对新科技的迷思的问询。小说像数把双刃剑，同时戳向压迫性的新宗族、新殖民者，地方保守主义和全球资本主义现代性，新科技和传统迷信思想。

有趣的是，《荒潮》里这些批判的视角恰恰是通过对近未来世界的想象和虚构达成的。刘慈欣曾经在一篇访谈里说，"科幻小说在本质上是超现实的，与童话和奇幻不同的是，它不是超自然的。它是一种可能性的文学，把未来不同的可能性排列出来，这其中只有一小部分可能成为现实。科幻的意义正是在于这种基于科学更改的超现实"[6]。《荒潮》的作者陈楸帆既不从"超现实主义"，也不从"后现代主义"的科幻文类"赛博朋克"的角度探讨自己的作品，他所关注的是在魔幻或幻想风格背后的"现实主义"或现实相关性。2012年在星云奖的科幻高峰论坛上，陈楸帆第一次提出"科幻现实主义"这个概念："科幻在当下，是最大的现实主义。科幻用开放性的现实主义，为想象力提供了一个窗口，去书写主流文学中没有书写的现实。"他对"真实性"如此解读：

> 我在讨论的是"真实性"。"真实性"不等于"真实"，它是一种逻辑自洽与思维缜密的产物，这或许是"科幻现实主义"不同于"现实主义"，并将后者往前推进的那一步。而迈出这一步，则海阔天空，整个宇宙和历史都将成为我们的游戏机和试验场。我们

6　刘慈欣：《我愿意成为"后人类"》，http://cul.qq.com/a/20160201/037328.htm。

设置规则，这些规则基于我们对现有世界运行规律
的认知和理解，然后引入一些变量，它们有些会很极
端，引发链式反应，变化从个体开始，蔓延到群体、社
会、技术和文化，整个世界都将为之产生改变，但这
一切都是可理解、可推敲的，却是符合逻辑的，我们
的故事便会在这样的具有"真实性"的舞台上演。[7]

陈楸帆承认其"科幻现实主义"并非真正的作为传统文体
的"现实主义"，但是它通过推理或者幻想引发的离开客观现
实的思想实验又无疑有着强烈的现实指向性，比起外在的事
实，它通往的是从现实世界的秩序和逻辑延伸出去的"真实
性"。陈楸帆对这种"符合逻辑"的"真实性"的解读与著名科
幻学者达科·苏恩文（Darko Suvin）对于现代科幻小说是"认
知疏离"（cognitive estrangement）的论断相近。苏恩文认为科
幻小说的"必要的和充分的条件是陌生和认知的相互作用，其
主要形式就是给作者的经验世界提供一个替代性的想象框
架"[8]。他对"认知"的理解是它"不仅仅是现实的反映，还是对
现实的反思"（not imply only a reflecting of but also on reality），
它"不是对作者所处环境的静态反射，而是通过一种创造性的
方式试图对环境有一个动态的改造"[9]，所以在他看来，二十世

7　陈楸帆：《对"科幻现实主义"的再思考》，《名作欣赏》10（2013）：38—39。

8　Suvin, Darko. "On the poetics of the science fiction genre." *College English* 34.3（1972）：375。

9　Suvin, Darko. "On the poetics of the science fiction genre." *College English* 34.3（1972）：377。

纪的科幻小说"已经进入了人类学和宇宙学的思考，变成了一种诊断，一种警告，一种对理解和行动的召唤，更重要的是一种对可能的替代性方案的描画"[10]。可以看出，苏恩文强调的是陌生化了的"认知"对现实环境的思考、警示和对其他可能性的想象。同样，杨庆祥在《作为历史、现实和方法的科幻文学》一文中曾谈到科幻文学本身有着"越界性"，其中就包括它会提出"或然性的制度设计和社会规划"，它"不仅仅是问题式的揭露或者批判（自然主义和现实主义的优势），而是可以提供解决的方案"[11]。这就是"科幻现实主义"有鲜明的思想实验性又有现实批判性之处。

　　陈楸帆在当下中国大陆语境中提出"科幻现实主义"的概念，其背后也是一种相似的通过科学幻想进行现实再现和批判的观点。在中国现当代文学史上，"五四"时期的"自然主义""现实主义"，革命和社会主义时期的"革命现实主义""社会主义现实主义"，以及当代的"批判现实主义"，都是先后流行过的文艺思潮。"科幻现实主义"与这一谱系形成对照和对话，并贡献出新的思维方式和文本策略。尽管再现现实的方式非常不同，"科幻现实主义"却与传统的"现实主义"一样回应现实语境，探讨与批判社会问题。在《荒潮》或严密推理或大胆想象的情节背后，其追求的"真实性"就是再现全球资本主义下种种压抑性的现实秩序和思维方式，并对其做出挑战

　　10　Suvin, Darko. "On the poetics of the science fiction genre." *College English* 34. 3(1972):378。

　　11　杨庆祥：《作为历史、现实和方法的科幻文学》（前言），《后人类时代》，陈楸帆著，作家出版社，2018年，第7页。

和反思。这也是其他中国科幻作家如王晋康、韩松、刘慈欣等的共同追求。

第二节　反乌托邦的科技观

在对现代性和全球资本主义的反思之外，《荒潮》最出彩的部分当属对未来的信息技术社会乃至科技本身反乌托邦式的描绘。2025年的硅屿仍然是一个阶级分化和对抗的社会，而且对先进科技的享用成为特权阶级特权的重要部分。在这个等级化的技术社会中，科技并没有帮助人们对抗或挑战以族裔、阶层、性别为基础的歧视和不平等，反而是通过新技术的运用放大了这些不平等。在小说中，社会上层可以无限享用高速信息通道和高科技的产品（如功能强大的义体），然而对于底层而言，"违反限速令，这是一项重罪。甚至不会有人觉察到你的消失"。文中有一段超现实主义的对于技术社会的描摹，但是这种"超现实"的想象却扎根于现实的阶级不平等：

> 陈开宗想起他所来自的国度，那个标榜自由、民主、平等的社会，排异与歧视以更加隐蔽虚伪的方式进行。舞会邀请码会发送到电子义眼以供虹膜扫描，肠胃未培植强化酶的人群无法在超市购买特定食品饮料，基因中存在可遗传性缺陷的父母甚至拿不到生育许可证，而富人们可以通过无休止地更换身体部件来延长寿命，实现对社会财富的世代垄断。

> 一个人不可能永远成为多数派，却有可能永远成为
> 少数派。

对高速信息网络、高级生物技术和高科技义体等特权的
获取，是以对"少数派"的歧视、排挤和剥夺为基础的。而阶级
固化和阶层滑落的危险也令人无比惊心：一个人不可能永远
成为多数派，却有可能永远成为少数派，这是因为，人与人之
间的不平等，很可能因为生物技术的进步从政治经济领域渗
透到生命政治领域，从身体基因上被固定下来。小说揭示出
赛博空间(cyber-space)、生物技术作为科技的成果，同时也是
一种社会文化产品，可以折射出现实生活中的种族、阶级、性
别、性等各种身份和社会关系。男主人公陈开宗最后发现，
"义体不再是残障者的辅助工具，也不仅仅是身体可自由替换
的零部件或装饰品，义体已经成为人类生命的一部分，它储存
着你的喜怒哀乐，你的阶级，你的社会关系，你的记忆"。能否
负担得起义体，会购买具有何种功能的义体，都是与一个人不
同的社会地位和需求勾连在一起的。故事中的孩子们渴望拥
有高科技的义肢可以帮助自己踢球，甚至情愿用自己的血肉
之躯去交换。高级的义肢不仅仅拥有新的功能，还具有象征
社会地位和身份的文化资本，因此被平民的孩子所深深向往。
小说中的垃圾人只能负担得起过时了的二手"增强现实眼
镜"，"而增强现实对于他们的意义，也并不像那些信道开放区
域的现代人，花上几百块钱月费，可以查看任何规定权限范围
内的信息，天气、交通、即时搜索、购物比价、虚拟游戏、浸入式
电影、社交通讯……"，即使花钱买了二手的"增强现实眼镜"，

垃圾人也并不能承担相应的上层阶级的生活方式,他们购买数字毒品"数码蘑菇"是为了逃避现实,暂时忘记自己悲惨的打工、沉重的流动而沉浸于对过去的回忆之中。

《荒潮》对未来的信息技术社会的另一个犀利解剖就是预测它有可能成为赫胥黎《美丽新世界》一样娱乐至死的社会。技术成为追求感官刺激的方式,成为消费主义意识形态的领土,表面的愉悦和享受代替了深度的思考:

> 小米看见更多的孤独者、赌博者、成瘾者、无辜者……他们躲藏在城市明亮或昏暗的角落里,腰缠万贯或不名一文,享受着技术带来的便利生活,追逐人类前所未有的信息容量与感官刺激。他们不快乐,无论原因,似乎这一功能已经退化,如同阑尾般被彻底割除,可对快乐的渴望却像智齿般顽固生长。

而在这个娱乐至死的信息技术社会中,科技是否能作为工具帮助底层劳工实现反抗和团结?小说也探讨了这一问题。硅屿的底层人的确通过科技紧密连接在一起,"数百个垃圾人通过增强现实眼镜与小米互联,共享视野"。小米"赛博格"因此引领并且操控着底层劳工的抗争行动。这种抗争并非建立在垃圾人自我意识觉醒或是协商一致的基础上,而是由于背后有不可控力量的主导,是极权式的领导、掌控和"编程"。"李文近乎痴迷地看着她,由恼怒地清醒过来,这种虚幻的崇拜感不过是人工植入的小把戏,并借助视觉病毒感染每一个人垃圾人",这些人"像被重新编程的芯片狗"。著名的反乌托邦小说《美丽新世界》和《1984》中的可怕图景都在《荒潮》这里重现。小说由此引申到对"赛博格"本身的讨论和反思。

1985年唐娜·哈拉维(Donna Haraway)在《赛博格宣言:20世纪晚期的科学、技术及社会主义女性主义》一文中提出了"赛博格"(Cyborg)的概念,将其建构为一种"社会主义女性主义"的神话。她提出:赛博格作为一种控制论有机体,是有机体与机器的杂糅。她认为通信技术与生物科学的发展可以模糊机器与有机体之间差异的界限,人和机器之间可以变成相互依赖、相互融合的关系。哈拉维提出这个乌托邦式的概念是为了打破有机体与机器、大脑与身体、自然与人工、物理与非物理的界限等西方传统思维中的二元对立模式和本质主义的范畴,探索可以"跨越边界"的革命性的身份认同、社会关系乃至思维方式的重组。她的"赛博格"是打破一切二元论、等级制的控制的"后人类"政治身份,是"社会主义女性主义"必须编码的自我,能够帮助我们重新安排植根于高科技促发的社会关系里的种族、性和阶级。[12]

在此视角的启发下,我们可以考察《荒潮》中"赛博格"与种种边界的关系,探讨其在近未来高科技社会里主体性为何。小说的女主角小米是潮汕宗族与发达资本主义冲突之中一个被压迫的底层人物,在遭受了非人的凌辱和未知病毒的感染后,她变成了一个"赛博格",她的人格中分裂出另一个具备强大的机械力量、冷漠而邪恶的"小米1"。"一场慢上百万倍的

12　Haraway, Donna. "A Cyborg Manifesto: Science, Technology, and Socialist-Feminism in the Late 20th Century." *Simians, Cyborgs, and Women: the Reinvention of Nature*. New York: Routledge, 1991, pp. 149 – 181.

核爆。亿万年间趋同进化的副产品。你的第二人格和生命意外险。量子退相干时浮现的自由意志。我是偶然。我是必然。我是一个新的错误。我既是主宰又是奴隶，是猎人又是猎物。……我是幼态持续的人类文明对飞跃式进化的呼唤。我是现代科技在自组织洪流中卷起的非随机旋涡。"小米1"显然并没有与有机体"小米0"完全融为一体，在两次精彩的合作以反抗强权压迫以外，主要是一种对立、互相不认同乃至竞争的关系。它在表面是一个流动的、不固定的形态，实际却是一个技术中心主义的掌控者。"小米1"似乎有读心术，可以以人力不可及的方式帮助"小米0"实现她的一些愿望，但是更多时候是在操控着"小米0"，反对"小米0"的"人类软弱"，将超能力置于道德之上。"小米0"则"不想变成怪物，不想杀人，不想被当成实验品"。

《荒潮》里的"赛博格"被塑造成在收编、剥夺、压制人的自主意识，在这过程中它不是利用理性、逻辑，反而诉诸"信仰""宗教心理"来将自身神话化，使人抛弃理性。如同《太空堡垒》中并没有个体化思维，而是被外在植入了群体思维的塞隆人。"究竟是什么左右着人们的行动，是所谓的自由意志，还是来自群体的感官冲动？"科学发展和技术力量并不一定都会成为社会变革的动力。小米"赛博格"的确得以进化成为一个有着巨大的反抗性和召唤力的控制论有机体，但在这一过程中人类却面临着被剥夺自主意识的危险：

> 万一她是个全新的造物呢？上帝按照自己的模
> 样创造人类，人类探究世间万物的秘密，发明理论，

创造科技。人类寄望于造成更接近自己的造物,让科技模仿生命,不断进化,力图接近金字塔的顶点,而人类却轻易地将自己全盘托付给科技,退缩为坐享其成的寄生物,停滞前进的步伐。

对生物技术、人工智能和赛博空间所带来的"后人类"的想象,对科技文明的反思和对技术异化的警惕一直都是新世纪中国科幻的焦点。陈楸帆曾经在一段访谈中谈及"科技"可能带来的异化以及科技与人性的复杂关系:

> 科学是人类所创造出来的巨大"乌托邦"幻想中的一个,这并不是说我们要完全走向反对科学的一面,科学乌托邦复杂的一点是它本身伪装成绝对理性、中立客观的中性物,但事实上却并没有这样的存在,科幻就是在科学从"魅化"走向"去魅"过程中的副产物,借助文字媒介,科幻最大的作用就是"提出问题"[13]。

对小米"赛博格"的塑造正是作者"提出问题"的方式,赛博格有着何种主体性?技术与道德之间是什么关系?理性和非理性在后现代、"后人类"的技术奇观中应该被置于什么位置?《荒潮》中的"赛博格"绝不是哈拉维所想象和召唤的革命性的"后人类"主体,而是一个技术中心、利益中心、极权的科

13 何平,陈楸帆:《访谈:"它是面向未来的一种文学"》,《花城》6(2017):123。

技恶托邦的象征,被塑造为人文主义的对立面。这个当代中国科幻中重要的控制论有机体形象被想象为有权力欲的、熟稔人性又可以利用人性以达到自身目标的、不择手段的唯目的论者,它可以收编各种被阶级、种族、性别不平等所压迫的人群,却无意真正对抗资本主义、种族主义或父权制。小米"赛博格"最终被认清其真面目的正义的人类合力杀死,足以颠覆世界、改变人类的力量并没有出现。在警惕科技恶托邦、反对权力、重新肯定人文主义上,这个"伪""赛博格"作为一个重要的修辞和能指发挥了重要的文本功能。

第三节　性别与"赛博格"叙事

哈拉维的"赛博格"概念作为一种机器和生物体的杂糅体,是一个可以帮助我们重新思考人和人类的政治本体论。它是一个刻意打破西方传统思维中各种二元对立模式包括性别二元论的乌托邦概念,是后现代社会中一个去本质化、去整体论、反对任何他者化的流动的新身份,因此它被作为基础以建立一个生态负责的、反种族主义的、去阶级的、女性主义的和性平等的社会。从性别视角去审视小说中"赛博格"的意义和文本功能非常必要。《荒潮》中的小米"赛博格"是基于一个女性身体的控制论有机体,而女主角小米是当代中国科幻小说中重要的正面女性形象,突破了以男性正面形象为中心的主流写作模式。但这部小说有没有可能创造一种新的性别逻辑,一种超克男性中心主义的主流性别观的另类想象呢?

首先,小说以强烈的对性别压迫的批判,揭示出新的科技、赛博空间可能继续是男性中心的。有些赛博女性主义者认为网络科技可以成为一个反抗压迫女性的政权制度的有效工具,她们希望"由于科学、技术的进步,当今社会男性与女性的身体已经无法同技术相分离,因此同社会性别相关的权力差异将减弱,与技术相结合的新型身体将听命于新一套的规则而与父权制社会的男性宰制无关"[14]。然而赛博空间也是一种社会文化产品,会折射出现实生活中的种族、阶级、性别等各种身份和社会关系,也是性别化了的。"实际上电子媒介并没有使社会性别中性化,反而更加强化了社会性别,因为网络使用者在试图构建网络身份时往往夸大男性特质或女性特质。因此可以说,并不存在社会性别完全被消除的赛博空间。相反,赛博空间经常复制传统的男性与女性特质。男性霸权主义倾向依然存在,赛博空间仍然相当保守,因为它沿袭了传统父权制话语对女性的建构。"[15]小说中,流传在硅屿地下论坛的强奸视频是"用增强现实眼镜录的,带着强烈的第一人称视角风格,摇晃、失焦,却又具有无比真切的代入感",李文"终于明白自己异乎寻常的愤怒并非来自强奸本身,而是来自呈现强奸的方式。暴徒利用第一人称视角的技术,让每个观看视频的人都成为强奸犯,体验施虐的快感"。新的电子媒介和信息通道只是用了新的技术手段延续并且加深了对女性的暴力倾向和对女性的物化。这种对女性的暴力和性化通过新的媒

14　都岚岚:《赛博女性主义述评》,《妇女研究论丛》5(2008):66。

15　都岚岚:《赛博女性主义述评》,《妇女研究论丛》5(2008):64。

体介质被传播给更多人，男性的凝视在传播中并没有被挑战，反而被共享和增强。

"小米1"曾经求助于一个"不归属于任何国家、政党或者跨国企业"的"低轨道服务器站群的数据存储及远程计算服务"，这个名为"安那其之云"的无政府主义赛博空间表面上是一个自由的空间，它宣称："我们是一群来自世界各地的无线电业余爱好者（笑），纯粹的自由意志信徒，希望我们的服务能够帮助您在短暂的肉体生命中远离强权，反抗控制，拥抱自由、平等与爱 OXOX。"但即使是宣称纯粹自由意志信徒的数据信息平台的背后也有一个收集名人大脑模型爱好者，从而使得"安那其之云"愿意接受"小米1"的"海蒂-拉玛的意识模型"的贿赂。这是"人类历史上最美貌、智商最高的女性，CDMA之母，而且风骚性感，一生艳事不断"。非常讽刺的是，这个乌托邦式的赛博空间即使可以抵抗政府权力和商业逻辑的规约，最终无法去除其根深蒂固的男性视角。小米"赛博格"为了掌控垃圾人而表演了女性的柔弱特质，从而争取到男性的信任。它成功的原因在于与男权意识形态共谋以迎合男性对女性的性别歧视和刻板印象。如果说赛博空间和赛博格都深深刻写着社会权力关系，那么琼·斯科特（Joan W. Scott）所提出的"指征权力关系的基本方式"[16]——社会性别，与其相关的权力也依然存留于其中。

有研究者在分析当代西方赛博朋克小说时发现，大多数

16　Scott, Joan W. "Gender: A Useful Category of Historical Analysis" *American Historical Review* 91.5(1986):1072 - 1073.

赛博朋克小说都像一个男孩俱乐部，"主人公几乎总是男性。当女性人物真正出现的时候，她们很难超越女性的传统的固定形象"[17]。《荒潮》中重要的人物：冲突的宗族老大们、重要的政府官员、跨国公司代表、华裔青年都是男性。整部小说中只有三个女性人物：代表传统迷信的骗人的神婆、垃圾人中的凶狠的女打手刀兰和女主角小米。前两者的故事情节非常少，而小米这个背井离乡来到硅屿打工的"垃圾人"中的柔弱女孩被塑造成弱者中的弱者、底层中的底层，是潮汕族群内部矛盾和外来资本争夺垃圾回收业故事线索的中心人物。她虽然是弱者，但仍然变为一个反抗者。她在遭受病毒侵袭后成为人机结合的控制论有机体，带领饱受压迫的外来劳工奋起抗击，但又拒绝做失去人性底线和伦理基础的以暴易暴的反抗者。这是当代中国科幻中非常重要的第三世界底层女性的形象。小说对她两次反抗强权的描写非常精彩。这个角色承担了质疑和反对科技恶托邦、延续人文精神的重要的文本功能。

然而对于这个重要女性形象书写中的性别政治，有学者曾质疑其中对女性苦难的陈列，"《荒潮》最终成为对女性苦难的陈列，并且止于陈列。作者虽然始于对其现实生活经验的反复考察、想象和渲染，但最终却仅仅是在讲述困顿世界当中的悲惨故事，女性的苦难经验因而沦为被观察和审视的对象——这的确是一个好故事，但文本之外的更多可能性，便也

---

[17]　卡伦·凯德拉：《女性主义赛博朋克》，《外国科幻论文精选》，王逢振编，重庆出版社，2008年，第21页。

无处寻觅"[18]。女性的苦难被用作一个对社会问题的再现和反思的便利方式。小米在小说中一直成为各种男性人物，包括本地宗族、流氓、西方企业的代表、复仇的垃圾人领袖、华裔青年精英等人故事中的对立面：她是本地宗族、流氓、外来资本压迫的受害者，是最后成为激起垃圾人集体反抗的重要导火索，是李文借以怀念妹妹和复仇的契机，是男主人公认识自身在海外弱势处境的一个镜像，还因其柔弱善良而成为邪恶的"小米1"即"赛博格"利用和控制的客体，她是各种男性主体身份构建中的他者。

　　小米展现出的最强烈的能动性当属被跨国资本主义代表斯科特挟持后，不愿去做"杀人的怪物"，请求陈开宗毁灭自己来毁灭已经无法控制的第二人格，成为人类良心的化身。"小说中最值得注意的部分是发生在小米的人类良心和可怕的后人类控制体之间的强烈的斗争。'小米0'和'小米1'的分裂人格或许指向复杂的全球政治经济突变带来的后人类处境的精神分裂。她快速发展出的超人类能力和向人类报仇的渴望表征着一种悖论：即后人类的对技术强大的信仰和对技术的实际限制的深刻质疑的结合。"[19]但是小米的行动力主要在于反抗"小米1"的完全掌控，在小米完成最重要的行动——请求别人毁灭自己之后被电磁枪击中，闹钟的定时炸弹被拆除，但

18　姜振宇：《停滞的女性意识——评科幻文学中的性别问题》，《文学报》2016年7月14日。

19　Song, Mingwei. "Representations of the Invisible". *The Oxford Handbook of Modern Chinese Literatures*. Eds. Carlos Rojas, and Andrea Bachner. Oxford：Oxford University Press, 2016, p. 560.

"她的逻辑思维、情感处理及记忆能力退化已不可逆转,仅能终生维持在三岁小孩的水平"。除了担任各种男性角色,以及邪恶的"小米1"的客体、他者和镜像,小米这个女性形象本身的自我成长不够明晰。她在小说中始终承袭着柔弱的女性刻板印象,成为善良、道德等人性意义的承担者,是对"恶"的"后人类"的质询中关键的文本修辞。但这个人物更多地被符号化,人物形象本身相对扁平和简单。可以说,这种对于"后人类"情境的恶托邦式的想象最终让作者回归且确认了传统的人文主义立场:新的控制论有机体很可能是极权的、技术中心的、非道德的,而不愿被它操控的人类仍是理性的、反抗的、反对技术神话的、有良心和道德的。有学者在研究现代性和科幻文学的关系时发现,"科幻作者也会将视线聚焦于沦为机器附庸的人类个体,甚至从这种并非赛博格的'机械/生命综合体'当中,窥见人类主体性的消解和人类'本质'的弥散——在许多时候,这种从人走向非人的过程,往往居于科幻审美的核心"[20]。显然,《荒潮》中对小米"赛博格"的想象也贯穿了这种基于传统的人文主义的对人类主体性的确认和维护。

但是当我们在文本政治的层面深究这种人文主义立场的展开,发现其在文本书写仍基于一种二元的、本质主义的性别观念。不是小米,而是宗族老大和陈开宗在小米帮助下完成了反思或者成长,小米在"完成任务"后就变成了三岁小孩,供男主角陈开宗永远地怀念。这种人文主义的想象借助了本质化的性别转义才在叙述中完成:小米本身是柔弱的、被动的、

20　姜振宇:《现代性与科幻小说的两个传统》,《南方文坛》6(2016):56.

善良的、道德的和不变的。周蕾曾经在《社会性别与表现》一文中提示我们：

> 如果按照当代文化政治再三强调的那样，表现与社会性别、种族、阶级和其他涉及等级地位及从属关系的差异问题是不可分开而论的，那么斯皮瓦克的文章则说明，我们也必须关注问题的逆命题：即使而且特别是对社会最下层人的关注，如"第三世界"的女性弱势群体，也不能回避表现中的物质实体——那些负责传达意义且不能简单地归结为法律和经济的实证主义替代物——的结构与比喻等修辞手法。[21]

她警示我们，即使是再现第三世界底层女性的经验，也要注意到文本政治中特别是修辞手法中所隐藏的性别、种族、阶级等差异性的范畴。《荒潮》中对抗技术恶托邦的人文主义想象正是基于一种本质化的性别差异话语。可以说，小说中对性别压迫的揭示与正面书写的女性形象挑战了传统科幻中的男性中心主义，但是在具体的文本政治上，女主人公没能摆脱被本质主义化的文本修辞命运，对其主体性的想象因基于传统自由人文主义的立场而是有限的，无法创造关于"性别"身份的新的可能性。

21　周蕾：《社会性别与表现》，《西方女性主义文学文化译文集》，马元曦、康宏锦编，桂林：广西师范大学出版社，2008年，第39页。

正如性别是想象"现代性"的一个关键修辞一样,它也是当代中国科幻小说中刻画人性和"后人类"的一个重要的修辞手法。除了《荒潮》中的小米"赛博格",刘慈欣的科幻短篇《微纪元》(1999)和韩松的科幻小说《地铁·符号》(2010)也贡献了另外两个重要的"后人类"女性形象。《微纪元》中地球上的微人"最高执政官"是一个孩子气、快乐、无忧无虑的女性,在这个关于"后人类"的乌托邦故事中,女性被作为单纯的、没有历史意识和危机感的一个文本符号;在《地铁·符号》的"后人类"地下世界里,男主人公遇到一个恐怖恶心的女性"再生变异体",因为这个女性已经无法帮男主角重建其男性主体认同,所以被他作为"后人类"恶托邦的象征而杀死。无论是乌托邦还是恶托邦,性别修辞都是中国科幻想象和批判"后人类"世界的重要文本能指和动力。可以说,《荒潮》也是如此,性别问题推动了小说对生物技术和人工智能所带来的"后人类"种种问题的批评和反思,但可惜小说在具体的文本政治上仍有隐蔽的偏颇视角。《荒潮》里的女性控制论有机体并没能成为哈拉维所想象的,可以超越不平等性别秩序的,去本质化、后性别的全新物种"赛博格",而是成为全球化时代可能带来的压迫性的新秩序的象征,成为科技爆炸的新时代里破除对科技的迷思,肯定理性、道德的传统人文精神的重要载体。

陈楸帆在一次访谈中曾谈及科幻在当下的意义:

> 我们生活在一个技术发展加速度的时代,异化将会愈加频繁地发生,人类的认知更迭交替之快,异常会变成正常,被我们接受、习惯。我们每一个人都

会像本雅明笔下背向未来,被进步之风吹着退行前进的天使,我们愿意看着过去,因为那是我们所熟悉,感觉安全舒适的世界。我们需要厘清:什么是人?人类的边界在哪里?人性究竟是所有人身上特性的合集还是交集?究竟一个人身上器官被替换到什么比例,他会变成另一个人或者说,非人?这种种的问题都考验着我们社会在科技浪潮冲刷下的伦理道德底线,而科幻便是最佳的引起广泛思考的工具。[22]

可以说,《荒潮》是一个提出问题、进行思想实验的重要作品。它以"科幻现实主义"的批判视角,描画资本主义现代性和全球化浪潮中各种压迫性的势力和话语——中国传统宗族势力和地方保守主义,现代性和全球资本主义;它呈现了一个被资本主义、新殖民主义和父权制所裹挟的科技恶托邦,表达了去魅的、反思的科技观,揭示出新的科技空间与现实生活中种族、阶级、性别、性等各种身份和社会关系的密切联系;它以一个第三世界底层女性的形象指征全球化时代的各种不平等的关系——国家、城乡、阶级、性别、科技等等,并用这一形象来完成对技术恶托邦的反抗,具有很大的感染力。这是当代中国科幻中"科幻现实主义"取得的实绩,是科幻这一特殊文类对全球化时代的现实批判做出的独特贡献。

但是,《荒潮》中这个重要的第三世界底层女性的形象基于传统的人文主义话语,在具体文本书写中则被他者化和本

---

22 何平、陈楸帆:《访谈:"它是面向未来的一种文学"》,《花城》6(2017):123。

质化了。这种性别书写和修辞并非特例,恰恰是很多当代科幻小说特别是男性作家作品共有的特点。在哈拉维所期待的不仅仅是性别意义上的,更是阶级和族群意义上的多重主体性上,尚未有当代中国科幻作品贡献出有力的探索,以真正符合苏恩文所期待的那种以"创造性的方式试图对环境有一个动态的改造"[23]和杨庆祥所提出的"或然性的制度设计和社会规划"[24],从而对全球资本主义下种种压抑性的现实秩序和思维方式做出更有力的挑战。

赛博女性主义艺术家菲斯·威尔丁(Faith Wilding)曾说过:"如果女性主义具备探索赛博空间的潜能,它就必须紧密跟随变化中的社会现实和生活状况,因为通讯技术和科学对我们的现实生活正产生巨大的影响。使用女性主义的理论洞见和策略工具与网络空间中存在的性别主义、种族主义和军事主义相斗争,这正是赛博女性主义者的任务。"[25]在这部小说中,科技并没有变成实现解放的工具,反而可能成为实施压迫的工具。小米"赛博格"成为对资本主义、男性中心主义的传统的承袭、逻辑的复制,并没有带来新的、政治性的打破边界和规定性属性的可能性,未能呈现新的理解世界的方式。《荒潮》可以说是关于人类在被科技变异后能否达到解放的一个失败的故事,警示我们在未来构架中设想新的科技与人的关

23　Suvin, Darko. "On the Poetics of the Science Fiction Genre." *College English* 34.3(1972):377.

24　杨庆祥:《作为历史、现实和方法的科幻文学》(前言),《后人类时代》,陈楸帆著,作家出版社,2018年,第7页。

25　都岚岚:《赛博女性主义述评》,《妇女研究论丛》5(2008):64-66。

系、社会结构的变革,以超克对权力的追逐、对权威的膜拜、人类主体的消解,以及全球资本主义的权力结构。性别仍然是小说的重要修辞方式,但是《荒潮》未能贡献出一个去本质化、去整体论、反对一切他者化的、流动性的身份,包括性别身份。陈楸帆本人也承认,"中国当代科幻对于性与性别议题的书写与探索依然稀缺,或是停留在表层的符号层面,尚未真正进入到文化基底之中,这与整个社会性别意识的觉醒程度亦是密不可分"[26],他非常愿意在这方面做出自觉的探索。

因此,笔者期待在未来中国的科幻创作中,有从赛博/后人类女性主义视角对"赛博格"的想象和形塑,在"后人类"问题的探讨中克服二元对立和本质主义的书写模式,贡献出一种试验"跨越边界"的革命性的身份认同、社会关系以及思维方式的科幻文学。

26　陈楸帆:《科幻中的女性主义书写》,《光明日报》2018 年 9 月 26 日,14 版。

后　记

　　从南京大学和复旦大学中文系就读开始，我一路学习和研究中国现当代文学，关注其中对妇女和性别问题的书写。在香港大学比较文学系读博时，我开始大量阅读"后学"批判理论，尝试将文学研究与文化研究相融合，并把对"再现""话语"和"物质性"的考察放在一起。入职西交利物浦大学中国研究系后，我开始学习社会学和跨学科的研究方法，将对百年中国文学的探讨置于更大的历史语境和社会结构中。近三年来，我开始反思女性主义理论在中国应用时的语境化与在地化，并把文本、语境分析与对理论和方法的重审结合起来。本书即是我对当代女性主义理论和现当代文学中性别再现的研究集合，期待能与同行及读者一起探讨相关议题，寻找更好的对中国文学、文化的研究方法。

　　本书部分章节中的最初内容发表于《文学评论》《文艺理

论研究》《妇女研究论丛》《中国文学研究前沿》《澳门理工学报
(人文社会科学版)》等期刊,在收入本书时做了很多修改和补
充,在此向这些期刊的编辑和外审老师们致谢。感谢南京大
学出版社编审老师们对此书出版过程中的重要建议,特别感
谢李亭老师和李晨远老师对书稿的设计和编辑。感谢一路以
来关心和帮助我的各位师友、学人,感谢沈睿老师在百忙之中
阅读书稿并为之撰写序言! 最后,感谢西交利物浦大学科研
基金、西交利物浦大学人文社科学院和中国研究系对本书出
版的大力支持!

图书在版编目(CIP)数据

"话语"内外:百年中国文学中的性别再现和主体
塑造/刘希著. —南京:南京大学出版社,2021.12
ISBN 978-7-305-25211-2

Ⅰ.①话… Ⅱ.①刘… Ⅲ.①中国文学—文学研究
Ⅳ.①I206

中国版本图书馆 CIP 数据核字(2021)第 265469 号

出版发行　南京大学出版社
社　　址　南京市汉口路 22 号　　　邮　　编　210093
出 版 人　金鑫荣

书　　名　"话语"内外:百年中国文学中的性别再现和主体塑造
作　　者　刘　希
责任编辑　李晨远　　　　　　　编辑热线　025-83594071

照　　排　南京开卷文化传媒有限公司
印　　刷　江苏凤凰通达印刷有限公司
开　　本　880×1230　1/32　印张 11.25　字数 234 千
版　　次　2021 年 12 月第 1 版　2021 年 12 月第 1 次印刷
ISBN　978-7-305-25211-2
定　　价　68.00 元

网　　址:http://www.njupco.com
官方微博:http://weibo.com/njupco
官方微信:njupress
销售咨询热线:025-83594756